古典文學研究輯刊

四　編

曾永義　主編

第18冊

「西廂學」四題論衡

林宗毅　著

國家圖書館出版品預行編目資料

「西廂學」四題論衡／林宗毅 著 — 初版 — 新北市：花木蘭文
化出版社，2012〔民101〕

目 2+192 面；19×26 公分

（古典文學研究輯刊　四編：第 18 冊）

ISBN：978-986-254-767-0（精裝）

1. 西廂記 2. 研究考訂

820.8　　　　　　　　　　　　　　　101001743

ISBN-978-986-254-767-0

9 789862 547670

古典文學研究輯刊
四　編　第十八冊　　　　　　ISBN：978-986-254-767-0

「西廂學」四題論衡

作　　者　林宗毅
主　　編　曾永義
總 編 輯　杜潔祥
出　　版　花木蘭文化出版社
發 行 所　花木蘭文化出版社
發 行 人　高小娟
聯絡地址　新北市永和區中正路五九五號七樓
　　　　　電話：02-2923-1455／傳真：02-2923-1452
網　　址　http://www.huamulan.tw 信箱 sut81518@ms59.hinet.net
印　　刷　普羅文化出版廣告事業
初　　版　2012 年 3 月
定　　價　四編 32 冊（精裝）新台幣 52,000 元

「西廂學」四題論衡

林宗毅　著

作者簡介

林宗毅（西元 1966 年～），男，出生臺中，畢業於臺灣大學中文系、碩士班、博士班，師事曾永義教授，從事古典戲曲研究，其中較突出成果為《西廂記》專題研究，相關重要專著有《西廂記二論》、《「西廂學」四題論衡》（兩書皆花木蘭文化出版社），以及《西廂記》改編（三久出版社），正進行《西廂記》鑑賞筆記整理。現職靜宜大學中文系副教授，開授《西廂記》專書課程，以期研究與教學相結合，並表一生樂此不疲。

提　　要

　　本論文分四題研究，首二論是關於古代《西廂記》的研究，選擇弘治本、徐士範本、陳眉公本、王驥德本、凌濛初本、閔遇五本、毛西河本等七本代表作，貫串成史，看出：（1）古代《西廂記》研究史的啟蒙與發展，包括對戲曲文獻的校訂、戲曲研究領域的拓展與問題的論爭；（2）校注者中不乏本身即是戲曲作家、曲論家，校注必然成為其創作之觀摩及理論之實踐，以及彼此間的理論交流與攻防。這方面的探討龐大而複雜，但明顯可以王驥德為分界，分為兩題闡述，此為本論文之重心。

　　繼之而論的是今人校注《西廂記》的成績，包括：王季思、吳曉鈴、張燕瑾、祝肇年、蔡運長、張雪靜、李小強、王小忠、賀新輝等學者之現代校注本，這部分是古代《西廂記》研究史的延續，古今對照，亦可看出古代校注本由通俗化→文士化→學術化的發展歷程；現代校注本則「因時制宜」，除王季思校注本外，幾乎以「通俗化」為主，反映了不同時代的閱讀需求。

　　第四題所談問題有三：（1）《拯西廂》之情節改編及其批語；（2）張深之本與金批本之關係重探；（3）金批本分節之來源及金聖歎曲家地位重評。其中以金聖歎在戲曲評點上受到王驥德之啟發的研究發現最引人矚目。

　　餘論力辯《西廂記》第五本之完整性，以新角度推論，試圖解決懸案。

前　言
肯定與縱容

之　一

　　某天的早晨，捧著一張待指導教授簽名同意的學位考試申請書，局促不安地坐在曾老師家客廳的沙發上，心中正在整理略嫌凌亂的思緒，一如手中部分論文章節的初稿。而老師正忙著放洗澡水，還不時乘隙出來問我幾句，就在這極奇怪的場景中，我用略帶顫動其實是興奮的聲音，向老師稟訴金聖歎的分節說是受到了王驥德的影響，老師在浴室中發話：「何以見得？」我大略述說我發現了十餘條證據。老師肯定地說：「那就夠了！」

　　老師總是那麼不假思索地肯定學生；而更有趣的是，當老師隱身浴室時，與我之間的對話，竟彷彿是舞臺上的「搭架子」。沒錯！早從老師將《西廂記》此一研究主題交給了我，他總是縱容我的假說，甚至筆端的盛氣。幕前的我，一直是在自信與惶恐之中唱念做打，幕後的老師自有他的一套教導原則，他給了學生十足的揮灑空間。當然，他也絕不容許學生荒腔走板。

之　二

　　當論文在收網前夕，一日，正讀著康來新老師的《發跡變泰——宋人小說學論稿》，突對王性之〈傳奇辨正〉那篇引文大起疑竇。妻栩鈺因地利之便，遂幫我請益康老師。學問上的疑點常常是越滾越大，至今這個問題，我仍未將其完全釐清。而巧合的是，栩鈺雖是從事女性文學的研究，突然關愛起鶯

鶯，終被康老師識破其因緣。

　　早在碩士階段，栩鈺也曾因「地利」之便，常常代我問安祈師一些戲曲方面的問題，起初安祈師也是「面露驚訝」，但最後也是「識破」了。

　　栩鈺總是這麼義不容辭地幫著我，從戀人幫到成為伴侶。同樣的，她也常是我發表狂見謬論的第一位聽眾，有些問題，也許她不甚了然，但她也是「不假思索」地肯定我的發現，縱容我手忙腳亂地急於上臺亮相。

　　生命中，太多人縱容我，我的恩師、我的愛妻，當然，還有我的雙親及岳父母——他們永遠含笑坐在臺前，欣賞他們的孩子演出，而掌聲，永遠那麼的大！

緒　論
《西廂記》研究論著之回顧及新論題之評估

第一節　《西廂記》研究述評

　　筆者曾分別在民國八十一年六月、民國八十三年五月撰成〈臺灣及大陸地區西廂記研究綜述及檢討〉、〈西廂記新探述評〉二文，[註1] 就數百篇曾寓目之《西廂記》論著，披揀其精彩或者有闕失者，細加評述。時隔四年，兩岸陸續有新作發表，不免要對其研究動態略述一二。但考慮前兩篇論文已就大半以上《西廂記》論著發表看法，再重述，反顯冗贅，但近幾年學術界之成績，好或壞都不能不談，故先將前面兩篇文章所得之結論，撮其要，補述於此。

　　一、關於作者的問題：從 1936～1937 年，魏復乾、賈天慈、退翁三人分別在《逸經》雜誌第 19、24、34、36 各期挑起作者之爭，再經過五、六○年代陳中凡、王季思之論戰，雖持說、立場各異，但基本上，「王實甫作」之暫時性結論已獲得學術界的承認及文學史的採納。之後，雖陸續有不同之聲音，似乎也只能聊備一格。而此一問題之所以始終不能達成百分之百的共識，實乃肇於文獻資料的不足。

　　二、主題思想：爭議性主要起因於《西廂記》原著究竟是五本或四本的問題上。不過，一般都以衝破禮教藩籬、爭取愛情爲主題思想所在。但崔、張究竟能否成功，則復引出「悲劇」、「喜劇」之爭，甚至連「正劇」一詞也

〔註 1〕分見《西廂記二論》（臺大中文碩士論文）頁 1～32、《中國文學研究》第八期
　　　　（臺大中文所所刊）頁 321～346。

在爭論行列。這種現象明顯是外國文學思潮東漸的影響。而接連引爆主題思想之爭的是田漢的京劇改本，以〈并騎私奔〉作結，讓張生落第歸來，不符合崔老夫人三代不招白衣女婿的標準，遂至毫無妥協之餘地。而對此一結局的不同看法，則引發另一場論戰。

三、藝術成就：包括人物形象、情節結構、語言藝術三個主要層面，凡是綜論性論著或折子鑑賞，都會涉及此三方面，由於分析愈趨細密，反倒彼此之間的同質性愈來愈高。雖然，不曾有過大論爭，相對的，近十年來，後出轉精的文章，在這方面反而愈來愈少。

四、版本方面：由早期傅惜華、傅田章、鄭騫、張棣華等人書目式的著錄、整理，到後來蔣星煜的致力於明刊本之研究、譚帆則切入戲曲評點本及金批本、張人和也漸在版本領域嶄露頭角。經這些學者的努力，版本之研究由敘錄提高至論述層次。不過，由於版本發現流通的不易，許多版本幾乎只有蔣星煜寫過研究文章。而版本的發現，最值得一提的是，1952 年發現於西班牙愛斯高里亞（Escorial）聖勞倫佐（San Lorenzo）圖書館的《風月錦囊》本，以及 1978 年中國書店整理古書，在《通志》書皮表面發現的《新編校正西廂記》殘葉。

五、金批本的研究：早期學者著重在金聖歎的評點文字，試圖為金氏爬梳出一套評點理論或戲曲觀，反而忽略了金批本的版本源流。直至近幾年，蔣星煜、譚帆二人先後發現金批本之可能底本是張深之本，一夕之間，一些原先未弄清《西廂記》曲文中何者才是金聖歎「改」的地方，而率爾據以立論的著作，面臨推論、成果崩解的尷尬。

以上五方面，前三者是早期的研究主題，近來則較傾向於後二者。當然，往後的研究範疇，並非會一成不變地遵循著以上五大方向，畢竟研究之所以迷人，即在創發的可能性。

概述了過去《西廂記》研究之主要方向及成績，接著要談的是，近四年來新蒐集到的資料（因出版年月與真正流通市面或買到時間不一定相符，因此所論文章，發表年限不一定在 1994 年以後）。茲分數端，予以剖析：

（一）改編方面

主要是《小百花西廂記創作評論集》的出版，〔註2〕此書除了收錄浙江小百花越劇團演出的《西廂記》改編劇本及曲譜選段外，尚有長短不拘，共 53 篇的

〔註 2〕《小百花西廂記創作評論集》，天津：百花文藝出版社，1994 年 6 月 1 版，1994 年 7 月 1 刷。其中十五篇曾先在《中國戲劇》1993 年第 3 期發表過。

論文，包括編、導、演、美、音等劇團人員改編設計之心聲，也包括學者專家的意見，有褒有貶，全面性地反映了某一劇種改編演出某一劇作所引起之回響的紀錄。它的意義在於樹立了一種典範，改編劇目的演出，除了聲影的錄像保留外，座談會及其廣大觀眾的攻錯之意見的蒐集成冊，也是非常重要的一環。更難得的是，它讓參與改編演出的劇團各部門，都有代表站出來縷述自己的理念及改編企圖和設計的符碼之涵義。而這部分，臺灣每次演出的節目單（或手冊），除了演出人員簡單的資歷及各場劇目的簡介外，看不見有任何編演企圖的點醒。演前也許大肆宣傳，演後「大肆」檢討的並不多，似未看過那一齣戲演完之後，結集成一本厚達三百餘頁的論文集。（按：遲至 2004 年白先勇策畫的《青春版牡丹亭》演出，終於有了多本專論出版）因此，這樣一本眾荷喧嘩式的論文集，對改編劇本的創作與演出，肯定是正面的。不過，論文的結集，編者應有責任披沙揀金，一些太官腔式的文章，它可能是某場座談會的致辭，或某單位的誇功之詞，甚至只是短短的、一廂情願的讚譽文章，都可以不收。再者，有明顯錯誤的，若無相對批評文章，不如不收。如本集中黃宗江〈小百花兮盛放西廂〉一文，有兩處貽笑大方，其云：

> 我翻閱了一下元曲，只見那段面對紅娘大發神經的自報家門：「小生張君瑞，年二十三歲，並不曾娶妻……」云云原是紅娘向小姐學舌，形容「世上有這等傻角」。今日場上均處理做張生攔住紅娘發了這樣一大通狂言，其輕浮實爲稀有，尤浮於「若共他多情小姐同鴛帳……」。我想這樣的改動實甫原無，多始自李日華的《南西廂》，也就在古今劇場延續下來了。過去演出，多自張生於花間遇鶯鶯豔豔始。今曾昭弘改本卻發端於佛殿佛事兩相邂逅。在眾佛僧前，四大皆空中，突現一見鍾情的兩相愛慕，尤屬古人畫龍，得今人點睛也。〔註3〕

這個問題，其實與金批本之底本問題相仿，常將各本之改動張冠李戴，以致得出令人錯愕之結論。黃氏顯然對王實甫《西廂記》相當陌生，彷彿沒讀過，才會將皆屬於《王西廂》的曲文，褒貶各異，分別推給了他本。

另外，譚元杰〈傳神・抒情——論「浙西廂」的服飾美〉有一段話說：
> 越劇崔鶯鶯的造型，採用明代陳老蓮的仕女畫（崇禎刻本，《秘本西廂》插圖）。梳偏髻，斜插鳳釵；著古裝上衣，以珠子雲肩爲飾；下

〔註3〕同前揭書，頁104。

身繫裙，以帶束腰，垂蔽膝。這種全新的人物造型，具有裊娜多姿、清新雅致的美感，足以和傳統扮相（梳大頭，著女花帔）相媲美。張生和紅娘、老夫人等一系列人物的造型設計，亦有異曲同工之妙，同樣光彩照人。〔註4〕

而巧的是，幾年後臺灣研究生許文美針對該畫寫成《陳洪綬張深之正北西廂秘本版畫研究》，〔註5〕許氏並未見到譚氏文章，研究方向亦大不相同。不過，許氏在其中提到：

陳洪綬表現《張本西廂》版畫中的鶯鶯，明顯受到他對王嬌娘認識的影響，因而重視鶯鶯在社會壓抑下內心對情感的渴求，造型上一改《李本西廂》大膽性感的鶯鶯形象。然而無論如何，《西廂記》究竟沒有《節義鴛鴦塚嬌紅記》悲慘的結局，因此，《張本西廂》的鶯鶯不取〈嬌娘像〉中尋情不得，憔悴枯槁的模樣，只取某些〈嬌娘像〉的特徵；以手指內心，表現強烈訴情的意味。除了利用具有濃厚傾訴意味的姿態外，陳洪綬在《張本西廂》版畫中更結合線條的運用；他以圓轉的線條勾勒鶯鶯的輪廓及衣摺，這些起伏的線條雖斷猶連，巧妙地收束於她的胸前，又由胸前向身體外部擴散，造成內外不斷流轉的動感。

運用這種內外不斷流轉的動線是《張本西廂》的〈鶯鶯像〉在繪畫風格上的一大突破。這些動線配合鶯鶯臉上凝思的表情，表現她內在的思維。《張本西廂》的鶯鶯雖不如〈嬌娘像〉哀怨，但是卻具體表達了她的「性情」。這是鶯鶯內在個性的一部分。〔註6〕

一個談服裝造型、一個談線條所透露出的人物個性，而其實是解讀、取例角度的不同，但從個性的反映上，是一致的。因此，給了我一個啟示：不同時空、背景的研究或創作，常有殊途同歸之現象發生，如能整合在一起，其貢獻良多。試想：《西廂記》研究論著中，談到服裝、版畫（音樂亦然）的，寥寥可數，看似孤立，如將之整合、通融，也是不小的一個族群。

（二）人物形象

前面曾言，在藝術成就方面的論文，很難後出轉精，寫的人漸少。淡江

〔註4〕 同前揭書，頁259。
〔註5〕 臺大藝研所碩士論文，1996年6月。
〔註6〕 見前揭書，頁85。

中文系主辦的「第六屆中國社會與文化學術研討會」，同時有吳達芸〈論西廂故事中鶯鶯紅娘角色的轉化〉、陳慶煌〈西廂記的造型藝術——以張生形象之轉化為例〉兩篇文章。〔註7〕吳氏從〈鶯鶯傳〉、《王西廂》、田漢《西廂記》、直談到荀慧生《西廂記》；陳氏則比較元、董、王三家及《南西廂》、金批《西廂》。兩相比較，二位先生的取材與觀點，見仁見智，各有道理。陳氏平穩、吳氏新穎，耐人尋味。

吳氏以「女性學」思考角度，重新詮釋元稹筆下的鶯鶯，頗令人耳目一新，但宜指出的是，元稹本人是不可能如此塑造鶯鶯的（讀者如何接受，有時是出乎作者預料的。）相反的，他是以十足大男人口吻來「妖化」鶯鶯，除了「忍情」說以外，真正令人不察的是，全文暗藏的三個「惑」字，意旨直通《世說新語》之「惑溺」意。雖然，「忍情」說是張生拋棄鶯鶯，但〈會真詩〉最後兩句：「行雲無處所，蕭史在樓中。」〔註8〕反用典故，女主角離開，只留男主角孤單一人。其用心如何，似乎可測。

再者，吳氏以曲調演唱的分配加以統計，發現紅娘所唱折數最多，「清楚見出王實甫是有意提昇紅娘的戲份，成為全劇之冠。」〔註9〕在尚未發現元刊本《西廂記》前，很難判斷王實甫原先之設計如何。

講到《田西廂》，吳氏認為田漢又「恢復以鶯鶯為主要角色」，但認為「其筆下之鶯鶯又是個學騎馬、吟木蘭辭、嘆己身居亂世卻鳴不高飛不遠的女子」、「總似不像中國古代女性典型」。〔註10〕這點王師安祈曾有解釋，認為田漢「把自身的人生態度投射到鶯鶯身上，是有意識的、自覺的用戲曲來『言志』，劇本呈現的是作家的個性而不是演員的藝術風格。」〔註11〕

另外，吳氏跳過《南西廂》，直接荀本，〔註12〕恐有未當，因文中所舉一些例子，部分出自《南西廂》，雖然文字略有差異，但逕歸於荀本之改創，恐

〔註7〕《人物類型與中國市井文化》（臺灣：學生書局，1995 年 1 月），頁 55～88、241～268。

〔註8〕王季思《西廂記》校注本（臺北：里仁書局，1995 年 9 月），頁 219。

〔註9〕同註7，頁 70。

〔註10〕同註7，頁 77～78。

〔註11〕說見〈京劇文化的幾個階段〉，《傳統戲曲的現代表現》（臺北：里仁書局，1996 年 10 月），頁 77。

〔註12〕同註7，吳氏格於時空阻隔，未能找到荀氏原作，改以梅花館主燕京散人所序，1951 年的《紅娘》劇本，並經判斷，揣測此劇殆極接近荀慧生之原作，暫稱「近荀本」。說見頁 78。

泯滅《南西廂》之啓後地位。

全文雖小有商兌，卻不掩其瑜。此外，尚有兩本專著，一本是姚力芸的《西廂之戀——才子佳人文學的典範》（山西：山西教育出版社，1994 年 4 月）。其主要論點，頁 112～113 的一段文字可爲代表：

> 而《西廂記》所以成爲才子佳人文學的典範，除了它寫出封建時代文人永恆的理想和追求，引起下層文人的普遍共鳴：它表現了情禮統一，以善爲美的審美理想，在更廣泛的基礎上獲得民族心理的共鳴之外，還在於張生與鶯鶯的形象，他們戀愛的方式和環境，都積澱著、凝聚著一種「反覆出現的意象」，在更深的層次上，觸及了「種族之魂」。

而所謂「反覆出現的意象」，即是一種文學史上的「原型」意義。就此一角度解讀《西廂記》之內蘊，確實是另出機杼。作者論及元稹、董解元、王實甫三位文人在處理西廂之戀時，「出現了一個很有意思的文學現象」：

> 現實生活中能夠實現追求和理想、實現自我價值的人，並不避諱人生的失敗和遺憾。而在現實生活中，遠離理想、無法實現自我價值的人，才追求作品人物生活的完全美滿，不但將所有的追求理想賦予人物形象，并且讓這理想不折不扣地全部實現。〔註13〕

認爲不同的文化環境、人生際遇和生存經歷影響了藝術家的創作。諸如此類的心得，常存於作者天馬行空的論述方式中。不過，筆者對其視張生追求生命的理想時，「仕」是先且重於「婚」這個觀點，以及「在《西廂記》作者筆下，一對青年人的私情，被改造得合乎『發乎情，止乎禮義』的民族審美理想。」〔註14〕之結論，不敢苟同。一本則是含有 43 篇短文的《花間美人西廂記》論著，嚴格說來，像是散文或雜文集，所論題材甚多，不過大都就其藝術層面問題作一短評，時見點慧，讀來十分賞心悅目。〔註15〕

〔註13〕《西廂之戀——才子佳人文學的典範》，頁 38。

〔註14〕同前揭書，頁 107。

〔註15〕全秋菊、吳國欽著，廣東：汕頭大學出版社，1997 年 7 月。不過，據吳國欽頁 203 之〈後記〉云：「1983 年，我在校注《關漢卿全集》之餘，寫了一些自以爲較活潑的文字，湊成《西廂記藝術談》一書，由廣東人民出版社出版。現在奉獻於讀者尊前的這本《花間美人西廂記》是由我的博士生、廣西大學中文系全秋菊講師在《藝術談》的基礎上重新構思、另起爐灶寫成的，用句時髦的話來說：裡裡外外都進行了全新的包裝。」顯示作者是全秋菊，吳國欽只是掛名。

（三）版本方面

　　主要有三本專著，即張人和《西廂記論證》（吉林：東北師範大學出版社，1995 年 8 月）、蔣星煜《西廂記新考》（臺北：學海出版社，1996 年 11 月）和《西廂記的文獻學研究》（上海：上海古籍出版社，1997 年 11 月）。集中所收，大都是作者已發表過的文章，因此，1994 年以後的，反而所占極少。從文章結集的角度而言，可以看出張人和、蔣星煜至少是目前大陸研究《西廂記》最勤的兩位學者。〔註16〕

　　張氏本書在《西廂記》的研究中頗有新的開拓，解決了一些前人未能解決的問題。諸如：體例方面，不僅從版本的角度對《西廂記》的體制做了全面而深入的論述和考證，有助於讀者對《西廂記》的時代、體式、版本，以及是否受南戲影響等問題得到進一步澄清。曲論辨誤方面，《中原音韻》有兩次論及《西廂記》，都是關於六字三韻的，但各書徵引，卻出現「忽聽、一聲、猛驚」、「本宮、始終、不同」和「忽聽、一聲、猛驚」、「自古、相女、配夫」兩種版本，張氏清楚辨析，糾正了自明臧晉叔以來許多戲曲評論家徵引六字三韻語的疏誤。版本方面，如〈西廂會眞傳湯顯祖沈璟評辨僞〉，經過縝密的考證和審愼的辨析，發現署名「湯若士批評沈伯英批訂」之批語，係後人僞託，從而糾正了「湯沈合評」的謬誤。此一示範作用，對辨識其他名人評點本也有一定的啓發與借鑑。另外，小如《點鬼簿》與《錄鬼簿》是否即爲一書，學術界莫衷一是，張氏以翔實周密之考釋證明二者實爲一書。或如〈鄭崔合祔墓志銘〉，也以大量確鑿之材料及嚴謹之分析，論證了它不過是後人用以詆毀《西廂記》的僞作罷了。凡此，都是下苦工夫所得來的成果。〔註17〕除此，單篇新作〈三組西廂十詠的價值〉及〈今傳仇文書畫合璧西廂記辨僞〉也都擲地有聲。前文揭示了明成化七年刊〔新編題西廂記詠十二月賽雲飛〕、弘治本《西廂記》、嘉靖間刊《雍熙樂府》所載之三組〈西廂十詠〉，不僅是

〔註16〕張氏一書，共分九大部分，38 小節。第八部分「版本」分 8 小節，皆是已發表的文章，故 38 小節，少說也可看做是三十篇左右的短文章。蔣氏二書，扣除重複篇章，共得 76 篇，已占蔣氏近二十年來文章總量的三分之二。

〔註17〕本書「續書與改作」一章，探討《西廂記》之改編本、翻改本、續寫本、增補本，似乎有參考拙作《西廂記二論》的痕跡，如頁 161 之引言部分，與拙作頁 113～114 結論性文字略同，而其「據不完全統計，僅明清兩代《西廂記》雜劇和傳奇的續書和改作就有 33 種之多」，在 1992 年以前，海峽兩岸「33種」之說僅筆者提出。明眼者細看其內容，雖已大改，亦不難看出之間參考、借鑑之處。

迄今所見關於《西廂記》爲關漢卿作王實甫續之最早文字紀錄，而且也是最先出現的《西廂記》人物論。後文，則據文獻資料及仔細之比對，發現今傳《仇文書畫合璧西廂記》之兩種影印本：即上海文明書局《仇十洲畫文衡山寫西廂記分冊》（1911 年 2 月初版；1915 年 7 月改版，名爲《仇文合璧西廂記》）、上海文華美術圖書公司《仇文書畫合制西廂記圖冊》（1933 年 2 月初版；7 月再版），皆屬僞作，並非眞本之影印。此一研究結果，對版本之混亂情形，應有廓清之功。〔註 18〕

　　蔣氏從一九七九年起，至今二十年，之間關於《西廂記》的論文，總數在百篇以上。就論文之性質、內容而言，以考證版本、曲文異同等有關文獻學範疇者爲主，約占三分之二，以分析或鑑賞框架結構、人物性格等文藝範疇者爲次，約占三分之一。總體成果，主要有下列數端：具體介紹、研究現存所有明刊善本《西廂記》的版本，並條理出彼此之間的關係及其影響。尤其在辨僞方面，也提出不少疑竇及眞知灼見。再者，蔣氏非常重視史學，大有以史證曲之風格。往往能將明清兩代較著名之《西廂記》評點校刻者、整理改編者之生平事跡盡可能勾稽出一個大致的框架。而這種功力，也展現在異文上的考證或曲文的賞析中。《西廂記新考》較側重文藝學上的創發，常有尖新俏美之精彩見地；《西廂記的文獻學研究》，自然是以精深繁雜的文獻學考證爲主，二者合之實可看出蔣氏的總體成績。尤其後者，作者親自重加整理補充、篩選，自百餘萬字、百餘篇論文中，精挑 57 篇、成四十餘萬字，大有自選集、代表作之意味！但其創作力仍然旺盛，新作〈王思任評本西廂記疑案〉，即發人所未發，言人所不敢言。〔註 19〕

　　另一值得推介的是趙山林的《中國戲劇學通論》，第九章第三節〈戲劇校訂〉，〔註 20〕提到王驥德、凌濛初、毛奇齡對《西廂記》的校注或論定，是繼傳曉航編成《西廂記集解》後，首位將之擺在一起論述的實踐者，初論之始，難免失之過淺，但也給了筆者繼往開來之契機。

〔註 18〕分見《東北師範大學報》1996 年第 6 期、《文獻》1997 年第 4 期。

〔註 19〕《華東師範大學學報》，1998 年第 2 期。提要云：「國內不少曲學論著在提及《西廂記》版本時都提到有一種『王思任評本』，但論著又都從未見過這一評本。本文以爲，所謂『王思任評本』並不存在，王思任嘗爲《三先生合評北西廂》（集湯顯祖、李贄、徐渭三人評語之本）作過一篇短序，因此，書流傳不廣，後人以訛傳訛，王思任『作序』本竟成爲王思任『評本』了。」

〔註 20〕安徽教育出版社，1995 年 12 月，頁 1001～1032。

（四）金聖歎方面

九〇年代，有關金聖歎之傳記突然多了起來，短短幾年，總數遠多於九〇年代以前數十年之總和。就筆者所寓目，有劉元蓉、林棣《金聖歎傳奇》（安徽：黃山書社，1991 年 12 月）、陳飛《金聖歎》（中和：知書房出版社，1993年 6 月）、鄭衛國《文苑異才金聖歎》（武昌：武漢大學出版社，臺北：漢欣文化事業有限公司，1995 年 10 月）、陳洪《金聖歎傳論》（天津：天津人民出版社，1996 年 12 月）、周劼《狷狂人生——金聖歎的人生哲學》（北京：華夏出版社，1997 年 10 月）、周棟《劍膽琴心，快哉人生——金聖歎傳》（安徽：安徽文藝出版社，1997 年 11 月）等，外加徐朔方《金聖歎年譜》〔註21〕（浙江：浙江古籍出版社，1993 年 12 月）。足見金氏卓爾奇特的一生，頗受世人之喜聞樂知。〔註22〕以上七書，除了陳洪一書，有傳有論；徐朔方先引論後繫年較具學術風格，餘都沒有採用一般的學術論著文體，也未寫上或注出許多書名和文獻資料，僅止於傳的性質，有時甚至憑空構織，近乎雜傳。〔註23〕或類乎人生指引的勵志書，如周劼一書即據此編書原則，拈出「人生審美」和「道德批判」為金聖歎人生哲學之核心。

陳洪《金聖歎傳論》一書分為內外兩篇。內篇追蹤躡跡，評述其人生，考證頗詳；外篇撮取其理論菁華，共分「忠恕」、「因緣生法」、「事為文料」、「性格」、「犯中求避」、「鸞膠續弦」、「緩中生急」、「襯染」、「影燈漏月」、「律詩分解」、「三境」諸說，論述其文學批評之成就。在所有金氏傳論中，此書可讀性最高。而本書在內篇第三章〈生逢末世〉提到：「李卓吾是直接影響金聖歎的『異端』思想家」，故欲認識金聖歎，必先了解李卓吾。〔註24〕簡單比

〔註21〕收入《徐朔方集》第二卷〈晚明曲家年譜，蘇州卷〉〔附〕，頁 699～751。

〔註22〕不過，這種現象，徐朔方在《金聖歎年譜》中另外作了分析：「1949 年迄今，國內學術界隨著政治形勢的變化，對金聖歎的評價，由學術討論演變成為政治批判，腰斬《水滸》成為他敵視農民起義的罪狀，『反動文人』差不多變成他的代號。1978 年之後，極左思想逐漸被消除，金聖歎的評價又從相反方向層層加碼，既是愛國志士，又是啟蒙思想家，差點沒被加上革命文豪的桂冠。」（頁 700）。

〔註23〕陳飛研究金聖歎近十年，以《金聖歎評點論要》為碩士學位論文，並發表過〈論金聖歎的人格〉、〈金聖歎「三境論」初探〉、〈金聖歎與「哭廟案」考辨〉、〈金聖歎「格物」的要義〉、〈金聖歎詩歌評論述略〉、〈金人瑞的鑑賞論〉、〈聞聲感心多悲涼〉、〈妄想與悲涼——紀念金人瑞遇難三百三十周年〉、〈悲涼的妄想者〉等，故其自序中自認為此書：「雖然形式上是輕鬆的，但從學術觀點上看，還是嚴謹的，至少我是這樣掌握的。」（頁 5）

〔註24〕《金聖歎傳論》，頁 36。

照二者之異端思想及其生平事跡。稍後，左東嶺《李贄與晚明文學思想》一書，則更仔細分析李卓吾對金聖歎的影響，尤其是《水滸傳》一書之評點，李氏對金氏最重要之影響，是其以塑造人物性格爲核心之小說觀念。此書論的雖是李贄，但〈李贄與金聖歎〉一節，頗值得參考。〔註25〕

徐朔方《金聖歎年譜》，前有引論，後繫年爲譜。引論部分，其實與陳洪分內外篇相似，「都從論定其人著手，然後及於他的文學批評的功過。」〔註26〕不過，徐氏行文中，有些字眼，如「農民起義」、「人民革命」、「極左思潮」，是大陸學者在該特定時空產生的思考模式及史觀，與此地並不相合。

此外，尚有顏天佑〈從劇詩抒情特色看金批西廂記的人物心理分析〉、〈試論李漁評金批西廂的曲論史意義〉兩篇文章，值得一談。〔註27〕

前篇，顏先生認爲：

> 是劇詩的抒情特色豐富了《西廂記》中的人物心理內蘊；而《西廂記》豐富的人物心理內蘊，則深化了金聖歎在敘事文學領域中所建構的「人物性格論」。

作者並從中指出金聖歎、李漁一系列下來的戲曲評論，所展示的路徑爲：

> 由詩歌言志→戲劇故事、由曲詞賞鑑→結構討論的一種趨勢。……至於金批《西廂記》，從它「人物性格論」的凸顯與「晰毛辨髮，窮幽極微」評點的「無復遺議」，則顯示了在兼顧下古典戲曲「劇『詩』」本質的堅持。〔註28〕

此一觀照點，確實掌握了中國詩、劇（曲）之間的微妙「血緣」關係，以及金批《西廂記》人物心理分析的內涵與方法。〔註29〕

〔註25〕 《李贄與晚明文學思想》（天津：天津人民出版社，1997年3月），頁301～336。

〔註26〕 《徐朔方集》第二卷，頁700。

〔註27〕 分別發表於《第四屆清代學術研討會論文集》，中山大學，1995年11月，頁321～357、「明清戲曲國際研討會」論文，中央研究院中國文哲研究所籌備處，1997年6月11日。

〔註28〕 分見該文頁324、353。

〔註29〕 本文有兩處，筆者以爲尚有待商榷：即頁329引何良俊指出「《西廂》首尾五卷，曲二十一套，始終不出一『情』字」，乃屬「斷章取義」，何氏之立論全文前後爲「王實甫才情富麗，真辭家之雄；但……亦何怪其意之重複，語之蕪類耶。今乃知元人雜劇止是四折，未爲無見。」（《中國古典戲曲論著集成》第四冊，頁7。）許多學者喜引片斷文字作爲正面之肯定，實乃誤引。又頁332云：「王實甫對這一段浪漫愛情開場的用心經營。」文中他處類似指稱尚

　　後篇，部分文字承襲前篇而來。該篇文章主體在「三、李漁評《金批西廂》的曲論史意義」這一小節，並分（一）戲劇本質的明白釐清；（二）前人曲論完整轉化的有力宣言；（三）戲曲回歸群眾界碑的卓然豎立三點推論。不過，在論述上，（一）、（三）兩點在行文中，似未扣緊論題，反而偏離《金批西廂》，而專論起《閒情偶寄》的部分引文。也因此，（二）之小節的一段話，特別引人注意：

> 作為「劇學體系」成熟代表的《閒情偶寄》，基本上是繼承吸納了「曲學體系」、「敘事理論體系」的各種重要論點，並成功地作了根本的轉化，而蔚為一個最後階段的總結體系。由案頭到場上，由文章欣賞到戲劇表演，由人物主體到情節結構，尤其由個別表述到整體架構，李漁完成了「劇學體系」集大成的歷史使命。「填詞餘論」中對《金批西廂》的評論，完全著眼於文人把玩與優人搬弄的差異點，可說是李漁對前人曲論完整轉化的一種具體而微的宣示。〔註30〕

筆者以為此點「曲論史意義」的證成，在本文中是比較成功的。〔註31〕

　　除以上各方面之著作，音樂方面有施德玉〈太古傳宗琵琶調西廂記曲牌音樂之研究〉。本文從《太古傳宗琵琶調西廂記》曲牌音樂內容中，深入探討曲牌音樂的變奏形式及其宮調之運用情形；其次論及曲牌音樂中「套曲」的結構之多種變化，以及曲牌之聲韻對於音樂旋律的影響。〔註32〕

　　綜括以上，即是截至目前為止，學術界研究《西廂記》的大致方向與成果，〔註33〕可以明顯看出作者問題暫告一段落；藝術成就或主題思想方面的探討，有待借鑑新的批評方法；而圍繞版本及金聖歎為論題的文章，有逐漸

多，這其中有一問題須釐清，即金批《西廂記》曲文與王實甫《西廂記》曲文存在極大差異，某些金氏所批改者，是不能逕屬王實甫筆下。

〔註30〕見該文頁 20。

〔註31〕顏先生兩篇文章，習慣引用今人對某個論題的推論結果，常不加以評述，逕援為「引文」，支持自己的論點或推展論文的申述。這種論述方式，採用太多，對創發性恐易生爭議。

〔註32〕參見《藝術學報》第 59 期（1996 年 12 月）。又，音樂類論文尚有施德玉《董西廂曲樂之研究》，學藝出版社，1993 年；林文俊《北雜劇曲牌——王西廂雙調新水令套曲牌音樂研究》，1994 年 6 月。因當時論述時未及見，故未在正文中評述。

〔註33〕囿於篇幅及個人見識，篇目之取捨也許有欠公允，也必有遺珠之憾，更有一些戲劇史、文學史、綜論性專著或學位論文，也提供了寶貴的意見，因體例原則，只好割愛，實感憾甚！

蔚爲風潮的趨勢。新方向的形成，當然可喜，不過，更全面齊備而深入的研究，方足以建構巍然可觀的「西廂學」！

第二節　論文題目之命義及其研究論題之評估

　　本論文題目之命義，可先分「西廂學」、「論衡」兩部分來談。首先，筆者之所以在題目中鑲嵌「西廂學」三字，乃因本論文所要探討的問題，不限於王實甫〔註34〕《西廂記》，尙包括箋注、改編、評點本等，可說是視「西廂」爲一「主題」研究範疇，甚至是「一門學問」，而非僅是「一本書」而已。

　　「西廂」爲筆者長期關注之論題，終極在於「西廂學」的建立，而其建立則有賴於研究的眞積力久。初步描摹、規畫「西廂學」的結構，至少宜包括《西廂記》之改編、評點、校注、批評、序跋、題詠、刊刻、演出、觀賞等方面，以及劇本本身之研究，而每一方面的研究所牽涉到的問題，亦頗複雜。如碩士階段，筆者《西廂記二論》所完成的改編、評點兩大系列，就發現前者在情節的改編上，往往寓含主題思想的轉移及創作動機的不同；而後者，評點文字所透顯出來的文學思想，更暗合著時代思潮的脈動。如今，筆者所進行的是「校注」方面的工程。以「史」爲設計主軸，架起所有梁柱。而「史」觀的建立，亦逐漸成爲個人「西廂學」研究上的主體精神，在往後各論題的陸續補足與完成上，繼續發揮此一特色。當然最重要的是，「西廂學」非僅憑我一己之力就能全面建構，需要學術界共襄盛舉。

　　關於「論衡」二字，一望而知是源於王充《論衡》一書，而取法之處，誠如王充〈自紀篇〉所解釋的：「論衡，論之平也。」〔註35〕〈對作篇〉亦云：「故論衡者，所以詮輕重之言，立眞僞之平也。」〔註36〕明白倡言要對往古與當時之一切思潮、學說加以衡量，評其是非眞僞，定其輕重，攻擊虛妄之說。雖然，《論衡》不是一本考辨文獻眞僞的專書，對文獻的使用也存在幾個缺陷。〔註37〕但，他不迷信權威，勇於懷疑的精神，以及所使用的種種考證

〔註34〕《西廂記》作者，自古以來有八種說法，目前學術界或文學史皆趨向於王實甫作。八種說法及論辯情形，參見拙作《西廂記二論》（臺大中文碩士論文，1992年6月），頁1～11。
〔註35〕東漢，王充原著，袁華忠、方家常譯注，《論衡全譯》（貴州：貴州人民出版社，1993年3月）下冊，頁1801。
〔註36〕同註35，頁1774。
〔註37〕李偉泰先生認爲王充對文獻的使用有三方面的缺陷：（1）不明神話的性質，

辨僞之方法，卻是值得效法的。

　　而筆者論題所及，亦包括往古與現今對《西廂記》的研究，期許自己亦能對此一切作一持平之衡量。一如章太炎對王充《論衡》之盛讚：「正虛妄，審向背，懷疑之論，分析百端，有所發摘。」〔註38〕秉持懷疑之精神，亦即「問題意識」，企求在錯綜複雜之問題群中，有所創發。

　　正因爲所要分析之問題紛雜「百端」，不易找出一貫串全本論文之主題或副標題，故依前賢，挪借「論衡」二字爲題，如王充《論衡》、章太炎《國故論衡》，或近人王夢鷗《傳統文學論衡》、馬幼垣《水滸論衡》、蔡信發《文史論衡》、林安梧《現代儒學論衡》等，莫不是胸羅諸多論題，不得不發。以上諸君，除王充外，皆未在自序中明白透露命義之由來，但想當然耳，皆一也。

　　至於研究論題的評估，亦即所謂「四題」之研究價值何在？總的說來，論題之方向主要集中在古代《西廂記》研究最成氣候的一系列校注本，以及今人校注本，除此尚涵括幾個零星但具爭議性或無人發掘的問題。古代《西廂記》研究方面，共選擇了《新刊奇妙全相注釋西廂記》（弘治本）、《重刻題評音釋西廂記》（徐士範本）、《鼎鐫陳眉公先生批評西廂記》（陳眉公本）、《新校注古本西廂記》（王驥德本）、《西廂記五本解證》（凌濛初本）、《六幻西廂記五劇箋疑》（閔遇五本）、《毛西河論定西廂記》（毛西河本）等七本，以往這些校注本全部寓目的機會不高、〔註39〕討論的人屈指可數。〔註40〕其中蔣星煜先生雖一一作過研究，〔註41〕卻未貫串成史來看待這個問題。筆者認爲將這些代表作串連起來，應可看出幾個可觀的面向：（1）古代《西廂記》研究史的啓蒙與發展，這其中應包括對戲曲文獻的校訂、戲曲研究領域的拓展

所以大費篇幅辨其不可信。或加以採信。（2）不明寓言的性質，逕自以爲事實。（3）未曾對西漢以前的文獻資料作自覺而有系統的辨僞。說見李氏《漢初學術及王充論衡述論稿》（臺北：長安出版社，1985 年 5 月），頁 169～190。

〔註38〕轉引自《論衡全譯・前言》，頁 3。

〔註39〕大陸學者傅曉航編輯校點《西廂記集解》（甘肅：甘肅人民出版社，1989 年12 月）即收此七種版本，以鉛印字重排，但校對頗疏略，相同條目只要内容相仿，即不計細節省略之，全書嚴重失眞，幾不可讀。故筆者仍以個別古代刻本爲主論依據。

〔註40〕參見拙作《西廂記二論》附錄一・〈西廂記研究論著索引彙整〉。

〔註41〕參見蔣氏《西廂記的文獻學研究》（上海：上海古籍出版社，1997 年 11 月），蔣氏稱此部分研究爲「版本研究」，並非以校注史觀之，故未視爲一整體或族群來研究。

與問題的論爭；（2）校注者中不乏本身即是戲曲作家、曲論家，因此，校注必然成爲其創作之觀摩及理論之實踐，以及彼此間的理論交流與攻伐。而這些有時在他們的作品中是見不到的。這方面的探討龐大而複雜，但明顯可以王驥德爲分界，分爲兩個論題闡述，此爲本論文之重心。

繼之而論的是今人校注《西廂記》的成績，包括王季思、吳曉鈴、張燕瑾、祝肇年、蔡運長、張雪靜、李小強、王小忠、賀新輝等學者之校注本。這部分是古代《西廂記》研究史的延續，也是緒論第一節〈西廂記研究述評〉的補充，就像古代王驥德、凌濛初等人，各自有各的曲論著作，戲曲校注本往往是他們曲論的補充與實際操作成績，同樣，校注《西廂記》之前賢時輩，本身亦都具有學者身分。相信，這樣的論題，就接續《西廂記》校注、研究史或做爲今人校注他本的參考、借鑑等，都是有意義的。

第四章所談的問題有三：（1）《拯西廂》之情節改編及其批語；（2）張深之本與金批本之關係重探；（3）金批本分節之來源及金聖歎曲家地位重評。多屬筆者個人之發現與心得。第一節，是屬於改編本的發掘，就其總數而言，已是第三十五本，〔註42〕探討其改編情況及評點（批語），也是「西廂學」層面的工程之一。第二、三節，是互相關聯的問題，目前學術上的發現是：金批本之底本可能是張深之本，可能性愈來愈受到學者的肯定，但筆者在深入各相關版本比較後，卻發現金批本的底本來源，似不只一本，繼而發現金批本在分「節」上與王驥德本若合符節，間接顯示金聖歎在戲曲評點上受到王驥德之啓發或影響，那麼，其戲曲「分節」說之涵義與功過就得重新商榷。這是筆者的一項假說，之於曲界不啻是一大衝擊。如果假說可以證實，戲曲史對金氏的評價自然得重新翻改。如果筆者的一小步，可以成爲戲曲史的大步修正，這論題的擬設就值得去探討。

餘論部分，除總結前文，尚附論《西廂記》第五本之完整性。乃因《西廂記》第五本常受人訾議，甚至懷疑是他人續貂之作，原著並無。就這一點，筆者擬從故事的完整性證明第五本早就存在創作者的藍圖中，否則不會在前四本處處故布「疑陣」，〔註43〕希望個人的意見能成爲此一今古疑案露出眞相

〔註42〕參見拙作〈王實甫以外元明清三十四家西廂記改編本綜探〉，《國家圖書館館刊》，86年第1期（86年6月），頁193～225。
〔註43〕就持否定有第五本之說者，前四本留下的伏筆，之於他們就像案件中兇嫌留下的疑點，必須一一破解，不然，即稱之爲「懸案」。

的一道曙光。

　　論文最末的兩個附錄：《西廂記論著索引補編》是接續碩士論文〈西廂記研究論著索引彙整〉，新近補充的條目。〔註44〕〈五種西廂記箋注本之注釋條目一覽表〉則是處理第一章第二節之副產品，從中可知古代《西廂記》箋注之條目大概總目及沿革如何。

　　以上即本論文所包含之論題，「彈不虛發」即是以下論述所期。

〔註44〕碩士論文《西廂記二論》曾交由文史哲出版社出版，在交稿前，曾獲口考老
　　　　師李殿魁教授提供不少資料，補進數十條論著條目。故出版後之論著索引總
　　　　條目，已比當時碩士論文所蒐集者多。

第一章　從單純箋注到成為一門學問

　　《西廂記》在元雜劇之中，始終是一個「異數」，含有不少謎團，如內容連本、唱者不限一人等，至今懸而未解。然更令人咋舌的是，其版本之多，遠超過古代任何一本劇作，這其中又包含了豐富的評點、校注文字，前者不啻是文藝學方面的鑑賞經驗之呈現；後者無異是文獻學方面的研究心得。

　　如果要建立「西廂學」之體系，這些就是最好的第一手資料。筆者以為其評點往往與時代之文學思潮相關（參見拙作《西廂記二論》第二論）；而校注本則呈現古代《西廂記》研究的最直接面貌，雖然受制於「箋注」體例的限制，其理論色彩並不明顯，但一經並列爬梳，串以史的縱線觀察，則可以清楚看出各家風格以及彼此之間的關係。

　　以下選論之七種代表性箋注、解證本，之所以分為兩章，乃基於古代《西廂記》研究的轉捩點，恰好可以王驥德為重要分界，故處理成「從單純箋注到成為一門學問」、「各家爭鳴與問題之開展」兩個論題，並在第一章章首弁以「鶯鶯學」一節，以明「西廂學」之發端。

第一節　「西廂學」的發端——鶯鶯學

　　小說學中有所謂題詠派，原則上是以韻文來發表閱讀心得，唐人小說流行散文與韻文之互文，著名之例如〈長恨歌傳〉與〈長恨歌〉，〈李娃傳〉與〈一枝花〉等，而〈鶯鶯傳〉則更多，舉凡元稹、白居易、杜牧、沈亞之、李紳、王渙、楊巨源等人與〈鶯鶯傳〉有關之詩作，皆可視為對鶯鶯（雙文）其人其事之題詠，尤其之於元稹，鶯鶯更是令他在現實世界中又愛又恨、永

生難忘、魂牽夢縈的戀人，其心境之複雜更非「題詠」二字所能括之。不過，也因為如此，題詠之理論性質較爲稀薄，也極可能因感情用事而喪失客觀精神與評論功能。故「鶯鶯學」雖可說啓蒙於唐，但其理論建樹不得不讓於好議論的宋人。〔註1〕

北宋人好談崔鶯鶯事，不止士大夫文人階層，市井藝人亦爲之風靡。〔註2〕其中當以趙令時《侯鯖錄》卷五所載者最爲完備。趙氏不僅將〈鶯鶯傳〉本文分章，並配以【商調蝶戀花】，演爲民間說唱藝術鼓子詞，播之聲樂，形之管絃。亦且附載王性之（銍）之〈鶯鶯傳奇辨正〉一文及〈元微之年譜〉，使此故事由小說之欣賞、人物之題詠而進於考證。〔註3〕

王性之的考證，首先是利用唐《登科記》，查證張生是否就是張籍，結果是張籍於貞元十五年登科，而〈鶯鶯傳〉中的張生直至貞元十七年仍「文戰

〔註1〕「鶯鶯學」一詞，首度由國內學者康來新先生提出。見《發跡變泰──宋人小說學論稿》（臺北：大安出版社，1996年12月）。本節初稿經康先生過目、指點，將〈鶯鶯傳〉之題詠添入其學之發端。

〔註2〕趙令時【元微之崔鶯鶯商調蝶戀花詞】云：「夫傳奇者，唐元微之所述也。以不載於本集，而出於小說，或疑其非是。今觀其詞，自非大手筆，孰能與於此。至今士大夫極談幽玄，訪奇述異，無不舉此以爲美談；至於倡優女子，皆能調說大略。」《侯鯖錄》，卷五，收入《龍川略志外十七種》（上海：上海古籍出版社，1991年12月），頁389。以下凡《侯鯖錄》引文皆見此版本，頁385～394。

〔註3〕〔明〕王驥德及現代學者如陳寅恪、王夢鷗等皆將《侯鯖錄》卷五所引全文視爲王銍所作；今人康來新先生《發跡變泰──宋人小說學論稿》則以趙令時只引〈辨正〉中「嘗讀蘇翰林贈張子野有詩曰：『詩人老去鶯鶯在。』注言所謂張生，乃張籍也。」（註1所引《侯鯖錄》蓋影印自《文淵閣四庫全書》，無「注言所謂張生，乃張籍也。」二句，王驥德本、世界書局版則有，據後文考證內容，宜有此二句。）以下爲趙氏所考證，包括〈元微之年譜〉。此一問題，經康氏另施句讀，遂得重新思考，文中「僕」是指趙或王氏？莊季裕（綽）、楊阜公是王或趙氏之友人？或者此四人彼此皆有來往，同屬元祐勝流。因生平資料不足以判別，姑且存疑。不過，王銍與莊季裕若有交往，則莊季裕《雞肋編》不應不知《龍城錄》爲同時人王銍所作，而誤爲柳子厚。（說見余嘉錫《四庫提要辨證》第三冊，頁1101～1106。北京：中華書局，1985年1月。）但若說「僕」指趙氏，莊季裕爲其友人，「雞肋」、「侯鯖」即是友誼之呼應。但在此處，亦有矛盾未解，即《侯鯖錄》卷七錄有一條與此相關之資料，云：

張子野年八十五尚聞買妾，陳述古作杭守，東坡作倅，述古令東坡作詩云：「錦里先生自笑狂，莫欺九尺鬢毛蒼。詩人老去鶯鶯在，公子歸來燕燕忙。柱下相君獨有齒，江南刺史已無腸。平生添作安昌客，略遣彭宣到後堂。」詩人謂張籍；公子謂張祜；柱下，張蒼；安昌，張禹。皆使姓張事。

不利」，所以此張非彼張。但考證之工作隨即陷入膠著，直至莊季裕的友人楊阜公帶來了元稹〈姨母鄭氏墓誌〉，其中有「其既喪夫遭軍亂，微之爲保護其家備至。」遂曙光乍現，讓王性之聯想起「所謂傳奇者，蓋微之自敘」，再輔以白居易〈微之墓志〉、韓愈〈微之妻韋叢墓誌〉、微之作〈陸氏姊誌〉、白居易〈微之母鄭夫人誌〉等四種墓誌銘，終於構築出鶯鶯乃元稹中表之關係網絡。回頭又自元稹〈古豔詩〉等作品中，爬梳其與鶯鶯交往的蛛絲馬跡，經與小說相比附，幾乎是如出一轍，「凡是數端，有一於此，可驗決爲微之無疑；況於如是之眾也。」、「雖巧爲避就，然意微而顯，見於元微之其他文辭者，彰者又如此。」唯一令王氏不解的是，元稹何以要「更以張生者」。〔註4〕而此一疑問，近人陳寅恪於其所著《元白詩箋證稿・豔詩及悼亡詩》所附〈讀鶯鶯傳〉一文中，已詳爲論證。意謂元稹假託張生以播述其豔遇，所遇之崔娘，亦非名門閨秀，只不過如張鷟〈遊仙窟〉中之張生遇崔娘而已。

　　從以上可知，「鶯鶯學」的討論重點在於小說中人物與作者之關係，從辨疑、考訂到年譜之繫，都是爲了證成〈鶯鶯傳〉是作者元微之出於感舊追懷的懺情之作，這種務「實」的考證觀念，對於往後《西廂記》出現，隨之帶起的「西廂學」，也有一定程度的影響及衝擊。例如，從「西廂學」發展之關鍵人物王驥德身上，就可發現宋、明二王氏在資料、方法運用上的雷同，王驥德蒐集了墓誌銘、傳記、詩詞等，有過之而無不及。（詳目參見本章第三節）基本上，王驥德在校注《西廂記》時較注重「實」的一面，如第一折論及：

　　　〈傳〉言崔氏孀婦，將歸長安。長安，今陝西西安府，唐所都也。
　　　博陵之崔，唐名族，鵬或徙居長安。又鵬妻鄭氏墓誌，謂其既喪夫，
　　　遭亂軍，則鄭之歸，鵬當以官卒於永寧，不當言京師。由永寧至長
　　　安差近，不當復至河中。言歸長安，又不當復葬博陵。《記》中所謂
　　　相國崔珏，及此曲「夫主京師祿命終」及「望不見博陵舊塚」，頗與
　　　〈誌〉〈傳〉不合，皆詞家烏有之語耳。〔註5〕

毛奇齡則云：

　　　「博陵」，崔氏郡名。據王性之〈辯証〉，謂鶯是永寧尉崔鵬之女，
　　　然亦擬議如是耳。況詞家子虛，原非信史，必謂崔是終永寧府歸長

〔註4〕王氏所持理由甚爲荒謬，其云：「豈元與張受命姓氏，本同所自出耶。張姓出
　　　皇帝之後，元姓亦然。後爲拓拔氏，後魏有國，改號元氏。」
〔註5〕王驥德本，卷一，頁 5b～6a。

安，非終長安而歸博陵者，一何太鑿。〔註6〕

又，第二折論及張生年齡，王驥德認為：

〔白〕：「年方二十三歲。」當從本傳，以「二十二」為正。〔註7〕

毛奇齡則駁之：

「二十三歲」出董解元本，〈會眞記〉作「二十二歲」，此從董者，
正由歷在董耳，詞例之嚴如此。〔註8〕

「虛／實」不唯在「西廂學」上是一大論題，在中國古代曲論上亦然，
而這種觀念上的不同，亦常衍為創作上的改編，如《翻西廂》、《美唐風》、《砭
眞記》等，多少與「實」觀有所干係。〔註9〕

當〈鶯鶯傳〉中的男女主角張、崔之命名皆有由來時，王驥德亦考證出
「紅娘」一名之所從出：

又，微之他詩，「紅娘留醉打，觥使及醒差。」（按：出自〈疟臥聞
幕中諸公徵樂會飲因有戲呈三十韻〉）及「峴亭盡日顚狂醉，舞引紅
娘亂打人。」（按：出自〈狂醉〉）注：舞引《紅娘拋打》，曲名，則
崔氏之名其侍兒，固有所本，亦雅麗可喜耳。〔註10〕

清楚看出王性之的考證文章，在「虛／實」觀上的影響；但其影響又不
止於此，辨文中尚有如下之評語：「微之所遇合，雖涉於流宕自放而不中禮義，
然名輩風流餘韻，照映後世，亦人間可喜事。」宋代雖理學昌盛，但彼等元
祐勝流所喜談之事正是這等佳人才子之風流韻事。這也就是為何趙令時之【蝶
戀花】要「句句言情，篇篇見意」，徵逐於歌樂之中。

趙令時的【商調蝶戀花詞】，最末一段正呼應了王性之的「可喜事」之說，
其云：

僕嘗采摭其意，撰成鼓子詞十章，示余友何東白先生。先生曰：「文
則美矣，意猶有不盡者，胡不復為一章於其後。且具道張之與崔，
既不能以禮定情，又不能合之於義。始相遇也，如是之篤；終相失
也，如是之遽。必及於此，則全矣。」余應之曰：「先生眞為文者矣，
言必欲有始終箴戒而後已。大抵鄙靡之詞，止欲歌其事之所可歌，

〔註6〕毛西河本，卷一，頁5b。
〔註7〕王驥德本，卷一，頁21b。
〔註8〕毛西河本，卷一，頁20b。
〔註9〕參見拙作《西廂記二論》，頁78～81、92～94、98。
〔註10〕王驥德本，卷六，頁10b。

不必如是之備。若夫聚散離合，亦人之常情，古今所同惜也。又況
崔之始相得而終至相失，豈得已哉！如崔已他適，而張詭計以求見；
豈知張之意，而潛賦詩以謝之，其情蓋有未能忘者矣。」

　　何氏建議趙令畤時加寫一章，說明男女之情若不能依理合義，終會導致分手。
這種論調，其實與〈鶯鶯傳〉中的「忍情」說在男性心理底層所戒愼恐懼者——
——女人／禍水無二，因此，元稹要在傳末銘之以「夫使知之者不爲，爲之者不
惑」，〔註11〕一如何東白執意爲文要盡美則「言必欲有始終箴戒而後已」。而這
也就是爲何「韓壽偷香」一類愛情故事會擺進《世說新語》的「惑溺」篇，明
白昭告天下男子爲女色而跳牆者，乃爲女色所惑，不足式也。基於此，何東白
在欣賞文辭之美後，則覺「意猶有不盡者」，此「不盡」實是說其未道出「箴戒」
之用心。顯然，趙氏是站在詩緣情而綺靡的角度看崔張情事，不必求其意之備
矣。細玩其詞，「其備」在趙氏心中實屬蛇足。而這種相對於「詩教」傳統的「叛
逆」論調，不唯是近人錢鍾書在選注宋詩時發現的「宋人在戀愛生活裡的悲歡
離合不反映在他們的詩裡，而常常出現在他們的詞裡。」〔註12〕更重要的是，
其所昭示的「情」觀，更從「虛／實」論外別開生面。〔註13〕

第二節　三種《西廂記》箋注本：弘治本、徐士範本、
　　　　　　陳眉公本

　　本節所要探討的是，《西廂記》校注本早期發展的情況，包括弘治本、徐士
範本、陳眉公本。弘治本爲單純箋注本，後二本則尚含有音釋及題評，但因題
評部分，筆者碩士論文已處理過，此處就箋注部分合論，以窺早期箋注之特色。

一、《新刊奇妙全相注釋西廂記》

　　弘治岳刻本《新刊奇妙全相注釋西廂記》（簡稱弘治本）是現存《西廂記》

〔註11〕王驥德本，卷六，頁9a。
〔註12〕參見錢氏《宋詩選注·序》。收入《錢鍾書論學文選》（廣州：花城出版社，
　　　　1991年9月）第六卷，頁38。
〔註13〕當然，若說晚明情觀之盛行爲趙氏之影響所致，可能浮泛了些，不過，就《西
　　　　廂記》單獨劇本而言，亦不難找到共鳴者，如凌濛初《譚曲雜箚》云：「西廂
　　　　爲情詞之宗」（《中國古典戲曲論著集成》第四冊，頁257）；毛西河本，卷五，
　　　　頁33a云：「『有情的』，此是眼目，蓋概括《西廂》全書也。」

最早的完整刻本，刊刻年代，據其牌記末一行所載「弘治戊午季冬金臺岳家重刊印行」，乃明孝宗弘治十一年，推算爲西元一四九八年，但因季冬爲夏曆十二月，據曆表，弘治戊午夏曆十二月初一已入西元一四九九年一月。除了每頁上欄皆有插圖外，它對曲文中所涉及的典籍故實時有注釋（內文標以「釋義」二字）。

其釋義體例，雖非全本一致，不過，有模式可尋，如：

> 〔釋義〕八拜。出《聞見錄》。韓魏公留守北京，李稷以國子博士，爲怠慢。公抵潞，公代魏公爲守。稷謁，見公著道服，出語之曰：「汝父吾客也，只八拜。」稷不得已，如數拜之。〔註14〕

先注出處，如有一種以上，就其所知臚列。但少數詞語，或不明其出處而未注。接著是故實內容，通常是就典釋典，並不結合全劇內容。如上所舉「八拜」，原賓白作：

> 小生姓張，名珙，字君瑞。……欲往上朝取應，路經河中府過蒲關，上有一人，姓杜，名確，字君實，與小生同郡同學，當初爲八拜之交……。〔註15〕

宜指結爲異姓兄弟，與李稷事無關。另，出處常有模稜兩可之現象，如《聞見錄》有邵氏、封氏，並未明指。經查方知是出於邵氏《聞見錄》卷十，且未照錄原文，在刪節上，常失原文精神，如「八拜」一段：

> 俄潞公代魏公爲留守，未至，揚言云：「李稷之父絢，我門下士也。聞稷敢慢魏公，必以父死失教至此。吾視稷猶子也，果不悛，將庭訓之。」公至北京，李稷謁見，坐客次，久之，公著道服出，語之曰：「而父吾客也，只八拜。」稷不獲已，如數拜之。〔註16〕

兩相對照，何者精彩生動，一眼即知。這種刪節，並非出於篇幅有限，因其他較此條目釋文更長者，比比皆是，純粹出於釋義者文才良窳。

也有極少數詞條，會在釋典後，配合曲文，道出其引申義或喻意，如：

> 玉笋。出《東坡詩集》。唐張祐客淮南，幕中赴宴。杜紫微爲中書舍人，南坐，見妓女索骰子賭酒，紫微吟曰：「骰子巡巡裏手枯，無因

〔註14〕〔元〕王德信，影明弘治本《奇妙全相注釋西廂記》（臺北：世界書局，1961年2月）卷一，頁32b。

〔註15〕《暖紅室彙刻傳奇・西廂記》，頁105。

〔註16〕〔宋〕邵伯溫，《聞見錄》，《欽定四庫全書》（上海：上海古籍出版社，1991年12月）卷十，頁1～2。

得見玉纖纖。但應報道金釵墜，彷彿還因露指尖。」玉筍，手指也。
〔註17〕

針兒將線引。出《淮南子》。線因針而入，不因而急。如女因媒而成。
〔註18〕

兩則末了，皆不再只是交代出處或故實，而是配合曲文進一步指出所喻為何。但這在全本中卻屬罕見。而且若仔細檢索，也常有欠周延之處，如「玉筍」詞條所引之典故內容，竟不見「玉筍」二字。另有一類，則是喻旨有誤，如：

有美玉於斯。出《論語》。子貢見孔子有道不仕，故設言有美玉於斯，將蘊之於匱而藏之乎，亦將待價而賣之乎！蓋比孔子也。〔註19〕

出處雖對，喻意卻錯。且看原曲文：

〔煞尾〕沈約病多般，宋玉愁無二，清減了相思樣子。喑眉眼傳情未了時，中心日夜藏之。怎敢因而有美玉如斯，我須教有發落歸著這張紙。憑著我舌尖兒上說詞，更和這簡帖裡心事，管教那人兒來探你一遭兒。〔註20〕

說的是，紅娘受張生之託傳柬於鶯鶯小姐，感於張生之情深病添，慨然應允盡心辦妥，不敢「因而」，更何況有此文采華茂的信，說什麼也要教小姐來看他一遭，故明顯可知「美玉」乃指書信之文情，非比孔子也。這點後來在王驥德本說得十分透徹：

「有美玉於斯」以此珍重其書之意，卻借用下文「韞匵而藏」語也。因賓白張生有「姐姐在意」之囑，故言你二人向日眉眼傳情未了之時，我已心中藏之而不敢忘矣。你之書與重價之美玉一般，我怎敢輕慢而沈匿了你。我須教此去，定有發落，歸著這一張紙也。〔註21〕

除了釋義內容上所存的瑕疵外，在條目的選擇上，亦有值得商榷之處：

（一）可刪者

如第一折的「觀音」、「菩薩」、「相思」、第二折的「和尚」等，實無必要

〔註17〕同註14，頁47b～48a。
〔註18〕同註14，頁59b。
〔註19〕同註14，頁95a。
〔註20〕同註19。
〔註21〕《明代版畫叢刊四‧西廂記》（臺北：國立故宮博物院，1988年6月），卷三，頁9b～10a。

詳加解釋，一般讀者應具有對此類詞語之認識能力，深入了解其詞之來源，於文義之賞鑑，並無幫助。

（二）該注而未注者

如隨喜、顚不剌、周方、沒揣的、扢搭地等詞，其中有些詞語乃屬北方語言，或金元詞彙，據蔣星煜先生的解釋是：

> ……至於如胡伶六老、演撒、既不沙、沒揣的、胡淰、撞丁子、酩子裡等北方鄉語或金元少數語言詞彙，都不加注釋。因爲書刻於北京，當地人對北方鄉語和金元少數民族語言都比較熟悉，所以就不再一一注釋了。〔註22〕

明代傳奇小說《鍾情麗集》中也提到：

> 一夕，天色陰暗，生與瑜待月久之，乃同歸室，席地而坐，盡出其所藏《西廂》、《嬌紅》等書，共枕而玩。瑜娘曰：「《西廂》如何？」生曰：「《西廂》不知何人所作也。……且句語多北方之音，南方之人知其意味者罕焉。」〔註23〕

作者玉峰主人爲明成化間人，比弘治本稍早，已反映當時某些文人爲《西廂記》「句語多北方之音」所苦。故至萬曆四十二年（1614）陳眉公評本，即多了北方鄉語等條目的注釋。而屬南方刻本的徐士範（毗陵人）本，在釋義中雖對這些詞的注釋仍付之闕如，但題評中也出現北方鄉語如「顚不剌」等的補充說明。

觀察弘治本所有條目的特點是百分之九十以上皆有出處，相對地，被蔣氏指爲「北方鄉語」或「金元少數民族語言」者，可能因無出處，乾脆不注。從這點來看，弘治本挑選條目的標準之一是詞出有典，而所謂的典，即出處，有時是相當廣泛的，如總集類的《文選》，甚至是類書性質的《詩學》、《翰墨全書》。

雖然挑選的條目可再斟酌，注釋的內容也頗多疏漏，但基本上，後出的箋注本，倒少有超出弘治本範圍的，例如徐士範本、劉龍田本、陳眉公本、魏仲雪本，總條目數皆在二百五十以上（參見附錄二），但皆少於弘治本，不

〔註22〕 蔣星煜，〈弘治本西廂記的體例與岳刻問題〉，《明刊本西廂記研究》（北京：中國戲劇出版社，1982年7月），頁28。

〔註23〕 〔明〕吳敬所編，《國色天香》（瀋陽：春風文藝出版社，1989年1月），卷九，頁320。

過，相同條目者，居然皆超過二百條，相異者，最少不過十條左右，最多也不超過四十條，足見弘治本對往後《西廂記》箋注本的影響之大。

二、《重刻元本題評音釋西廂記》

根據程巨源序文的末載「萬曆上章執徐之歲如月哉生明」，「上章」為「庚」，「執徐」為「辰」，萬曆庚辰，即萬曆八年（1580），「如月」指「二月」，「哉生明」指初三。故此一《重刻元本題評音釋西廂記》（簡稱徐士範本）刊刻日期應距明萬曆八年二月初三不遠。至於主持刊刻者為「企陶山人徐逢吉士範」，生平資料不明。〔註24〕此刊本稍後不久，即被奉為善本，如：

龍洞山農云：

> 北詞轉相摹梓，踳駁尤繁，唯顧玄緯、徐士範、金在衡三刻，庶幾善本，而詞句增損，互有得失。〔註25〕

王驥德亦曰：

> 餘刻紛紛，殆數十種，僅毗陵徐士範、秣稜金在衡、錫山顧玄緯三本稍稱彼善。徐本間詮數語，偶窺一斑；金本時更字句，亦寡中窾；獨顧本類輯他書，似較該洽，恨去取弗精，紕繆間出。〔註26〕

從以上二則，很難看出徐士範本上的〈題評〉、〈釋義大全〉、〈字音大全〉究係徐氏所添抑或他人後添。然而，所謂「徐本間詮數語」，「詮」雖可作解釋或品評解，但「數語」似指眉批之題評較有可能，而不太可能是指條目超過二百多條之釋義。大陸學者蔣星煜則認為書名既是「重刻元本」，表明了「〈題評〉是元代的本子上已經有了，或者原來的老本子已經有了。」並根據徐士

〔註24〕蔣星煜云：「幸而王驥德告訴我們徐是毗陵人，毗陵為常州。這樣，我就在幾種《常州府志》和《武進縣志》中找到了『徐常吉士彰』。這位徐常吉，是萬曆進士，著有《詩經翼說》、《四書原旨》、《經史論辯》等書，自己收藏也比較豐富。曾任戶科給事中等官，萬曆初年曾經為海瑞說話，彈劾房寰，而被捲入當時朝廷內部的重大政治鬥爭。地方志中的〈徐常吉傳〉，雖未說他有名為逢吉的兄弟，但他們是兄弟這一點有較大的可能性。」（引自〈論徐士範本西廂記〉，《明刊本西廂記研究》，頁39）。敘述徐常吉事蹟，對我們了解徐逢吉並無幫助，而據此推斷其為兄弟的可能性，尤其危險。

〔註25〕〔明〕龍洞山農，《刻重校北西廂記・序》，轉引自傳田章《明刊元雜劇西廂記目錄》（東京都：東京大學東洋文化研究所，1970年8月），頁25。

〔註26〕〔明〕王驥德《新校注古本西廂記・自序》（臺北：國立故宮博物院，1988年6月）。

範在〈自序〉中已經批駁了〈會眞記〉中的張生即作者元稹本人的說法,明顯與題評中相信鶯鶯曾寫一封信給元微之的說法互相矛盾,證明題評非出自徐氏手筆。更進一步從〈題評〉口吻、〈題評〉與〈釋義大全〉解釋矛盾、〈題評〉中提到的舊「解」內容恰與〈釋義大全〉吻合,而注音體例常見複出且不統一,而推斷〈題評〉、〈釋義大全〉、〈字音大全〉,出自三手,時有先後,為〈釋義〉早於〈題評〉,〈題評〉又早於〈字音大全〉。〔註27〕

也因爲蔣氏執意認爲徐士範並未題評《西廂記》,因此後來的凌濛初刊本及劉世珩彙刻傳劇本《西廂記》皆用了徐士範本的題評八條,都冠以「徐士範曰」是錯誤的。〔註28〕

筆者以爲,要是「重刻」皆是按本照刻,頂多是手民誤植,否則《西廂記》不該在版本上有那麼多不同的面貌,而版本常見冠以某人名號,除了可能是書商行銷上所倚重的噱頭外,更是證明此本不同他本的一種保證。今天根據可見的版本,已知徐士範本出版之後,據茲本「重刻」者又有熊龍峰本及劉龍田本,雖曰「重刻」,但在版面上卻有小幅度刪削、移動,不僅僅是文字上的誤植而已。而這就產生了一個問題,蔣星煜認爲:

> 但是徐士範既定書名爲《重刻元本題評音釋西廂記》,那麼這說明他只是重刻題評⋯⋯。

但他又曾對同樣書名的熊龍峰本,比對出熊氏對徐士範本的「校正」:

> 他刪除了徐士範的原序,又增加了當時流行較廣而爲徐士範所未收的《圍棋闖局》、《蒲東崔張珠玉詩集》、《西廂八詠詩》、《西廂別調》、《滿庭芳九闋》等五種附錄。

> 此外,徐士範刊本把這二十齣的〈釋義〉和〈字音〉都集中在全書最後,分別編成〈釋義大全〉和〈字音大全〉各一卷。余瀘東則分列〈釋義〉、〈字音〉於每一卷之後,不再單獨成卷。爲了遷就版面,不讓有半點空白,〈釋義〉和〈字音〉都是刻滿版面爲止,凡不滿一葉篇幅的,余瀘東就予以刪削,沒有徐士範刊本那麼多了。

> 余瀘東還改動了徐士範刊本五齣戲的齣目:第七齣〈夫人停婚〉改成〈母氏停婚〉;第八齣〈鶯鶯聽琴〉改成〈琴心寫懷〉;第十齣〈妝臺窺簡〉改成〈玉臺窺簡〉;第十五齣〈長亭送別〉改成〈秋暮離懷〉;

〔註27〕同註24,頁55～60。
〔註28〕同註24,頁39～60。

　　第十九齣〈鄭恆求配〉改成〈詭媒求配〉。

　　余瀘東最大的一項工作就是爲本來沒有插圖的徐士範刊本設計每齣

　一幅的插圖……。〔註29〕

　　雖然，熊氏對徐士範本僅作了版本上的「校正」，但正好說明了徐士範本雖然是「重刻」元本，亦可能對「元本」作某種程度的校正，而這種「校正」，很難說是只限於版面。而熊氏爲何只限於版面的校正，而未及內容呢？或許徐士範本正如前人所言是「善本」，既是善本，而熊氏若非大才，只好僅作版面之調整。

　　接著，筆者想進一步就弘治本、徐士範本、劉龍田本三本來作說明，探討「重刻」的問題。

　　就弘治本釋義293條與徐士範本268條相較，發現徐士範本只是刪除了25條，其餘皆同。而條目中的內容雖大致相同，卻不僅止於潤飾而已。如第一本第一折：

梵王宮

　　弘治本：佛寺也。因梵王太子，削髮爲僧，故名焉。〔註30〕

　　徐士範本：佛寺也。梵王太子，削髮爲僧，因名焉。〔註31〕

杜鵑

　　弘治本：出《詩學》。一名杜鵑，一名杜宇，一名子規。四月五月偏噪呼，其聲哀痛口常流血，所訴何事？詩曰：「杜鵑口血能多少，都是愁人淚滴成。」〔註32〕

　　徐士範本：鳥名也。一名杜宇，一名子規。四、五月啼聲哀痛，口至流血不已。詩曰：「杜鵑口血能多少，都是愁人淚滴成。」〔註33〕

蕭寺

　　弘治本：出《翰墨全書》，梁武帝姓蕭，好佛造佛寺，故云蕭寺。令

〔註29〕兩種說法皆見蔣星煜〈徐士範刊本西廂記對明代題評音釋本西廂記的影響〉，前揭書，頁71～72、75。

〔註30〕弘治本，頁32a。

〔註31〕《暖紅室彙刻西廂記》，《明徐士範重刻元本西廂記釋義字音一卷》，第十三冊，頁1a。

〔註32〕同註30。

〔註33〕同註31。

蕭子雲飛白書蕭寺，至今有字存焉。今多稱僧居，爲蕭寺者，必用
梁武造寺以姓爲題也。故號蕭寺。〔註34〕

徐士範本：梁武帝姓蕭，好佛造寺，因名焉。〔註35〕

以上三條目之釋文，「梵王宮」無多大差異。「杜鵑」一目，弘治本「一名
杜鵑」，顯係衍文，「四月五月」不如「四、五月」之簡潔，整個條文之遣詞用
字亦遜於徐士範本。至於「蕭寺」一目，繁簡迥異，高下亦不待言，自明矣！

就雜劇體例而言，兩本當然有極大之不同；一是分本分折，一是分齣；
但就釋例而言，徐士範本反倒與弘治本有某種程度的繼承關係。再取徐士範
本與劉龍田本比較，則是另一種血緣關係，即二者之「重刻」關係，幾乎可
能是「再版」，但除了明顯手民誤植及附錄多寡不同外，〔註36〕在釋義條目的
多寡上，居然也有出入，即劉龍田 275 條，比徐士範本多了 7 條，其他釋例
皆同，而這 7 條若非從熊龍峰本而來，〔註37〕則它就是劉龍田在重刻時所添
改的，因此，只要淩濛初、劉世珩所引「徐士範曰」8 條，是徐士範「重刻」
本與「元本」相異處，縱使序與題評有矛盾處，也還是有可能出自徐士範手
筆，因此在版本出土有限的情況下，仍不能逕謂之「是錯誤的」。另一大陸學
者傅曉航則有如下的評論：

> 在徐本的眉批中雜有少量的語詞訓詁，如「辰勾」、「反吟伏吟」等，
> 則出自徐士範的創釋，并爲後人所繼承。由此可知，徐本的眉批出
> 自徐士範的手筆，而附錄的箋註則來自諸如弘治本一類的刊本，只
> 對其條目的文字略作增刪修訂而已。〔註38〕

〔註34〕同註 30。
〔註35〕同註 31。
〔註36〕參見前揭書。
〔註37〕因筆者手中無熊龍峰本，不敢遽下斷語。
〔註38〕傅曉航編輯校點，《西廂記集解‧前言》（甘肅：甘肅人民出版社，1989 年 12
月），頁 6～7。傅氏〈前言〉尚有其他舉證之錯誤，如頁 6 云：

> 所不同的是徐本箋註中的若干釋文，是經過訂正了的，把弘治本中許多誤刻
> 的錯別字改正了。如「賢聖打」釋文中的「魯場」更正爲「魯陽」；「望夫石」
> 釋文中的「某夫從役，遠赴困難」，改爲「遠赴國難」，等等，便不一一枚舉
> 了。

但經查弘治本、徐士範本二書，卻非所言，茲抄錄如下：
聖賢打

> 弘治本：出《詩苑》、《群玉詩學》，又《淮南子》。昔虞公與夏戰，日欲落，
> 公以劍指日，日退不落，魯場與韓搆戰酣，日暮，援戈而揮之，日爲之退

　　這段話，有幾處須加以補正。一是「辰勾」在弘治本已有詞條，不算是徐士範的創釋。二是如蔣星煜所言，題評是否出自徐士範手，尚有商兌餘地。不過，傅氏闡明徐士範本與弘治本的關係倒也值得肯定。因為除了詞條的選擇，二者有頗大比例的重複外，在編排上也存在相同的失誤。而且基本上二者分本分折之體例是不屬同一類，卻有相同錯誤編排，更可證明其血緣關係。比如弘治本第二本第三折末三個詞條「登壇拜將」、「刺骨」、「懸樑」的釋文，理應放置最後一支曲牌【離亭宴煞尾】及緊接的張生念白後面，「刺股」、「懸樑」卻誤置於第二本第四折的開端，即「靡不有初，鮮克有終」之前，「登壇拜將」則在其後。徐士範本卻因襲了這個錯誤，而之後的劉龍田本倒發現了這個錯誤，不過，卻未糾正，反而把這三個詞條給刪掉了。從這個例子，很明顯的，徐士範本的刻者是見過弘治本，而可能在無心之中，照搬了前者的錯誤。

　　綜合以上所論，徐士範本對《元本題評音釋西廂記》的「重刻」，不應僅是「翻版」而已，而可能是包括了對「元本」原來的題評有所補充，以及對釋例文字的訂正，使其提升至「善本」的水準，甚至字、音部分也有所改訂。雖然，徐氏生平至今未詳，但從本書首附有他本人的一篇序文及程巨源的序（程氏生平亦不詳），第一齣首行又冠以徐氏名宇，其聲名地位自應不可小覷。今日只是文獻資料不足，而不能憑空說他對《西廂記》的箋注毫無建樹吧！

三、《鼎鐫陳眉公先生批評西廂記》

　　《鼎鐫陳眉公先生批評西廂記》（簡稱陳眉公本），分上下二卷，刊刻年代或訂為萬曆四十二年（1614），〔註39〕卷首題署：

　　　三舍。一說⋯。（頁103b）
　　　徐士範本：出《詩學》。昔虞公與夏戰，日欲落，虞公以劍指之，日則落遲矣。又云⋯。（卷四，頁19b）
　　望夫石
　　　弘治本：出《神異記》。武昌北山上有望夫石，狀如人立，古傳云：昔貞婦其夫從役遠赴，因難攜弱子送至此山，立望其夫而化為石，因以為名焉。詩曰⋯。（頁126b）
　　徐士範本只有「詩曰」後文字稍異，典故釋文全同。（參見卷四，頁23a）兩個條目皆無傅氏所云之改動情況，不知其所據為何。
〔註39〕〈北西廂記展覽會〉：「《陳眉公先生批評西廂記》，萬曆間（1614？）蕭騰鴻刊本，一冊，卷中有圖十餘幅，為劉次泉等刻。」（《燕京學報》第12期，頁2715。）轉引自傅田章《明刊元雜劇西廂記目錄》，頁48。

潭陽儆韋　蕭鳴盛校
雲間眉公陳繼儒評　一齋敬止　余文熙閱
書林慶雲　蕭騰鴻梓

與徐士範本一樣，分成二十齣，亦屬「題評音釋」本，含題評、釋義、字音三大部分。是否眞爲陳繼儒評本，眞僞莫衷，不過，以下兩則記載，頗值得注意：

> 繼儒，字仲醇，華亭人。……而仲醇又能延招吳越間窮儒老宿隱約饑寒者，使之尋章摘句。族分部居，剌取其瑣言僻事，薈蕞成書，流傳遠邇。款啓寡聞者，爭購爲枕中之秘，於是眉公之名，傾動寰宇。遠而夷酋土司，咸丐其詞章，近而酒樓茶館，悉懸其畫像，甚至窮鄉小邑，鬻粔籹市鹽鼓者，胥被以眉公之名，無得免焉。〔註 40〕

> 陳眉公每交長至後，邀老友數輩入山，問其卒歲所需，尋出四方徵文潤筆者，計其多寡與之，曰：「姑代吾一償文債。」眾諾而去。子私告曰：「何不明贈之，乃又以筆墨煩人，無所見德。」眉公曰：「吾文別出機杼，非他人所能彷彿，文至仍須自爲椎鑿，不過借此使人受之有名，苟欲見德，即生市心。汝年三十餘，不知吾意，恐難辱此佘山一片地也。」爲蹙然竟日。〔註 41〕

兩則文字皆提到陳繼儒借償文債，招延窮儒老宿從事編輯的工作，而最重要的是，雖假他人手筆，「文至仍須自爲椎鑿」，正因爲如此，凡經其潤飾審閱過而流於市面者，大抵也能代表陳氏自己的意見。今傳眉公評定編纂諸書，雖多雜有他人心血，卻也足以彷彿陳氏的聲口。

前一小節，筆者談到徐士範本在條目的選擇上，除了刪汰弘治本若干條目外，別無所增。至陳眉公本，雖然雷同者依然占極大比例，但已出現新的條目，尤其是一些金元北方鄉語的注釋。如「葫蘆提：猶云不明白，俱北方鄉語。」但可惜的是，某些條目陳眉公本僅列出條目，卻未注，如「顛不剌：元時北方語」、「一納頭：是元時鄉語。」〔註 42〕此舉揭示之意義，乃是宜有一適合南方讀者之箋注本的共識，已慢慢被意識到。

〔註 40〕〔清〕錢謙益，《列朝詩集小傳》（上海：上海古籍出版社，1983 年 10 月）丁集下，頁 637～638。

〔註 41〕李廷昰，《南吳舊話錄》（臺北：廣文書局，1971 年 8 月），卷七，頁 110。

〔註 42〕《暖紅室彙刻西廂記》第十五冊，《明陳眉公批評西廂記釋義字音一卷》，頁 4b、1b、10b。

　　而從弘治本——徐士範本——陳眉公本的後出轉精過程中，我們可以看出，箋注本亦有「文士化」的傾向。從弘治本釋例文字的粗糙，加上首卷又未刊載何人評定，顯然非名家所爲。至徐士範本，已有徐士範、程巨源爲其作序，釋例文字多所潤色，錯誤亦減少許多。至陳眉公本，文字相對簡潔洗鍊，文士參與之功不可沒也！

　　較之弘治本、徐士範本，在釋文體例上，陳眉公本首先將典故出處一一刪除，因爲之前的箋注本，出處常是間接出處，頗多是類書、總集，兼出處有時遍見各書，舉一家而言之，反無以眩之，不如不注，將典故、條目解釋清楚即可。陳眉公本釋文簡潔，點到爲止，即其特色之一。試舉三例以明之。

玉人

　　弘治本：出《書言》，又《世說》。晉裴楷，字叔則，容儀俊爽，時人謂之「玉人」。又見稱叔則如近玉山，照映人也。又嵇康，字叔夜，爲人巖巖，若孤松之獨立，其醉也，若玉山之頹耳。〔註43〕

　　徐士範本：出《書言》。裴楷，字叔則，容儀端美，時人謂之「玉人」。又稱近叔則如玉山照映人也。又嵇康，字叔夜，爲人巖巖，若孤松之獨立，其醉也，若玉山之將頹。〔註44〕

　　陳眉公本：晉裴楷，儀容端美，時人謂之「玉容」。〔註45〕

　　從以上之對照，可知徐士範本對弘治本做的修改，僅是小範圍，但卻將原注之不通處「又見稱叔則如近玉山，照映人也。」改爲「又稱近叔則如玉山照映」，在語氣已順暢許多。至陳眉公本則做了較大幅度的刪削，連出處也省略了。不過，「玉容」疑是「玉人」之誤植。

觀音

　　弘治本：出《香山傳》，妙莊王天子第三公主，削髮爲尼。後因父瘡，剔目斷手救父，天知誠心乃還手眼。故加以千手千眼，乃於無量。百千萬億眾生，受諸苦惱，念是菩薩，觀其音聲，即能救護。凡遇水火等難，即得解脫。以是名「觀音」。〔註46〕

〔註43〕弘治本《西廂記》，頁38b。
〔註44〕同註31，頁3a。
〔註45〕同註42，頁2a。
〔註46〕同註43，頁38a。

徐士範本：出《香山傳》，妙莊王第三公主，削髮爲尼。後因父疾，別目斷臂以救其父，上蒼格其誠心，仍復手眼。今人受苦難，念觀音名號可脫。〔註47〕

陳眉公本：眾生受諸苦惱，念是菩薩，觀其聲音，即能救護。以是名「觀音」。〔註48〕

行雲

弘治本：出《釋文》。昔楚襄王遊雲夢之臺，望此高唐之觀，獨有雲氣，王問玉曰：此何氣？對曰：朝雲。王曰：何謂朝雲？玉曰：於君先主嘗遊高唐，怠而晝寢，夢見一婦人□妾巫山之女，爲高唐之客。聞王遊高唐，願爲枕席。王因幸之，去而辭曰：妾在巫山之陽，高唐之北。朝爲行雲，暮爲行雨。朝朝暮暮，陽臺之下。〔註49〕

徐士範本：出《三注》。昔楚襄王與宋玉遊於雲夢之臺，望有雲氣，王問曰：此是何氣？對曰：朝雲。王曰：何謂朝雲？玉曰：昔先王晝寢於此，夢一婦人曰妾乃巫山之女也。聞王遊高唐，板薦枕蓆之歡。王遂幸之。而去辭曰：妾在巫山之陽，高唐之北。朝爲行雲，暮爲行雨。朝朝暮暮，陽臺之下。〔註50〕

陳眉公本：王遊於雲夢之臺，晝寢於此，夢一婦人曰：妾在巫山之陽，高唐之北。朝爲行雲，暮爲行雨。〔註51〕

兩個條目的注釋，三本之間皆有相同特色。弘治本在敘述上較冗雜、少條理。徐士範本則較有條理，如「行雲」一詞，弘治本先敘述「楚襄王遊雲夢之臺」，並未先言明有誰隨之，後面才提到「王問玉曰」，就顯得突兀了些。而陳眉公本則將釋文濃縮，甚至有些缺頭缺尾，以致故事性減低，這在其他條目亦有此一傾向。從取樣的比較中，似乎存在著釋文的「文士化」，弘治本較質樸，徐士範本雖有修飾雕潤，猶顧及讀者的閱讀能力，陳眉公本似已非針對市井小民而刊刻，典故的注釋力求簡潔、點到爲止，並不詳注故實的故事情節。

雖然，陳眉公本箋注文字有「文士化」的傾向，但大體上，仍只是一般

〔註47〕同註44。
〔註48〕同註45。
〔註49〕同註43，頁40a。
〔註50〕同註44，頁4b。
〔註51〕同註41，頁2b。

的箋注本，加上少許的題評，對讀者藝術欣賞的提升，幫助仍然有限。一直要到王驥德的校注本出現，古代《西廂記》的研究才進入另一個境界。

而經由條目的排列比較（參見附錄二），可以發覺一系列的版本，在箋注條目及釋文內容上，呈現遞相沿襲的現象，除了弘治本、徐士範本、陳眉公本外，若再拿魏仲雪本〔註52〕之條目來比較，更可清楚看出，它與陳眉公本的關係，實際上是魏仲雪本的總批及注釋皆翻刻自陳眉公本。且在箋注條目上，只少了「閉月羞花」、「來回顧影」、「處分」、「斑管」四條，其餘全同。從這個角度來看，《西廂記》版本系統化，除了從分本分折分齣體例上著手，尚可從箋注條目、文字的類似程度，推斷其祧繼與否的關係。

第三節　王驥德之《新校注古本西廂記》

《新校注古本西廂記》，簡稱王驥德本，或稱王伯良本，伯良為其字，方諸生為其號。〈自序〉雖寫於明萬曆四十二年（1614），然其構想，實昉於童年，其云：

> 自王公貴人，逮閭秀里孺，世無不知有所謂《西廂記》者。顧由勝國抵今，流傳既久，其間為俗子庸工之篡易而失其故步者，至不勝句讀。余自童年輒有聲律之癖，每讀其詞，便能拈所紕繆；復扼拿而恨，故為盲瞽學究妄夸箋釋，不啻嘔穢，而欲付之烈炬也。〔註53〕

王氏卒於天啓癸亥秋冬至甲子季春之間（1623～1624），此書之完成於卒前十年，亦可謂其乃窮畢生之力完成此一宿願，其箋釋方式，採「逐套注，即附列曲後，一便披閱」，〔註54〕且非單純之箋注而已，乃屬較深入之解證。卷六則收有唐宋以來詩詞及題跋諸文等雜錄，雖安排次序無一定意義，但略加整理，可大致分為以下幾點：

（一）關於元稹的資料

王　銍〈元微之年譜〉

宋　祁《唐書・元稹傳》（節文）

〔註52〕關於魏仲雪本版本概況，可參考蔣星煜〈關於新刻魏仲雪先生批點西廂記〉，《西廂記罕見版本考》（東京：不二出版株式會社，1984年10月20日），頁257～277。

〔註53〕《新校注古本西廂記・自序》，頁2。

〔註54〕同註53，〈例〉，頁8a。

白居易〈唐故武昌軍節度處置等使正議大夫檢校戶部尙書鄂州刺史兼
御史大夫賜紫金魚袋尙書右僕射河南元公墓志銘〉

韓　愈〈唐監察御史元君妻京兆韋氏夫人墓志銘〉

范　攄〈微之繼婚河東裴氏夫人事略〉

（二）關於鄭恆、崔氏的資料：

秦　貫〈唐故滎陽鄭府君夫人博陵崔氏合祔墓志銘〉

（三）關於元稹、白居易、沈亞之酬唱詩詞：

元　稹〈古決絕詞〉、〈夢游春〉十七首等

白居易〈和微之夢游春百韻詩〉

沈亞之〈酬元微之春詞〉

（四）關於〈會真記〉、〈鶯鶯歌〉及相關詞曲：

元　稹〈崔娘本傳〉

李　紳〈鶯鶯歌〉

王　渙〈惆悵詞〉

秦　觀【調笑令】

毛　滂【續調笑令】

趙令畤【蝶戀花詞】

楊　愼【黃鶯兒詞】

（五）關於崔鶯鶯畫像的考證和題詠：

陶宗儀〈崔麗人圖跋〉

唐　寅〈題崔麗娘像詩〉

徐　渭〈和唐伯虎題崔氏眞詩〉

（六）關於〈會真記〉、《西廂記》的考證：

王　銍〈傳奇辨正〉、〈元王實甫、關漢卿考〉

劉麗華〈題詞〉〔註55〕

　　故整個注本實際上是對唐、宋以來《西廂記》研究的總結與拓展，也回
應了人們曾提出的各種疑義。王氏將《西廂記》之研究深化，並引向一相對
獨立的研究領域。因此，如果說王銍開創了「鶯鶯學」，王驥德則是建立了「西

〔註55〕參見蔣星煜《明刊本西廂記研究》（北京：中國戲劇出版社，1982 年 7 月），
頁 135。

廂學」的體系。而身爲王驥德曲友之一的吳藻彷彿在數百年前亦意識到這一點，他在〈新校注古本西廂記序〉中即云：

> 抑崔氏于王，故有鳳緣，自實甫始倡豔辭，性之繼伸宏辯，至伯良
> 以窮蒐冥解之力，踵成兩君子之緒，……。

「西廂學」之於王氏，乃是繼往開來之大事業。

除了箋注內容的深度不同於弘治本一類單純的箋注本外，其實可從以下兩段文字，窺及刊刻校注者動機的不同：

弘治本〈牌記〉

> 嘗謂古人之歌詩，即今人之歌曲。歌曲雖所以吟詠人之性情，蕩滌
> 人之心志，亦關於世道不淺矣。世治歌曲之者，猶多若《西廂》曲
> 中之翹楚者也。況閭閻小巷，家傳人誦，作戲搬演，切須字句眞正
> 唱與圖應，然後可。今市井刊行，錯綜無倫，是雖登壟之意，殊不
> 便人之觀，反失古制。本坊僅依經書重寫，繪圖參訂，編次大字魁
> 本，唱與圖合。使寓於客邸，行於舟中，閒遊坐客，得此一覽，始
> 終歌唱，了然爽人心意。命鋟梓刊印，便於四方觀云。〔註56〕

王驥德自敘

> 《西廂》、《琵琶》二記，一爲優人俗子妄加竄易，又一爲村學究謬
> 施句解，遂成千古煩冤。余嘗取前元舊本，悉爲釐正，且並疏意指
> 其後，目曰「方諸館校注」。二記並行於世。吾友袁九齡嘗謂：屈子
> 抱石沈淵，幾二千年，今得漁人一網打起。聞者絕倒。蓋二傳之刻，
> 實多九齡惄憇之云。〔註57〕

顯然，弘治本一如其刊名所標榜之「奇妙全相」（「注釋」反而被忽略了其重要性）——「唱與圖合」。明清刊本《西廂記》雖不乏插圖，但「全相」者，亦即每半頁即有一圖，採上圖下文形式，全書插圖高達三百多幅，登壟之意，其實甚明。王思任的弟子著壇就曾針對刻本插圖畫像批評，認爲它的起因有二：一是書商牟利，所謂「曲爭尙像，聊以寫場上之色笑，亦坊中射利巧術也」；〔註58〕二是一些人的讀曲壞習氣，「不於曲摹像，而徒就像盡曲，

〔註56〕弘治本，頁 161b。

〔註57〕〔明〕王驥德，《曲律》，《中國古典戲曲論著集成》第四冊（北京：中國戲劇出版社，1982 年 11 月），頁 181。

〔註58〕見著壇原刻《清暉閣批點牡丹亭‧湯義仍先生還魂記凡例》，轉引自蔡毅編《中

人則誠愚。」〔註 59〕這反映了出版商與讀者（或觀眾）之間的關係。正因爲插圖可以射利，一方面又可以「唱與圖應」，社會上便興起這種風潮。然而，這其中隱然存在一個問題：戲曲劇本的鑑賞應該以何者爲主？如果語言文字十分生動、具體、形象化，是否還須依賴插圖來相互應合？因此，弘治本雖在出版牌記中標榜「詩言志」，關乎世道等堂而皇之的觀念，但隱含在背後的意圖，仍然是出於「娛樂性」的考量。反觀王氏所言，他不僅貶斥《西廂記》被人妄加竄易，又謬施句解（該段文字應屬互文，即《西廂》、《琵琶》皆有相同情況），對《西廂記》原有的文學光采，不但不是相得益彰，反而是一種傷害，實無異於陷作者於冤苦而不醒。再者，王氏並非反對插圖，亦知不能免俗，只是要求甚高。其云：

> 繪圖似非大雅，舊本手出俗工，益憎面目。計他日此刻傳布，必有循故事而附益之者。適友人吳郡毛生，出其內汝媛所臨錢叔寶〈會眞卷〉索詩，余爲書〈代崔娘解嘲〉四絕，既復以賦命，曰：「千秋絕豔」，蓋其郡人周公瑕所擬也。叔寶今代名筆，汝媛摹手精絕，楚楚出藍，足稱閨閫佳事。漫重摹入梓，所謂未能免俗，聊復爾爾。
>
> 〔註 60〕

王氏對待《西廂記》的態度是不涉及商業利益，且是相當嚴肅，以一個對曲律深有研究的學者身分爲《西廂記》洗其「千古煩冤」，無形中將《西廂記》研究導入更深一層的境地。

所謂《新校注古本西廂記》，「新」乃相對於「俗子庸工之篡易」本而言，正因其俗本讓人「欲付之烈炬」，所以有必要悉爲釐正，別出一本。「校注」則包括校勘、注釋。而欲校一書，須先選擇底本以爲依據。所謂「古本」實即王氏據以爲校注之「底本」，其云：

> 碧筠齋本，刻嘉靖癸卯，序言係前元舊本。……朱石津本，刻萬曆戊子，較筠本間有一二字異同，則朱稍以己意更易，然字畫精好可翫。古本惟此二刻爲的，餘皆訛本。今刻本動稱古本云云，皆呼鼠作朴，實未嘗見古本也，不得不辯。
>
> 訂正概從古本，間有宜從別本者，曰古作某，今從某本作某。其古

國古典戲曲序跋彙編》（濟南：齊魯書社，1989 年 10 月）第二冊，頁 1232。
〔註 59〕同註 58。
〔註 60〕同註 53，〈例〉，頁 8b～9a。

今本兩義相等，不易去取者，曰某本作某，某本作某，今並存，俟
觀者自裁。或古今本皆誤宜正者，直更定，或疏本注之下。〔註61〕
明其書名之涵義後，筆者即分「校勘」與「注釋」兩端論述。

一、校　勘

（一）參校版本

除了古本以外，尚須參校「別本」加以訂正。雖精於校者，舉義墒鑿，
別本固不必多。然而別本多，實有助於判斷。別本少，難免疏失。或見而未
備；或顧此失彼；或忽而未校。王氏深諳此道，故其輔之別本亦多。而據其
〈凡例〉及注釋文字中所提到的，共有徐文長本、金在衡本、顧玄緯本、徐
士範本、《雍熙樂府》本、秣稜本、暨陽本（或稱暨本）、夏本、劉麗華本，
以及一些坊本。另外，還包括董解元的《西廂記諸宮調》。

參考版本眾多，難得的是，王氏能靈活推敲異文的優劣，而不盲從單一
版本。而這其中最特別的是：他留意到了《董西廂》與《王西廂》之間的微
妙關係。雖然就「對校」而言，《董西廂》尚不能目為《西廂記》之祖本或別
本，但正因為西廂故事大半情節承自《董西廂》，如此，在將說唱體轉為代言
體的曲文時，雖風格不同、文采各異，但類似文字的移植，在潤飾上，常常
有它的邏輯存在。

舉個例子說：

〈就歡〉【元和令】：半拆，猶言半開。董詞：「穿對兒曲彎彎的半拆
來大弓鞋。」諸本俱作折，非。〔註62〕

從董、王《西廂》曲文對校，可知「繡鞋兒剛半拆」一句是改自「穿對
兒曲彎彎的半拆來大弓鞋」，而「半折」顯然是於意不合的。而這就是王氏〈自
序〉中所說的：「流傳既久，其間為俗子庸工之篡易而失其故步者，至不勝句
讀。」王氏曲友朱朝鼎也對這種情況加以指斥：「一二俗子以本語難認，別而
意竄易之。」〔註63〕

〔註61〕同註53，〈例〉，頁1。
〔註62〕同註53，卷四，頁7。
〔註63〕同註53，〈新校注古本西廂記跋〉，頁2b。此跋文，疑脫4b之署名及年月，
　　　　據《中國古典戲曲序跋彙編》第二冊，頁665～666，知跋末載有「萬曆癸丑
　　　　歲嘉平月，山陰朱朝鼎書于香雪居」。

不過，王氏在運用董詞做爲校勘參照時，雖更正了版本上的錯誤，但在加注時，有時卻不吻合文意。如：

〈踰垣〉【攪箏琶】：「身子詐」，古本作「乍」。打扮的詐，猶言打扮得喬也。董詞：「不苦詐打扮，不甚豔梳掠。」可證。「乍」字無據，今不從。〔註64〕

按此詐字，意爲漂亮、美麗。若解釋爲「喬」，則有矜持做作的含義。然根據王氏所引董詞，亦不宜作「喬」解，因「詐」、「豔」互文爲意。又，元刊雜劇三十種本《薛仁貴衣錦還鄉》【太平令】：「生得龐道整，身子兒詐。」〔註65〕句中「整」、「詐」亦互文爲意。故王氏所解，略有差池。

王氏以董詞校《西廂記》的方法，其實一如「對校法」，不僅可以發現問題，有時也可以解決問題。此一方法，後來亦爲凌濛初、閔遇五、毛西河等人借用。姑不論其引例是否皆正確無誤，這種方法亦適用於《南西廂》之於《北西廂》，也適用於所有改編本，尤其是曲文有所承襲的劇作。

（二）校勘的目的與方法

明刊本中有些版本流傳下來、有些已亡佚，而特別值得注意的是，凡號稱「古本」，亦即某刊本所遵從之古本，往往不見傳本，如王驥德提到的碧筠齋本、朱石津本，或凌濛初遵循的周憲王本，今皆已亡佚。而他們孜孜矻矻於校注，其目的則在於恢復《西廂記》本來面目。

王氏〈自序〉中即明白楬櫫：

訂其訛者，芟其蕪者，補其闕者，務割正以還故吾。〔註66〕

「故吾」的恢復是明清兩代文人努力的目標，而爲達此目的，王氏採取了那些途徑？雖然，王氏自言對《西廂記》改正了八千三百五十四字，曲占一千八百二十五字，白占六千五百二十九字。不可不謂多。但學術的研究不在於分析每一個例，而在於提綱挈領，論證出合理的結果，若能從中理出一條準則來，則是更爲理想的。

方法之要，厥有數端：

1. 對校法（又稱版本校）

〔註64〕同註53，卷三，頁27。
〔註65〕寧希元校點，《元刊雜劇三十種新校》（甘肅：蘭州大學出版社，1988年9月），下冊，頁8。
〔註66〕同註53，〈自序〉，頁4a。

甲、概從古本

從王驥德前面所云：「古本惟此二刻爲的，餘皆訛本。」知其所謂「古本」有二：即碧筠齋本、朱石津本。而「訂正概從古本」的意思，說明校勘之底本有二，這是挺特別的，一般都是一古本爲底本。其例有：

> 〈投禪〉【醉春風】：古本，「寡情人一見了有情娘」，今本作「多情」。「寡情人」二句，與後折「我從來心硬，一見了也留情」，一例。又與上文：「往常時聽得説傅粉的委實羞」二句，文氣正接。及〈會眞傳〉中，稱張生「內稟孤貞」數語皆合，又【醉春風】譜，第三句，第一字，當用仄聲，似當從古本。〔註67〕

說明「概從古本」，通常搭配以他書校之的「他校法」──〈會眞傳〉，以及以本書體例校之的「本校法」──【醉春風】譜，第三句第一字，當用仄聲，才能圓滿完成此一校例！

乙、宜從別本

不過，「概從古本」的機率在全書中非常低，反而是多以「宜從古本」，或「並存」處理。如：

> 〈邀謝〉【滿庭芳】：此曲及上白，古本次【四邊靜】曲後。然詳文勢，張生既諾赴席，便當有整飭衣冠之事。下紅娘既稱贊其打扮之俏麗，然後有「一事精，百事精」之語，當從今本爲是。「文魔，猶今言書癡。」《㑳梅香》白：「似此文魔了，可怎生奈何」，亦用此語。古本作「神魔」，猶言降神而魔，如巫者跳神之類。但不見他出，或係傳誤，今並存之。〔註68〕

這個例子正說明了兩個現象：一是宜從古本，二是並存，俟觀者自裁。校注本中這類例子，反多過概從古本者，多少說明了王驥德凸顯「古本」觀念的用意，或者並不在於「底本」的確立，託古改制的心理可能大些。

對校主要有兩方面的功用：一是發現問題，二是解決問題。如前例，經由古今版本之對校，發現異文，進一步尋求解決，判定古今本孰優孰劣；無法解決則並存之。這類例子甚多。

2. 本校法

本校法者，以本書前後互證，而抉摘其異同，則知其中之謬誤。如果一

〔註67〕同註53，卷一，頁17。
〔註68〕同註53，卷二，頁25。

種書沒有異本，或者雖有異本，但對校解決不了問題，即須輔以其他校法，本校法即是其中之一。

甲、調法之對應

本校是根據上下文來校正古書文字訛誤的一種校勘方法，它是利用文章中的各種對應關係進行的，就曲而言，最常應用的，即是某一支曲牌的調法，因對應比較，可知調長、句式、正襯、字數、平仄等，前面提到的〈投禪〉【醉春風】一例即是，在曲律的訂正應用頗爲普遍，茲不再多舉。

乙、文意之對應

前邊「寡情人」一例，其實也參用了本校法，今再舉一例，雖仍是「概從古本」，主要仍是參用文意上之對應關係，才解決了此一問題。

> 〈解圍〉【後庭花】：「伽藍火內焚」四句，應上「免堂殿作灰燼」五句，「割開慈母恩」，應上「免摧殘你個老太君」句。俗本「伽藍」、「諸僧」二句倒轉，與上次序不相應，今從古本改定。〔註69〕

丙、修辭上的對仗、重複之非體

王氏常常運用修辭上對仗的工整與否，判定某字宜作某爲是，如：

> 〈邀謝〉【耍孩兒】：「美景」，古作「媚景」。然良辰、美景、賞心、樂事，謂之四美，古有是語，作「媚景」當誤。「夫人」二句一直下，教我速來，而且教先生莫推辭也。「玉簫象板」、「錦瑟鸞笙」，是的對，俗本作「鳳簫」，非。〔註70〕

確實，「玉簫」對「錦瑟」比「鳳簫」對「錦瑟」來得工整，但是否全本《西廂記》皆然，這就不是任何人可以替作者決定的。然而，就王驥德而言，是寧密而不鬆，因此底下的例子，雖然眾說紛紜，莫衷一是，我們卻可以很容易理解王氏的選擇。

> 〈遇豔〉【寄生草】：「你道是河中開府相公家，我道是海南水月觀音院。」〔註71〕

這兩句曲文，末句作「院」或「現」的本子皆有，王氏認爲：「徐云『觀音院』對『相公家』，天成妙語。『花柳』與『簾』，正形容院中景也。此『院』字，即上之『洞天』，下之『武陵源』，諸本俱作『現』，惟朱氏古本作『院』，

〔註69〕同註53，卷二，頁24。
〔註70〕同註53，卷二，頁28a。
〔註71〕同註53，卷一，頁5a。

今改正。」正是從對仗的觀點考量。而曲文中「海南」一般作「南海」，但顯然王氏認爲「海南」對「河中」十分工整，遂遵照某刻本而未改正。這樣的考量有其優點，亦有其缺失，正如李漁批評金聖歎：「然亦知作者于此，有出于有心，有不必出于有心者乎？」〔註 72〕但王氏卻緊守此一原則，衡之所有文字，也因此，校注中充滿了「重」、「複」的評斷，而「複」在王氏眼中，其實已與「疑誤」無異了。如：

〈遇豔〉【勝葫蘆】：「董詞：『宮樣眉兒山勢遠』。古本作『弓樣』，殊新。但下既言『月偃』，又曰『弓樣』，兩譬喻似重，今從『宮』。」〔註 73〕

【賺煞】：諸本俱作「透骨髓相思病染」，「染」字屬廉纖閉口韻，非。朱本作「相思病寒」，「寒」字，亦生造，不妥。金本作「相思怎遣」，又與前「難消遣」、「怎留連」，下「怎當他」，重甚。蓋仙呂宮【賺煞】，第三句，末四字，法當用平平去上，此本調也。亦有間用平平去平者。如元關漢卿《玉鏡台》劇：「把我雙送入愁鄉醉鄉」；鄭德輝《王粲登樓》劇：「夢先到襄陽峴山」；賈仲名《對玉梳》劇：「好痛苦也荊郎楚臣」；白仁甫《牆頭馬上》劇：「與你箇在客的劉郎得知」。又他如《虎頭牌》、《單鞭奪槊》、《漁樵記》、《蕭淑蘭》、《後庭花》、《符金錠》、《射柳蕤丸》等劇及諸散套，凡數十曲皆然。故此曲斷爲平聲「病纏」之誤，無疑。俗子本不識此格，欲求合上聲，則爲「染」，而不知失韻。朱本明知其誤，卻求上聲韻中，無可易者，則強爲「寒」，而不知語不雅馴。金本易「怎遣」，於義稍安，而不知重複之非體。蓋北詞平仄，往往有不妨互用者，即如下「臨去秋波那一轉」之轉，係上聲。後第三折，「眉眼傳情未了時」之時，又易平聲。諸凡如此，記中甚多。此一字，去聲既不可用，上聲又無可易，則求之平聲韻中，無過「纏」字爲穩者。又「病纏」二字，見白樂天《長慶集》中，亦本詩語，今直更定，然總之非妙語也。〔註 74〕

〈解圍〉【混江龍】：總之二曲皆絕麗之詞，王元美謂駢儷中情語，何元朗謂雖李供奉復生，豈能加之哉。但二調中用三春字，三花字，

〔註 72〕〔清〕李漁《閒情偶寄》（臺北：臺灣時代書局，1975 年 3 月），頁 66。
〔註 73〕同註 53，卷一，頁 8b〜9a。
〔註 74〕同註 53，卷一，頁 10b〜11b。

兩風字，兩香字，兩粉字，既曰「落紅」，又曰「落花」，未免重疊
過甚，為足恨耳。〔註75〕

第一則，古本雖作「弓樣」，基於避免意象的重複之考量，仍逕從「宮樣」，
而不再「概從古本」。第二則最足以代表王氏的評注傾向，他非但視「相思怎
遣」為「重甚」——比「重」更甚其一級，更提出「重複之非體」的觀點，
成為他全書校改文字的一項大原則。第三則，王氏雖承認「二曲皆絕麗之詞」，
仍然以其「重疊過甚」，為其美中不足，可見其不喜重疊之偏見特深。而這正
是他貽人主觀的把柄所在。如前面提到的「海南觀音院」，稍後的凌濛初即批
評道：

徐以朱氏本作「院」，以為對「家」字工而改之，並改「南海」為「海
南」以對「河中」，工則工矣，然自來無「海南水月」之語，況實甫
慣用董解元詞，董云：「我恰纔見水月觀音現」，正直取其句，不以
屬對為工耳。舊本作「現」，不敢喜新而從徐也。〔註76〕

「屬對為工」是王氏「密」之處，但求之過工，不免失之於「拘」也！

3. 他校法

他校法者，以他書校本書。凡其書有採自前人者，可以前人之書校之；
有為後人所引用者，可以後人之書校之；其史料有為同時之書所並載者，亦
可以同時之書校之。此校法，範圍較廣，須用力較勤，然版本之誤，有時非
此不能證明其訛。

王氏運用此法，引用次數最多者為《董西廂》，共一百一十九次，占全部
條目三百二十三條的百分之三十六，比例之高，遠勝於其他校本。顯示《董
西廂》與《王西廂》在改編上的傳承關係十分密切，〈凡例〉更特別注明：「注
中，凡曲語襲用董記者，雖單言片詞，必曰董本云云，以印所自出。」〔註77〕
此一努力，隱然揭示王驥德的「西廂學」，其實是延續自王性之的「鶯鶯學」，
企圖以《董西廂》上承〈鶯鶯傳〉，下啟《西廂記》，完成「西廂學」之主幹。

王氏引用董詞校實甫《西廂記》，常能加強其立論強度，如前所論「宮樣」
與「弓樣」，除了從避免「重複」的角度選擇了「宮樣」以外，王氏舉出董詞

〔註75〕同註53，卷二，頁 10b。
〔註76〕《暖紅室彙刻傳奇‧西廂記》（江蘇：廣陵古籍刻印社，1990 年 10 月），頁
351。
〔註77〕同註53，〈例〉，頁 7a。

作「宮樣眉兒山勢遠」，進一步加強了「宮樣」較優的說服力。

　　王氏引用他書之例，如：〈投禪〉【三煞】：「粉香膩玉搓咽項」一句，王氏引蘇長公詞「膩玉圓搓素頸」，證明「實甫本此。俗本作『搽胭項』，謬甚。」〔註78〕範圍廣及經史子集，尤其包括大量元雜劇，不過，校勘上主要是運用版本校，即不同版本對校爲主，援引他書大都是做爲注釋之用，留待後面再論。

4. 理校法

　　所謂理校法，原本是指遇無古本可據，或數本互異，而無所適從之時，則用此法。此法須謹慎爲之，否則鹵莽篡易，以不誤爲誤，則糾紛愈甚。故最高妙此法，最危險亦此法。

　　王氏校注《西廂記》，雖號稱有「古本」爲據，然古本遵從改易的地方，其實並不多，而是充分應用對校、本校、他校之方法校出異文，並論其正誤、長短。因此，王氏之理校法，往往是與其他校法合用，以論曲文之是非曲直。簡單的如：

　　　　〈附齋〉【駐馬聽】：近一俗本，「佛號」改爲「沸號」，又於序中，盛誇獨見，可笑。佛之名號，即今緇流所誦阿彌陀佛之類。「佛號」，與「鐘聲」相對，全句又與「法鼓金鐸」相對，自然之理，稍通文義者，當自識之也。〔註79〕

而據理校正古書文字訛誤，頗具創意者，如：

　　　　〈解圍〉【白鶴子】後二調，俗本次序顛倒，今從古本更定。「幡幢寶蓋」、「桿杖火叉」及後「繡幡開」句，寺中無兵仗，故各執所有，正作者用意處。俗本改爲「桿棒鑱叉」，「繡旗」等，俱非。董詞：「或挈著切菜刀、捍麪杖，著綾幡做甲，把鉢盂做頭盔戴著頭上。」正本色語也。〔註80〕

至於以理校之，甚而改之，流於主觀者，如：

　　　　〈省簡〉【三煞】：「甜言媚你」，諸本俱作「甜言美語」，一本作「甜言溑汝」。「美語」，與下「傷人」不對，又與「惡語」犯重。「溑汝」對整而太文，蓋皆聲相近之誤。〔註81〕

〔註78〕同註53，卷一，頁23a。
〔註79〕同註53，卷二，頁17b～18a。
〔註80〕同註53，卷一，頁34b～35a。
〔註81〕同註53，卷三，頁22a。

淩濛初即不以爲然，質之曰：

> 「甜言」二句，諺語也，故對不整。徐本作「媚你」以對「傷人」，
> 則整矣。然元人用此二句又有作「甜言與我」者，不知竟當何從。
> 〔註82〕

第三類例子，在其後之解證本《西廂記》，如淩濛初、閔遇五、毛西河等，很多都被提出來討論，茲不再贅引。

綜合以上，即是王驥德校勘《西廂記》的四種方法，與弘治本、徐士範本、陳眉公本等箋注本，大牛只就典釋典，不管曲文異同優劣的注法，已是向前邁了一大步，將《西廂記》箋注，一舉提升爲一門學問，立下了校勘的典範。以下則繼續探討其箋注部分，相對於以往注本，有何特色。

二、注　釋

1. 注釋的原則

王氏在〈例〉中明白表示，其注書之原則：

> 凡注，從語意難解，若方言，若故實稍僻，若引用古詩詞句，時一
> 著筆，餘淺近事，概不瑣贅。非爲俗子設也。〔註83〕

「非爲俗子設也」一句，不僅表明王氏認眞的態度，也觸及了一個問題，讀者（或觀眾）自己的鑑賞水準亦不容忽視，唯有提高自己的水準，才能超越文字的障礙，進入作者所創造的世界。因此，王氏注釋時，力求扣緊曲文情境，而非脫離文意，就典釋典而已。讀其注，對曲文的鑑賞助益匪淺。

2. 注釋之方法

本節雖將校勘與注釋之原則與方法分而述之，而實際運用時，並非判然二分，而是相互佐證，其方法也是千變萬化，隨機運用。然爲求眉目清秀，提綱挈領是必要的。

根據王驥德本卷六所附〈詞隱先生手札二通〉之二云：

> 今先生所正，誠至當矣。又以經史證故實，以元劇證方言，至千古
> 之冤，舊爲群小所竄，若眾喙所訾者，具引據精博，洗發痛快，自
> 有此傳以來，有此卓識否也？〔註84〕

〔註82〕同註76，頁134～135。

〔註83〕同註53，〈例〉，頁7a。

〔註84〕同註53，卷六，頁52b。

沈璟所譽，非溢美之詞，其中「以經史證故實，以元劇證方言。」即王氏注釋《西廂記》之方法，亦即卓識展現之所在。而且此兩句深究起來，宜以互文視之，亦即經史、元劇皆可用以證故實，證方言。但本節為清眉目，則先分論，再合而論之。

甲、以經史證故實

此處「經史」，實斠讎學中所謂「關係書」，一書所引用或因襲之關係書範圍愈廣，可據以資佐證之材料愈豐，則其創獲也愈多。沈璟所謂之「經史」，其範圍不宜理解為狹義的經、史二部所收的書而已，而是包括所有可資校注的典籍。王氏所引用之關係書近二百種左右（杜甫、李白等各家不同作品，姑且一家算一種），大概涵括了經、史、筆記小說、詩、詞、元曲（含元劇、散套、小令）、字書、韻書、類書等。王氏引用這些關係書，目的不在於尋溯難解字詞之出處，而是借以疏通文義或判斷異文。舉例來說：

> 〈踰垣〉【錦上花】：「隋何、陸賈」，亦不過取其舌辯能哄動人，二人未嘗有風流浪子事實。《史記》隋何，只紀其說英布事。陸生自說尉佗之外，又言其安車駟馬，從歌舞琴瑟，侍者數十人為娛。其所著《南中行紀》，謂雲南中百花，惟素馨香特酷烈，彼中女子，以綵絲穿花心，繞髻為飾。楊用修詩有「曾把風流惱陸郎」之句，他無所見也。〔註85〕

> 同折，【離亭宴帶歇拍煞】：「膩粉」，或作「傅粉」，則「傅」字與「搭」字相犯；或作「粉面」，又與下「眉兒」不對。元人呼「粉」曰「膩粉」。《輟耕錄》製漆法，用黃丹膩粉。無名異，可見。又白樂天詩：「素豔風吹膩粉開」。又元《舉案齊眉》劇：「重整頓布襖荊釵，打迭起胭脂膩粉」；《百花亭》劇：「花費了些精銀響鈔，收買了膩粉姻脂」；《後庭花》劇：「白膩粉輕施點翠鈿」，皆用此語，其為「膩粉」無疑。〔註86〕

前者，利用史、詩材料，說明曲文喻意；後者利用版本對校，發現異文，並進而旁徵博引，解決了因異文而無所適從的問題。注釋之步驟：1.發現問題，2.尋找支持證據，3.疏通文義，解決問題。此一思考途徑，是往昔箋注本所欠缺的。

〔註85〕同註53，卷三，頁29b〜30a。
〔註86〕同註53，卷三，頁32。

乙、以元劇證方言

王驥德在〈自序〉中云：

> 蓋實甫之詞稍難詮解者，在用意宛委，遣詞引帶，及隱語方言，不
> 易彊合。憶余入燕故元大都實甫枌榆鄉也，舉詢其人，已瘖不能解。
> 故余爲釋句，其微詞隱意，類以意逆，而一二方言，不敢漫爲揣摩，
> 必雜證諸劇，以當左契。〔註87〕

時代變遷，許多方言竟連身入作者的故鄉田野調查，亦「瘖不能解」，不
得已，以意逆之，並雜證諸劇，是王氏謹慎之處。而他之所以特別重視諸劇
之間，方言隱語的通用可能同義之微妙關係，與他的家世及讀書習慣不無關
係。〈自序〉中他談到：

> 余家藏元人雜劇可數百種許，間有所會，時疏數語，又雜採他傳記，
> 若諸劇語之足相印證者，漫署上方。久之，遂盈卷帙。〔註88〕

可知其校注，實出於眞積力久，而非坊間之徒沽其名或牟射其利而已。

王氏注解曲文，尤其是以元劇注疏時，通常是一口氣連舉數例，絕對避
免孤例，故說服力頗夠，例：

> 〈投禪〉【粉蝶兒】：「周方」，即周旋方便之意。北人歇後隱語。關
> 漢卿《謝天香》劇：「想著俺用不當，不作周方」；《唐三藏》劇：「恨
> 韋郎不作周方」；董詞：「見了可憎的千萬」，不曰可愛，而曰可憎，
> 反詞見意，猶「業冤」、「冤家」之謂，愛之極也。元白仁甫【喜春
> 來】詞：「向前摟住可憎娘」；關漢卿《玉鏡臺》劇：「穩坐的有那穩
> 坐人堪愛，但舉動有那舉動可人憎。」喬夢符《金錢記》：「龐兒俊
> 俏可人憎。」可證。「你則借與我」以下，正「做周方」意。〔註89〕

> 〈賡句〉【調笑令】：「撑」，方言，謂美也。喬夢符《兩世姻緣》劇：
> 「容貌實是撑」；白仁甫《秋夜梧桐雨》劇：「生的一件件撑」，可證。
> 「月殿裏嫦娥不恁撑」，言嫦娥未必如此之美也。古本作「不您撑」，
> 蓋不解「撑」字義耳。〔註90〕

不論是解釋「周方」或是「可憎」或「撑」，運用的方法，如出一轍，且舉例

〔註87〕同註53，〈自序〉，頁4b～5b。
〔註88〕同註53，〈自序〉，頁4。
〔註89〕同註53，卷一，頁16b～17a。
〔註90〕同註53，卷一，頁27b。

皆在兩個以上，得到的結果，可信度當然較高。不過，有時候王氏堆垛例子，偶有失檢，如：

> 〈賺句〉【棉搭絮】：「今夜淒涼有四星」，「四星」調侃謂下梢也。制秤稱之法，末梢用四星，故云。元喬夢符《兩世姻緣》劇：「我比卓文君有了上梢，沒了四星」，足為證明。又馬東籬《青衫淚》劇：「直到夢撒撩丁，也纏子四星歸天」；石君寶《曲江池》劇：「倒宅計抗的他四星」；《玉鏡臺》劇：「折莫發作半生，我也忍得四星」；《雲窗秋夢》劇：「瘦得那俊龐兒沒了四星」，皆可証。舊解「十分」，謬甚。張生蓋言今夜雖說淒涼，然隔墻酬和，似後來尚有美意，是有下梢矣。下皆有下梢意，正與上「相思投正」相照應。「他不傲人」句，反詞也。謂：如何見得有下梢，他若不傲采人而不與我相酬和，你便待怎生了他。」下「眉眼傳情」三語，正傲采人意，正見有下梢也。〔註91〕

「四星」有兩義，以北斗七星為喻者，指斗柄以下之四星，比喻下梢（即前程），多寓有淒涼之意；若以秤桿上金星為喻者，作為甚辭意，為「十分」。而王氏釋文中所舉《玉鏡臺》一例，謂願「十分忍耐也」，取「淒涼」之意，恐不甚通。

以上是分別就注釋的兩個方法，援例說明。今再輔以一例，補充說明王氏在運用時，往往是相互舉例參證。如：

> 〈解圍〉【賺煞】：「橫枝」非正枝也，《傳燈錄》道信大師曰：盧山紫雲如蓋，下有白氣，橫分六道，汝等會否。弘忍曰：「莫是和尚化後橫出一枝佛法否。」諸僧伴既各自逃生，眾家眷又無人傲問，張生非親非故，乃曰我能退兵，是所謂橫枝兒著緊也。實甫《麗春堂》劇：「則我這家私上，橫枝兒有一萬端。」馬致遠《陳摶高臥》劇：「索甚我橫枝兒治國安民」；關漢卿詞：「怎當那橫枝羅惹，不許隄防。」〔註92〕

前半是以經史證故實；後半是以元劇證之。也印證了筆者前面所說，元劇不僅可證方言，亦可證故實，甚至一切難解文詞。反之，亦然。

不過，王氏在交互運用此二法時，亦難免疏失，如：

〔註91〕同註90，頁30a～31a。
〔註92〕同註53，卷二，頁15。

　　〈傳書〉【上馬嬌】：若是見了這詩，看了這詞，顛倒費神思，道這
　妮子怎敢胡行事，嗤，扯做紙條兒。〔註93〕

　　王氏將「嗤」字解爲「笑聲」，並引《倩女離魂》：「被我都嗤嗤扯做紙條
兒」爲例。〔註94〕實際上，王氏在這裏是誤解了，嗤在元曲中除了作「笑聲」
解外，如《㑩梅香》【六么序】：「恰才嗤的失笑，暗的吞聲。」；〔註95〕另有
作「裂紙」等象聲詞解，如《西廂記》及前引《倩女離魂》語。說明了王氏
方法運用不錯，但在解讀時卻發生失誤。

　　雖然王氏校注本，並非完美無瑕，卻不掩其開創之功，在此之前，人們
對於《西廂記》中的鄉語方言，常莫名所以，流行的箋注本更是避而不注，
或只是擇一、二而直譯，令人半信半疑。自從王氏校注本一出，一些一望可
知的條目不再贅注，而一些以往不懂的隱語方言，後繼者循著王氏提供的途
徑，相互問難，以探賾求真。此貢獻不可謂不大。

　　最後，筆者在披覽王驥德的校注文字時，有一個小小發現，附於此，聊
供談資。王氏引用元劇約在五十本左右，提到劇本作者時，都是連名帶字，
只有提到《西廂記》、《麗春堂》、《絲竹芙蓉亭》等劇的作者王德信時，僅呼
其字曰「實甫」，不帶姓氏，迥異於他人（包括詩人、詞人亦然），顯然在字
裡行間，王氏依然對王實甫另眼相待，一如他在《曲律》中認爲王實甫之《西
廂記》是唯一的神品，態度是一貫的，只是校注非理論之撰述，不好多作額
外之讚譽罷了。

〔註93〕同註53，卷三，頁 3a。

〔註94〕同註53，卷三，頁 7b。

〔註95〕王學奇主編，《元曲選校注》（河北：河北教育出版社，1994 年 6 月）第三冊
　　　　下卷，頁 2905。

第二章　各家爭鳴與問題之開展

第一節　凌濛初之《西廂記五本解證》

　　前面一節甫談過王驥德對《西廂記》的校注，將《西廂記》的閱讀提升為一門學問，而凌濛初校刻本，顯然是在王驥德的基礎上，做進一步的修正與商榷，[註1] 因此，凌濛初本在校注上也涵括了王氏的論題範疇，如：古本選擇、校勘與注釋、調法商榷。而凌氏與王氏也各有其曲論特色反映在校注之字裡行間，如王氏有「曲屬」之賞鑑法，凌氏則將其曲論中的「本色」、「當行」也融在校注文字中，這是學界長久以來未發覺的一點。而這些都是弘治本等箋注本所欠缺的。

　　以下即據這些特點論述。

一、古本選擇

　　據校注文字所引釋例，凌氏參校版本並不多，只有周憲王本、朱石津本、金在衡本、徐士範本、徐文長本、王驥德本等六種，其中周憲王本即被取來

〔註1〕凌刻本之受重視，不止限於解證內容的精彩，還包括印刷上的精美。萬曆間文人謝肇淛在《五雜俎》卷十三，頁 21b～22a 即云：「吳興凌氏諸刻，急於成書射利，又慳於倩人編摩，其間亥豕相望，何怪其然？至於《水滸》、《西廂》、《琵琶》及《墨譜》、《墨苑》等書，反覆精聚神，窮極要眇，以天巧人工，徒爲傳奇耳目之玩，亦可惜也！」（《筆記小說大觀》八編第 7 冊）雖說謝氏對此追求形成之巧頗不以爲然，卻反映了晚明戲曲刊行在印刷史上藝術化之程度，令人嘆爲觀止。

做爲刊刻之底本，其〈凡例十則〉云：

> 此刻悉遵周憲王元本，一字不易置增損。即有一二鑿然當改者，亦但明註上方，以備參考。至本文，不敢不仍舊也。〔註2〕

這與王驥德所謂「訂正概從古本」，意義相當，都有託古刊刻的味道，只不過，王氏顯然在體製上較偏於傳奇化；淩氏則依「本各四折」等元雜劇體製仿刻，力圖恢復元本面貌，可惜的是，周憲王本早已亡佚，但早在陸采時，他似乎見到過：

> 逮金董解元演爲《西廂記》，元初盛行，顧當時專尚小令，率一二闋即改別宮。至都事王實甫易爲套數，本朝周憲王又加【賞花時】於首，可謂盡善盡美，真能道人意中事者，固非後世學士所敢輕議而可改作爲哉。〔註3〕

不過，王驥德卻不呼其爲「周憲王本」，而逕呼爲「俗本」。〔註4〕而王氏參校別本中亦無此書，兼周憲王生平資料中亦無記載與《西廂記》之刊刻關係，且周氏以帝王世家之尊，所作《誠齋雜劇》三十一種，悉數流傳，而號稱「周憲王本」之《西廂記》竟無緣傳世，實是不幸，然王氏目之爲「俗本」，則令人對此刊本頓生疑竇！

二、校勘與注釋

基本上，淩濛初對《西廂記》的解證是採取眉批、夾批的形式，批語實在過長，堆不下眉額，方才附之於每本之末。

這些解證文字有兩個明顯傾向：一是引用「徐士範曰」部分，皆採認同態度；二是利用徐文長本、王驥德本者，雖認同者亦有，但持針鋒相對者之條目，徐文長本達七十三條、王驥德本高達九十六條，其他零星者（反對態度）尚有金在衡一條，何元朗一條，李日華一條，王世貞三條。其中反對王世貞之意見，大都與戲曲本色說有關，留待後面申論。

從以上之傾向可知，淩氏解證《西廂記》之動機，其實與王驥德類似，

〔註2〕《暖紅室彙劇傳奇·西廂記》（江蘇：廣陵古籍刻印社，1990 年 10 月），頁97。

〔註3〕陸采，《南西廂記·自序》。轉引自蔡毅編著，《中國古典戲曲序跋彙編》（濟南：齊魯書社，1989 年 10 月）第二冊，頁 1195。

〔註4〕王驥德本，卷二，頁 20a。云：「俗本此後有僞增【賞花時】二曲，鄙惡甚，從古本削去。」

只不過，他在許多地方不苟同而已。而徐文長、王驥德有師生之情誼，故很多時候，同一條目是徐、王二氏連帶批駁。這種在校注上針對某些相同條目，做不同的分析或辯證，其實與當時曲壇上，對如「本色」說之類的辯論，情況相仿，代表已進入較高層次的學術境界。亦即，弘治本的箋注形式與內涵，代表了那時代曲論的水準，而凡是延續弘治本這一系列的箋注本，如徐士範本、陳眉公本、魏仲雪本等，在注文上多是較爲俗子所設的注本，而不同的是，後三者加有題評或注音，多少比弘治本往前邁了一步。

　　而以王驥德本爲桃者，重要者有凌濛初本及閔遇五的《六幻西廂記五劇箋疑》、毛奇齡的《毛西河論定西廂記》，常見有焦點式的討論、批評，絲毫不減於曲論專著上觀念的辯論。今本節即先從凌濛初本討論起，亦分校勘與注釋二端。

（一）校　勘

　　常以徐文長本、王驥德本爲參校別本，此特色，其實與王驥德本之版本校，有異曲同工之妙，皆是全力針對古本（即底本）與對校本的不同，出以今日所謂的「校記」性質之文字，令讀者一眼即強烈感受到此一特色。

　　正因爲與徐、王二氏持說相異者甚多，爲說明自己所持版本較佳，必須說出一個「理」字來，故凌氏多從理校法判別。如：

　　　　〈解圍〉（按：齣名採自王驥德本，以方便情節之提示，以下同。）【滾
　　　　繡球】：「有勇無慚」，惠明自負之言，甚明。徐改爲「憨」，注云：謂
　　　　「杜帥勇且智也。」何謂。祇看上下文，此時何與推許杜帥耶。〔註5〕
究竟作「慚」或「憨」？是指杜確或惠明？試回溯曲文：

　　　　【滾繡球】：我經文也不會談，逃禪也嬾去參。戒刀頭近新來鋼蘸，
　　　　鐵棒上無半星兒土漬塵緘。別的都僧不僧俗不俗，女不女男不男，
　　　　則會齋的飽也則向那僧房中胡淨，那裏怕焚燒了兜率伽藍。則爲那
　　　　善文能武人千里，憑著這濟困扶危書一緘，有勇無慚。〔註6〕
惠明雖不念經參禪，只要耍刀弄棒，但他對自己如此般行徑是滿認同的，比起那些個根本不關心寺廟安危的僞君子，惠明的挺身而出，無疑是稱得上勇者的表現。而「有勇無慚」一句，更可想像他是拍著胸膛保證一定會將書信送達白馬將軍杜確手中，「自負」之情表露無遺，何暇推許杜將軍呢？凌氏擅

〔註 5〕　同註2，頁119。
〔註 6〕　同註5。

長於從文情中掌握版本異文上的優劣。

又，同折：

> 【收尾】：「繡旗下」，徐改爲「繡幡開」，謂：即上「擎幢旛」之「旛」
> 也。亦可。然即曰「遙見」，則此繡旗乃飛虎軍中者，故亦不必改。
> 〔註7〕

就《西廂記》曲文來看：

> 憑與我助威風擂幾聲鼓，仗佛力吶一聲喊。繡旗下遙見英雄俺，我
> 教那半萬賊兵唬破膽。〔註8〕

顯然，前二句是惠明出發前的造勢；後兩句則是殺入重圍之假想狀況，繡旗
當然是指飛虎軍中所有。而關鍵就在「遙見」二字之「遙」字上，想當然耳，
不可能是指普救寺內，而是已退一射之地的孫飛虎帳下。

再來談的是，相對於王驥德本所產生的異文之斟酌。

> 〈附齋〉【沈醉東風】：王謂：「壽高」宜作「壽考」，此無不可。但
> 言本調首句末字當用上聲，則未確也。本傳：「槐影風搖暮鴉」；《王
> 魁負桂英》劇云：「人閒語天聞若雷」；《追韓信》劇云：「幹功名千
> 難萬難」；《王妙妙哭秦少游》劇云：「虛飄飄拔著短籌」；【武陵春】
> 詞云：「瑤華細分明舞袵」；《人月重圓》劇云：「同宿在紗廚絳綃」，
> 用平聲者不可勝舉，豈皆無法者耶。〔註9〕

凌濛初以元劇印證調法，其實緣於王氏「以元劇證方言」。之所以舉這個例子，
是爲了昭顯在凌濛初本中，在校勘方法中，常利用曲牌調式，推斷王氏改字
的不當。這類例子並不少見，這對深諳曲法論，並曾提出〈評平仄〉：「調其
清濁，叶其高下，使律呂相宣，金石錯應，此握管者之責，故作詞第一吃緊
義也。」〔註10〕的王氏而言，是挺難想像的。〔註11〕而凌濛初雖極力推崇元
曲的本色，批評梁伯龍等以工麗爲主的文筆，卻也十分計較於曲牌調式的正
確與否，這在《譚曲雜箚》多所反映，不過，戲曲理論史方面的著作卻常忽
略。而在《西廂記五本解證》中，更反映了理論實踐的一面。

〔註7〕 同註2，頁120。

〔註8〕 同註7。

〔註9〕 同註2，頁114。

〔註10〕 〔明〕王驥德，《曲律》，《中國古典戲曲論著集成》，第四冊，頁107。

〔註11〕 這可能與王氏對曲牌調式之通變看法有關，其云：「各調有宜遵古以正今之訛
者，有不妨從俗以就今之便者。」〈雜論下〉，同前揭書，頁160。

　　不過，不少地方，王、淩二氏意見也有一致的時候，如：

　　　　〈傳書〉【元和令】：王伯良曰：俗本謂「五瘟使」，是「氤氳使」之

　　　　誤，渠自不識調，五字當用仄聲，用不得平聲也。〔註12〕

就完全接受王驥德的看法。

　　在全部條目中，徐文長本的意見大都被用來當成負面例子，與徐士範本

剛好相反；而之於王驥德本則是有肯定、有批評。這種現象，淩氏本人在〈凡

例十則〉中有說明：

　　　　近有改竄本二：一稱徐文長本，一稱方諸生，徐贗筆也。方諸生，

　　　　王伯良之別稱。觀其本所引徐語，與徐本時時異同。王即徐鄉人，

　　　　益徵徐之爲譌矣。徐解牽強迂僻，令人勃勃。王伯良儘留心於此道

　　　　者，其辨析有確當處，十亦時稱二三。但其胸中有痼，（如認定紅娘

　　　　定爲幫丁，崔氏一貧如洗之類。）故阿其所好，悍然筆削，而又大

　　　　似村學究訓詁《四書》，（如首某句貫下，後某句承上，某句連上看，

　　　　某句屬下看之類。）爲可惜耳。然堪採者一一錄上方。伯良云：其

　　　　復有操戈者，原不爲此輩設也。第此刻爲表章《西廂》，未嘗操戈伯

　　　　良，具眼自能陽秋者，此輩也歟哉。〔註13〕

　　現知徐文長評本《西廂記》有七種，刊於萬曆年間的有《田水月山房北

西廂藏本》及徐爾兼本。徐爾兼是徐文長的兒子，死後，該藏本隨之失傳，

不過，王驥德曾採爲參校本，〔註14〕其云：「余注自先生口授而外，於徐公子

本采入較多。」另有刊於崇禎四年（1631）的《徐文長先生批評北西廂記》、

崇禎年間的《重刻訂正元本批點畫意北西廂》、《新訂徐文長先生批點音釋北

西廂》、《新刻徐文長公參訂西廂記》及《三先生合評元本北西廂》。各本批評

文字並不一致，且眞僞難辨。而淩氏執王驥德本所引徐語，與他本相較，時

見異同，據而判之爲譌。這一方面證明了徐爾兼本較爲可信，另一方面恐怕

是與徐文長的評書態度有關，身爲門生的王氏，就曾爲此一現象解釋過：

　　　　人有以刻本投者，亦往往隨興偶疏數語上方，故本各不同，有彼此

　　　　矛盾，不相印合者。〔註15〕

〔註12〕同註2，頁130。

〔註13〕同註2，頁96。

〔註14〕同註4，卷六，頁59b。

〔註15〕同註4，卷六，頁35b〈明徐渭和唐伯虎題崔氏眞詩〉後文字。

正因爲「隨興」，在思辨上就不那麼嚴謹，偶有矛盾產生，而這與講求以理解證的凌氏，當然會被視爲負面釋例。而之所以對王氏有肯定、有辯駁，正如其所謂「有確當處，十亦時稱二三。」因此，解證本中仍時見其引王氏文字爲注，但批評部分仍多（約十之七八）。而引文中所謂「阿其所好，悍然筆削」，即是上節探討王氏校勘三尺中的若干觀點，如文意的對應、文辭的對仗，只要覺得「重複」，王氏常是「悍然筆削」。至於批評王氏「上看」、「屬下」之文意鑑賞法「大似村學究訓詁《四書》」，其實這在王氏而言，可能並不自覺，但卻被往後的金聖歎所察覺，並發揚光大，也因此金氏的評點帶有很濃厚的「八股文」氣息。

而某些時候，凌氏更是左批徐氏、右駁王氏，如：

〈寫怨〉【禿廝兒】：「兒女語，小窗中」，皆三字句，本調也。徐增「私」字，王去「語」字，皆不合。〔註16〕

也有一些例子既是校勘上的問題，也是注釋上的問題，如〈省簡〉【醉春風】「凝眸」與「明眸」之爭：

王驥德本：諸本「日高猶自不明眸」，語頗費力，朱本作「凝眸」，謂注視也，言日高而目尚矇矓未開也。詞隱生引〈洛神賦〉：「明眸善睞」，謂語非無出。今並存之。然似終有誤字。〔註17〕

凌濛初本：「明眸」，開目也，本無可疑，王謂語費力而改爲「凝」，何謂。且既以注視解「凝」，而又曰「矇矓未開」，不注視與朦朧亦遠。〔註18〕

顯然王氏所解「頗費力」，凌氏以理校之，頗能指出問題之所在。

（二）本色說與注釋之關係

本小節說的雖是凌氏在注釋方面的特色，但因其所運用的方法與觀念滲入很強的「本色說」，甚至校勘方面也有此一傾向，故在舉例上，有些是上一節未言及，而在此補充者。

凌氏在〈凡例十則〉中明白楬櫫他的解證原則：

評語及解證，無非以疏疑滯、正訛謬爲主，而閒及其文字之入神者，至如兜率宮、武陵源、九里山、天台、藍橋之類，雖俱有原始，恐

〔註16〕同註2，頁128。
〔註17〕同註4，卷三，頁15b。
〔註18〕同註2，頁132。

非博雅所須，故不備。近又有注「孤嬭」二字云：孤謂子，嬭謂母，

此三尺童子所不屑訓詁也。諸如此類，急汰之。〔註19〕

從上文可以看出，自王驥德提出「非爲俗子設」，「西廂學」乃繼「鶯鶯學」之後宣告成立。淩氏拈出的兩個解證重點是「疏疑滯、正訛謬」及「文字之入神者」，前者屬校勘及注釋方面，後者屬曲文之鑑賞，而淩氏之「本色」說常於此二者之間乘機展現。至於典故出處的交代、甚至簡單語詞的訓詁，都不是「博雅」之士所須。但此處的「博雅」指的恐怕不是有學問的風雅人士，爲什麼呢？因爲《譚曲雜箚》中也有一條關於評曲等第的見解，可資比對：

元曲源流古樂府之體，故方言常語，沓而成章，著不得一毫故實；
即有用者，亦其本色事，如藍橋、祆廟、陽台、巫山之類。以拗出
之爲警俊之句，決不直用詩句，非他典故填實者也。一變而爲詩餘
集句，非當可矣，而未可厭也。再變而爲詩學大成、群書摘錦，可
厭矣，而未村煞也。忽又變而文詞說唱、胡謅蓮花落，村婦惡聲、
俗夫褻譃無一不備矣。〔註20〕

藍橋一類的典故，在淩氏眼中仍只是「本色事」，是極易明瞭的，作者用之，只是爲了曲文的警俊，並非填實典故。而「博雅」一詞，乃指在鑑賞過程中，逢有故實，注意的是曲文的警俊，而非故實本身的原始。所以，淩氏解證曲文，從不敘述典故之始末，與弘治本一類以此爲重心者迴異。

正因爲在解證上，淩氏也秉持「本色」之原則，連刊刻上亦不例外，其云：

是刻實供博雅之助，當作文章觀，不當作戲曲相也。自可不必圖畫，
但世人重脂粉，恐反有嫌無像之爲缺筆者，故以每本題目正名四句，
句繪一幅，亦獵較之意云爾。〔註21〕

淩氏雖重本色、反脂粉，但在那個印刷業發達、講求「唱與圖合」的時代，也不得不稍微和眾隨俗。於此，亦足見世俗力量之大。

在附錄上，他也只保存〈會眞記〉及《對弈》，理由是：

此刻止欲爲是曲洗冤，非欲窮崔張眞面目也。故止存〈會眞記〉，若
〈年譜辨證〉，及詩詞題詠之類皆不錄，其《對弈》一折，不詳何人
所增，然大有元人老手，亦非近筆所能。且即鶯、紅事，棄之可惜，

〔註19〕同註13。

〔註20〕〔明〕淩濛初，《譚曲雜箚》，《中國古典戲曲論著集成》第四冊，頁255。

〔註21〕同註2，頁97。

故特附錄之，以供好事。〔註22〕

雖然，同王驥德一樣，動機皆在爲《西廂記》洗冤，恢復改竄前的古本面貌，但顯然，王氏頗留心西廂故事之來源及發展，較近索隱派；而凌氏雖未明言保存〈會眞記〉的理由，但就其不趨騖於市場之流向，筆者以爲是其「本色」說所主導，他不想刊刻太多附錄，以免讀者分心。而之所以保留《對弈》（即明詹時雨所寫之《圍棋闖局》），亦是因爲手筆近元人。而在凌氏心目中，元曲是以「本色」爲主的，留下《對弈》，也就理所當然。

一般談凌濛初的品曲標準及戲曲批評，都會舉《南音三籟》、《譚曲雜箚》。這兩部書，依然貫串著當行、本色的戲曲觀在內。他在《南音三籟·凡例》中說：

> 曲分三籟：其古質自然，行家本色者爲「天」；其俊逸有思，時露質
> 地者爲「地」；若但粉飾藻繢、沿襲靡詞者，雖名重詞流、聲傳里耳，
> 槩謂之「人籟」而已。〔註23〕

《譚曲雜箚》更是開宗明義地指出：

> 曲始於胡元，大略貴當行不貴藻麗，其當行者曰「本色」。蓋自有此
> 一番材料，其修飾詞章，填塞學問，了無干涉也。〔註24〕

正因爲凌氏認爲戲曲創作有其獨創之規律與方法，其功夫並不在於「修飾詞章，填塞學問」。所以，凌氏對於王世貞批評《拜月》「無詞家大學問」〔註25〕的意見大不以爲然，而對於王世貞擊節於《西廂記》的「雪浪拍長空」、「東風搖曳垂揚線」等句，〔註26〕也是不敢苟同。延續此一不同意見，也就可以明白他在解證《西廂記》時，三提王世貞（元美），皆持反對態度，如：

> 〈遇豔〉【天下樂】：王元美以「滋洛陽」二語，「雪浪拍長空」四句，

〔註22〕 同註21。
〔註23〕 〔明〕凌濛初編，《南音三籟·凡例》，（上海：上海古籍出版社，1963 年 4 月）頁 3a。本書共編選了南散曲九十七套和小令二十七題，以及南傳奇一百三十二齣和隻曲十七題。散曲方面，陳鐸、馮惟敏等家常受其推崇，梁辰魚、鄭若庸、梅禹金輩卻常受到他的貶斥；戲曲方面，他多稱讚《琵琶》、《拜月》、《荊釵》、《白兔》、《金印》、《尋親》、《彩樓》等，另一方面，則多貶抑《浣紗》、《紅拂》、《灌園》、《玉盒》、《明珠》等。可說本書替他自己重視本色派、輕視駢麗派指出了大量的實際例證。
〔註24〕 同註20，頁 253。
〔註25〕 〔明〕王世貞《曲譜》，《中國古典戲曲論著集成》，第四冊，頁 34。
〔註26〕 同註25，頁 29。

「東風搖曳」二句、「法鼓金鐸」、「不近喧嘩」二對，爲駢儷中景語。
元美七子之習喜尚高華，不知實未是其勝場。〔註27〕

〈報第〉【掛金索】：王元美獨賞此曲爲俊語，謂不減前。不知數語
祇似佳詞，曲中勝場不在此，前後曲中自有勁敵。〔註28〕

〈酬簡〉【紫花兒序】：「三才」以下自是本色，而人以爲學究。王元
美譏《㑳梅香》劇，正以此等語。〔註29〕

　　首條「雪浪拍長空」、「東風搖曳」云云，來自《譚曲雜箚》；至於「元美
喜尚高華」的結論，在《譚曲雜箚》中，批評梁辰魚時也提到：

自梁伯龍出，而始爲工麗之濫觴，一時詞名赫然。蓋其生嘉、隆間，
正七子雄長之會，崇尚華靡；弇公以維桑之誼，盛爲吹噓，且其實
於此道不深，以爲詞如是觀止矣，而不知其非當行也。〔註30〕

然所謂「不知實未是其勝場」之「勝場」何在？究指何意？從另一則注文，
可以推知：

〈訂約〉【紫花兒序】：背地評跋，宛如話出，此等方是元劇中本色
勝場。今人但知其俊麗處者，皆未識眞面目者也。〔註31〕

　　本色與勝場連成一詞，知凌氏所指之勝場正是「本色」。

　　次條仍以爲王元美獨賞之曲僅似佳詞，亦即在凌氏的分品中，只有「俊
逸有思，時露質地者」的「地籟」而已，其他曲牌中尚有「古質自然，行家
本色」的「天籟」。

　　末條則是指【紫花兒序】：「三才始判，兩儀初分，乾坤，清者爲乾，濁
者爲坤，人在中間相混。君瑞是君子清賢，鄭恆是小人濁民。」〔註32〕等語，
正是王世貞等人所謂的「陳腐措大語」，〔註33〕但凌氏卻以爲這才是本色當行
之勝場所在。

　　基於這樣的理念，凌氏在疏正疑滯訛謬之時，也就在無形中運用此一理

〔註27〕 同註2，頁106。
〔註28〕 同註2，頁151。
〔註29〕 同註2，頁156。
〔註30〕 同註24。
〔註31〕 同註2，頁138。
〔註32〕 同註2，頁156。
〔註33〕 《曲藻》中，王世貞曾譏《㑳梅香》「雖有佳處，而中多陳腐措大語，且套數、
　　　　出沒、賓白，全剿《西廂》。」同註25，頁34。

論。如：

> 〈附齋〉【鴛鴦煞】：「唱道是」三字，是【鴛鴦煞】本色。《追韓信》
> 劇：「唱道是惆悵功名」；《漢宮秋》劇：「唱道是佇立多時」，可證。
> 徐王本刪之，緣不解耳。〔註34〕

以「本色」形容曲牌之襯字該不該有，可說是首創。再如：

> 〈省簡〉【滿庭芳】：白之酸處，正是元人伎倆處，時本改削之，便
> 失本色。〔註35〕

這裏的「本色」，可與其《譚曲雜箚》相印證，指的是「直截道意」、「不爲深
奧」〔註36〕之白。

有時「本色」易以「當行」，意思是一樣的。如下面三例：

> 〈傷離〉【快活三】：此正形容別情，當行至語。〔註37〕

> 〈報第〉【浪裏來煞】：如此煞尾詞，豈嫩筆所辦。從來世眼皆取濃
> 麗，不識當行。故「珠簾掩映」等句，便爲絕倒。而此等法皆抹殺
> 矣。〔註38〕

> 〈完配〉【雁兒落】：徐改「此間」爲故國，夫「蒲東路」豈「故國」
> 乎？且字太文，與「別處」對，非當行也。〔註39〕

其中第二則，其實是針對王世貞《曲藻》中「北曲故當以《西廂》壓卷」一
則所舉的例子而發，凌氏認爲「濃麗」之詞，不能算是「絕倒」佳作。而結
合第三例「字太文」之批評，再參照《譚曲雜箚》及《南音三籟》，可以很完
整地構築出凌氏本色（當行）說的一貫性及其運用的廣泛。可以是指修辭上
的品第，也可以是指調式的正格。但凌氏在使用「本色」說疏通文意時，也
難免有值得商榷之處，如：

> 〈解圍〉【油葫蘆】：「登臨又不快，閒行又悶」數語，乃道張生者，
> 移爲鶯語，覺非女人本色。〔註40〕

這是從口吻上覺得不符女子的樣子，因爲「登臨」多指登山臨水，亦即游覽，

〔註34〕同註2，頁115。
〔註35〕同註2，頁135。
〔註36〕同註20，頁259。
〔註37〕同註2，頁147。
〔註38〕同註2，頁153。
〔註39〕同註2，頁159。
〔註40〕同註2，頁116。

這在古代，養在深閨的女子是不可能如此的，所以，凌氏「覺非女人本色」。

就本折而言，此曲屬旦唱，是鶯鶯內心的表白，套句凌氏自己的話——「祇看上下文」，此時何與臆及張生之心情耶？且若能跳離「登臨」必作「登山臨水」解的框框，則登花臺、臨水榭亦可，誰說「登臨」不是女子口吻？除此之外，凌氏有時用的是本色說，卻不明言，而改用其他批語，如：「語意自明」、「甚明」、「本自明白」、「極明白」、「意本明」、「語意明白」等，不勝枚舉。若是古注、俗注不夠明白，所用的評語則多半是「甚費添補」、「多費轉折」、「多費過文」、「亦造」、「少費解」等，就像王驥德使用「複」、「重」等字眼一樣，[註41] 凡凌氏筆下出以「文」、「造」、「費」等字眼，都是負面評價，指注解、勘改曲文時，太過濃麗、造作，令人費解。

然而，正因為凌氏的品曲標準有所謂天籟、地籟、人籟三等，而「古質自然」者較獲其青睞，故《西廂記》作者雖如王驥德所譽：

> 實甫斟酌才情，緣飾藻豔，極其致于淺深、濃淡、雅俗之間，令前
> 無作者，後掩來哲，遂擅千古絕調。[註42]

但凌氏往往披文入情於實甫淺、淡、俗的那一面，可見一位評解箋注者之理論色彩，往往會影響到他的鑑賞焦點及構成解證方法的特殊性。

綜括本節，最大的發現在於：凌氏「本色」說與其解證本之間的密切關聯，這方面是戲劇學史多所忽略的地方。

第二節　閔遇五之《六幻西廂記五劇箋疑》

閔遇五刊刻的《六幻西廂記五劇箋疑》（簡稱《五劇箋疑》），討論的文章不多，僅有的幾篇，皆與《西廂會眞傳》合論，重點多在於藉《五劇箋疑》以證明《西廂會眞傳》是否為閔刻閔評本。[註43] 本節則專在探討《五劇箋疑》的箋注釋疑之特色及其得失，不再旁及《西廂會眞傳》，更何況《五劇箋

〔註41〕凌氏注解曲文，尚有一處與王氏類似，即遇到無法裁奪歧義時，則稱在「可解不可解之間」，與王氏採取「並存之」的方式如出一轍。

〔註42〕〈新校注古本西廂記·自序〉。頁 1b～2a。

〔註43〕如張人和〈西廂會眞傳湯顯祖沈璟評辨偽〉，《社會科學戰線》（1981 年 2 月）、〈西廂會眞傳為閔評說質疑——與蔣星煜先生商榷〉，《社會科學戰線》（1982年 4 月）、蔣星煜〈論西廂會眞傳為閔評本——與羅忼烈、張人和兩先生商榷〉，《社會科學戰線》（1981 年 4 月）、〈再論西廂會眞傳為閔刻閔評本——答張人和同志〉，《戲曲藝術》（1984 年 1 月）。

疑》爲閔刻閔注本，是從未被懷疑的。

《六幻西廂記》包括：

幻因：元才子〈會眞記〉、圖、詩、賦、說、夢

掬幻：董解元《西廂記》

劇幻：王實父《西廂記》

賡幻：關漢卿《續西廂記》，附《圍棋闈局》、《箋疑》

更幻：李日華《南西廂記》

幻住：陸天池《南西廂記》，附《園林午夢》

《五劇箋疑》乃是附在其中的一卷「校注」性質的文字，撰寫刊刻年代不詳，但可據閔氏另行刊刻的《西廂記》插圖二十一幅中的第十五幅〈傷別〉，正中偏左，有「庚辰秋日」墨色落款及「禺」、「五」兩枚朱印，據此，「庚辰秋日」即指此幅作品畫於崇禎十三年（1640）秋天，兩枚章是作者鈐印；在據第一幅〈投禪〉，左下有「寓五筆授」題款及「禺」、「五」相同朱印，所謂「筆授」乃指承他人口授之言，以筆傳述之，在此，則指承受畫家之畫稿，以刀雕版覆刻之。而閔氏，名齊伋，遇五爲其字，而「寓」、「禺」、「遇」常可借用、互用，在明刊本之署名的刻工中常見，綜合以上所論，可知閔氏不僅是著名刻工，也是插圖高手。而其插圖理當爲了配合劇幻、賡幻《西廂記》所刻，二者刊刻年代不是同時，亦當相近，故《五劇箋疑》作爲附錄，年代亦當在崇禎十三年或其左右。

閔氏是明末吳興的著名刻工，葉德輝《書林清話》卷八〈顏色套印始於明季盛於清道咸以後〉即云：

> 朱墨套印，明啓、禎間，有閔齊伋、閔昭明、凌汝亨、凌濛初、凌瀛初，皆一家父子兄弟刻書最多者也。閔昭明刻《新鐫朱批武經七書》，閔齊伋刻《東坡易傳》、《左傳》、《老》、《莊》、《列》三子、《楚辭》、陶靖節、韋蘇州、王右丞、孟浩然、韓昌黎、柳宗元諸家詩集、蜀趙崇祚《花間集》。……皆墨印朱批，字頗流動。〔註44〕

〔註44〕清・葉德輝《書林清話》（臺北：世界書局，1988 年 6 月），卷八，頁 214～215。本段引文，今人姚伯岳認爲：「閔凌套印書一般都有『序』或刻家『凡例』，從中可以知道各書的刊刻年代及刊刻人，但由於實物的不易得見，後來許多關於刊刻年代和刊刻人的敘述都取自第二手資料，一般都沿用葉德輝《書林清話》中有關套版印刷的一般敘述，而葉氏該書本身就有許多錯誤。如《東坡易傳》，前後並未標明校刻人姓名，也沒有閔齊伋圖章，葉氏不知何據以爲

知閔氏以刊行朱墨本盛名於世；而《西廂記》插圖更是不只朱墨二色的彩色套印本，故自古以來，閔刻《西廂記》被視為精刻，大概也是由於雕刻精美的原因。然而，問題即在於此，閔刻本雖在印刷史、版畫史上有其卓越之地位，但外表形式上的精刻，並不等同於內容校勘、校注的精良，以下即是要探討這個問題，究竟閔氏的《五劇箋疑》是否可與其插圖相得益彰？

一、底本及參校本

閔氏與王驥德、凌濛初等校注、解證本不同，他並未標榜任何「古本」，亦即其使用之底本無從知曉，所使用之參校本，僅《董西廂》、徐文長本、王伯良本等在行文中偶爾指出，大部分箋注皆籠統標以「俗本」、「今本」、「舊本」、「諸本」、「一本」，或曰：「一作」、「或云」、「一云」、「舊解」等，這在校勘上，就其價值而言，是打了極大之折扣。

二、箋疑之原則與體例

《五劇箋疑》並無凡例，只有一跋文，云：

> 舊本原有注釋，諸家頗多異同，強半迂疎，十九聚訟，將為破疑乎？適以滋疑也。至有大可商者，漫不置辭。更於大紕繆處，迄無駁正，訛以承訛，錯上多錯，無或乎其不智也。世界原是疑局，古今共處疑團，不疑何從起信？信體仍是疑根。我今所疑，孰非前人之確信也；我今所信，孰非來者之大疑也。疑者不箋，箋者不疑。以疑箋疑，疑有了期乎？〔註45〕

基於對舊注的不滿意，閔氏欲予以駁正，故有箋疑之舉。鑒於舊本注釋「強半迂疎，十九聚訟」、「適以滋疑」，所以閔氏採取的原則是「疑者不箋，箋者不疑」，亦即對文詞、文意有不透徹的地方，乾脆置之不箋；而只要箋注之，必定堅信不疑，無模稜兩可之處。因為一旦以未透徹了解之見解箋注劇本，則以疑滋疑，疑之解則遙遙無期。

正由於閔氏箋疑之原則如上，故其「注釋」部分比起諸本，銳減甚多。

閔齊伋所刻。其他如葉氏所謂閔齊伋刻印的陶靖節、韋蘇州、王右丞、孟浩然等諸家詩集，實際上都是凌濛初所刻，葉氏也搞錯了。」（參見《圖書館工作與研究》第1期，1985年2月）。

〔註45〕《暖紅室彙刻西廂記》第十六冊，《明閔遇五六幻西廂記五劇箋疑一卷》，頁47a。

不過，閔氏對各折之箋疑，體例上甚為凌亂，除了沿續弘治本一類注本之釋例條目外，更含有許多校勘上條目及字音，錯綜排列，給人蕪雜之惑。亦即是說，閔刻本將釋義、字音、解證等校注文字雜燴一處，似有融通弘注本以來各家之長，但顯然未能盡善盡美，反顯得毫無特色。勉強為之釐分，約有數端：

1. 入聲字派入平上去

雖未明白標示入聲字，但音釋中此類字常會注出其聲調，如：

> 拍：上聲
>
> 竹：上聲
>
> 色：上聲

而在第一本之楔子，「祿」字下更注云：

> 音慮。北音無入聲，凡入聲字，俱入平上去三聲，此風土相沿，非叶也。〔註46〕

故其字音，相當重視音調，尤其是入聲字。

2. 異文不注版本

前已說過，這在校勘上，大大降低了閔刻本的價值。雖然，閔氏習慣稱呼參校本為「一本」、「一作」等，但全書閔氏偶然提及的版本只有「王伯良本」、「徐本」，後者多達六、七種，不好比較，今試取王驥德本與之對勘，以第一折為例，所有異文校例如下：

> （1）一之一佛殿奇逢：一作第一折、一作第一套、一作第一齣、一無佛殿奇逢字。
>
> （2）望眼連天：一作醉眼。
>
> （3）蠹魚般似：或無般字。
>
> （4）九曲風濤何處顯：顯或作險。
>
> （5）則除是此地偏：一本無則除是三字。
>
> （6）卻便是弩箭乍離弦：一本無卻便似三字。
>
> （7）只疑是銀河落九天：一本無只字。
>
> （8）淵泉雲外懸：一本淵泉作高源。
>
> （9）節節高：王伯良本作村裏迓鼓。

（10）早來到下方僧院：一本無早字。

（11）把迴廊繞徧：把或作將。

（12）呀正撞著五百年風流業冤：一本無呀字，一本年下有前字。

（13）可喜娘的臉兒罕曾見：臉一作龐。

（14）他那裏儘人調戲：一本無他那裏三字。

（15）䩭著香肩：䩭音躲，一作䯌。

（16）半餉卻方言：餉，他本俱作晌。

（17）恰便似嚦嚦鶯聲花外囀：一本無便字，一本無恰便似三字。

（18）怎顯得步香塵底樣兒淺：得，一作這。

（19）慢俄延：一本上有見他二字。

（20）似神仙歸洞天：一本無似字。

（21）空餘下楊柳烟，只聞得鳥雀喧：一本無下字、得字。

（22）門掩著梨花深院：著一作了。

（23）恨天天不與人方便：一本人下有行字。

（24）好著我難消遣，端的是怎留連：或無好著我、端的是六字。

（25）我道是海南水月觀音院：院，俗本作現。現非韻，亦欠工，少
　　　風致。我道是或作我則道。

（26）空著我透骨髓相思病染：空著我一作怎不教；染或作纏。

（27）臨去秋波那一轉：一本去下有也字。

（28）意惹情牽：意或作恨。

（29）花柳爭妍：爭妍一作依然。

（30）將一座梵王宮：將一座一作這一所。〔註47〕

第一折共 61 條目，即有 30 條是討論異文，12 條純粹釋音，釋義部分僅占 19
條，其他各折之比例亦相去不遠，異文之比較占多數，但一如第一折之論述
方式，閔氏對異文的處理，幾乎是僅止於並列，多不作判斷。與王驥德之處
理迥異，王氏通常會做出優劣結論，不得已才「並存」之，但閔氏 30 條中，
卻只有「我道是海南水月觀音院」一條，前半文字對異文有所取決，而所謂
「現非韻」則與事實不符，因爲院、現同屬先天韻。因此，閔氏對異文上的
「疑」，其實是沒有盡到「箋」的責任，反而「適以滋疑」。

　　再者，30 條中有 20 條的「一本」、「一作」，指的情況恰與王驥德本同，

而（1）中之「一作第一套」、（12）之「一本無呀字」亦各有雷同處，依此檢示其他各折，都明顯看出：王驥德本是閔氏的主要參校本之一，而且王驥德本與閔氏之「底本」（雖然未具名）是所有參校本中出入最大的，這可從各條內容通常只有「一本」相異，可以窺知。

3. 箋注與箋疑

閔氏之《五劇箋疑》，釋義部分可略分為兩類：一為承襲弘治本一類箋注本的故實箋注，如第一折之「日近長安遠」、「鐵硯」、「雕蟲篆刻」等條目，仍只是就典釋典，不過，在解釋典故時，閔氏有些條目釋文重新寫過，並將出處訂正，如「鵬程九萬（里）」，在弘治本、徐士範本、劉龍田本、陳眉公本、魏仲雪本等刊本，文字皆輾轉抄襲，如下：

> 出《詩學》。北溟有魚，其名曰鯤。化而為鳥，其名曰鵬。背負青天。
>
> 翼若垂雲，一飛九萬里，風斯下矣。〔註48〕

各刊本的差異，只在於出處《詩學》之存或刪。然而，《詩學》雖不清楚究指何版本，卻顯然係一類書或工具書。而閔氏的訂正，則更準確，其云：

> 《莊子》。鵬之徙於南溟也。水激三千里，摶扶搖而上者九萬里。
>
> 〔註49〕

當然，也有一些條目文字仍襲自他本。不管是前有所承或另行撰文，閔氏在《西廂記》注本的貢獻應該是在《箋疑》部分。

如「離恨天」，弘治本解為：

> 天之為天，不一也，有四天焉，有九天焉，又有三十三天，為離恨
>
> 天在諸天之上，最高之極也。〔註50〕

就典釋典的結果，與曲文根本無涉，對了解或鑑賞曲意毫無幫助，這是箋注者為訓詁所役而不自覺。

閔氏的《五劇箋疑》就未陷入此一迷思，其云：

> 離恨天乃調生之語，本無所出。舊註言在諸天之上者，妄也。〔註51〕

指出這是作者調侃、形容張生「豔遇」後，不知此身何在的恍惚狀態，用不著尋其所出，只須就曲意體會即可。這類釋文，較接近於凌濛初的解證。

〔註48〕弘治本，頁33b。
〔註49〕同註45，頁2a。
〔註50〕同註48，頁36b。
〔註51〕同註45，頁3a。

　　雖然，跋文中，閔氏企圖心不低，但實際上，許多條目內容雷同於王驥德、凌濛初，再扣除單純釋義、字音及異文部分，駁正性質的文字，少之又少。而這些鳳毛麟角之可信度又如何？

　　底下筆者舉其異於諸家的看法若干條，以明《五劇箋疑》大體上之成績。

（1）一之四〈清醮目成〉

鐶鐸

> 鐶鐸是方言彳亍，踟躕無聊之音（按：疑爲「意」之誤）。今吳音亦謂慢行曰鐶鐸。解爲窗外鈴鐸驚醒，殊謬。董解元本鬧會詞有：譬如這裏鬧鐶鐸，把似書房睡取一覺。〔註52〕

按：雖說方言有時可補文獻之不足，但有時適足以滋疑。解爲窗外鈴聲之聲，王驥德早已指出其非。但就王氏所曾用爲校注之例證，如董詞：「譬如這裏鬧鐶鐸，把似書房睡取一覺。」、《魯齋郎》：「不索你鬧鐶鐸，磕頭禮拜我。」《後庭花》：「這壁廂鐶鐸殺五臟神。」《曲江池》：「階垓下鬧鐶鐸，鬧火火爲甚麼。」《百花亭》：「他那里笑鐶鐸，我去那窗兒外瞧破。」等，皆宜作囉唣、鬧攘解，以踟躕無聊解，恐格格不入。且此詞上常接以「鬧」字，若作慢行解，何必「鬧」之？〔註53〕

（2）二之一〈白馬解圍〉

> 香消了六朝金粉，清減了三楚精神：六朝之文香豔，多金碧脂粉之辭；屈宋之文清苦，多枯槁憔悴之語，皆借文辭以喻其瘦損也，或云：六朝三楚多麗人，故云。豈別朝別處少麗人耶。舊註引〈貨殖傳〉，孰爲南楚，孰爲東楚，孰爲西楚，尤堪捧腹。〔註54〕

按：「或云」乃指王驥德本、舊註則指弘治本、徐士範本、陳眉公本等同條注文。閔氏之質疑王氏，以及揶揄舊註，都能指出舊解的率爾，以及就典釋典的局限。然其以文章風格借作比喻，恐亦不當。今人王季思校注《西廂記》，對本條之注解，較爲可取。其云：

> 意即金粉香消，精神清減耳。「六朝」、「三楚」，不過藉以妝點字面（晚唐黃滔〈秋色賦〉，已以三楚與六朝對舉）。閔遇五以六朝爲指香豔之

〔註52〕同註45，頁10a。
〔註53〕各例參見王驥德本，頁37b。
〔註54〕同註45，頁11a。

文，三楚爲指屈宋之文，未免附會。《東牆記》劇第一折【混江龍】
曲：「憔悴了玉肌金粉，瘦損了窈窕精神。」語意正同。〔註55〕

（3）二之三〈杯酒違盟〉

　　荊棘列、死沒騰、措支剌、頓兀剌：皆方言也。總是諕得木篤，氣
　　得軟攤之貌。不必下解。甚有逐字體認者，以江南耳目，作燕趙訓
　　詁，徒爲識者笑。〔註56〕

按：「甚有逐字體認者」，蓋指徐文長本之解云：「荊棘列，皮破也；死木藤，
不動也，措支剌，被刺也，軟兀剌，不安也。」識者如凌濛初等，早嗤之以
「不動不安意猶相近，至皮破，被刺更不知作何囈語矣。且剌作辣音，乃是
剌耶。」〔註57〕除此，閔氏提出了一個頗值得省思的課題——勿「以江南耳
目，作燕趙訓詁」，文化地域不同，語言涵義亦會隨之改變，故方言可供參考，
但不能全盤據以論定。不過，閔氏言猶在耳，自己卻也犯了此一毛病，如以
吳音慢行解釋「鑊鐸」。

（4）二之三〈杯酒違盟〉

　　誰承望這即即世世老婆婆：鶯雖怨母，不應有如此語。是以有作生
　　唱之說，然記中從無生鶯雜唱者。此語出董詞，董詞是旁人不平語，
　　可用很（狠）罳。此處用之不免累卻全璧。〔註58〕

按：雖然目前存世之《西廂記》，皆爲明刊本，第四本第四折、第五本第四折
生鶯或生、鶯、紅雜唱，第二本也打破了一人獨唱之慣例，這條釋文也許透
露了閔氏看過王本或各本皆一人獨唱的本子。再者，本條釋文內容涉及人物
性格與語言的關係，閔氏認爲以鶯鶯之個性，雖怨母，卻不至於口出狠罳。
然而，曲文很多時候僅是人物內心感情的抒發，近於獨白、背拱，只不過是
改用唱的方式告訴觀眾，而瞞住臺上劇中人物。因此，狠罳之詞也僅只是鶯
鶯內心的反應。這是就劇曲表現形式而言，若就鶯鶯個性而論，亦非不可能，
更何況這是衝擊到她自身幸福的大轉變，甚至破口而出也是有可能。因爲在
鶯鶯的心中，愛情的重要性勝過家世的興衰（從第一本之楔子，母女唱詞重

〔註55〕王季思校注，《西廂記》（臺北：里仁書局，1995 年 9 月），頁 55。
〔註56〕同註45，頁 17a。
〔註57〕參見《暖紅室彙刻西廂記》第十三冊，《明凌初成西廂記五劇五本解證一卷》
　　　　頁 6。
〔註58〕同註45，頁 17a。

心的不同，即代表人生價値觀的迥異），當後者與前者相違，甚至衝突，爲秉持信念，遂會產生決裂之行徑。一如關漢卿之《竇娥冤》，竇娥在丈夫死後，即已發誓要將婆婆侍養、孝服守。但當張驢兒父子闖進她的生活圈子，透過蔡婆逼迫她改嫁，面對孝順婆婆與爲夫守寡二者不能相兼時，她抗顏指責、諷刺蔡婆欲招驢兒之父爲夫，之於鶯鶯的「狠詈」，實有過之而無不及。因此，「累卻全璧」之說似有待商榷。

（5）三之三〈乘夜踰牆〉

騙馬：躍而上馬謂之騙上。然此引用不切，當是扁馬耳。言學做騙子也。扁旁之馬疑多。

按：王驥德本已提及「躍而上馬，謂之騙馬。」意指逾垣之姿勢如躍馬；亦提到「俗註謂哄婦人爲騙馬，不知何據。」〔註 59〕而閔氏說法，雖近於後者，說法卻另出機杼，採取拆白道字的手法，認爲「扁」、「馬」乃拆自「騙」字，故不須多一馬偏旁。若對照第五本第三折，紅娘亦採拆白道字手法，將「村駋屌」拆成「木村」、「馬戶」、「尸巾」，而此處恰好是紅娘唱，前後手法如出一轍，頗符合紅娘個性、口吻。不過，原文是「騙馬」，而非「扁馬」，除非能找到一個版本作「扁馬」，否則難以證明這也是拆白道字的一種，更何況從上下文句式來看，「折桂客」、「偷花漢」爲相對應一組詞；「跳龍門」與「學騙馬」亦是一組，實無單獨使用拆白道字之道理。

（6）四之二〈堂前巧辯〉

夫人索體究：體事勢、究情理也。俗本作「索窮究」，紅意正言不當窮究，殊悖。〔註 60〕

按：此處之異文，倒無其他人提出來討論。王驥德本作「索體究」，但未對「索窮究」發表意見。雖不明「俗本」何所指，不過，範圍頗廣，如弘治本、徐士範本、劉龍田本、起鳳館刊王李合評本、魏仲雪本、淩濛初本等。就〔絡絲娘〕曲文而言：「不爭和張解元參辰卯酉，便是與崔相國出乖弄醜。到底干連著自己骨肉，夫人索窮（體）究。」〔註 61〕紅娘之意，恐怕是請老夫人必

〔註 59〕王驥德本，頁 31b。王氏與徐渭乃師生關係，但《重刻訂正元本批點畫意北西廂》中亦作「北人謂哄婦人爲騙馬。」王氏卻稱之爲「俗注」，明顯否定該題評出自徐氏手筆。

〔註 60〕同註 45，第十六冊，頁 33b。

〔註 61〕《暖紅室彙刻傳奇・西廂記》，頁 144。

須好好想想、仔細打算，畢竟關係崔家顏面、女兒幸福，而非〔聖藥王〕之勸解：「夫人得好休，便好休，這其間何必苦追求。」〔註62〕置處不同，用意即須依上下文求索。

　　綜括以上六例，大體可以看出閔氏時有異於他人之見解（雖然大部分條目，意見不出王、凌二氏），常能從他人不疑處疑之，但經筆者檢視，其所「箋者不疑」的目標與原則，實際上仍「有大可商者」，也正如其所云：「我今所疑，孰非前人之確信也；我今所信，孰非來者之大疑也。」學術之進步，就在無數次的反覆辯證中，延展出更寬廣的視野。從弘治本的一家之注，漸漸走出眾家爭鳴的蒸蒸場面。而閔氏試圖融合各家特色，以成一家之言，但顯然，雜糅之跡太顯，所箋者出於己見者仍屬太少，且多可商榷。是故，閔氏《五劇箋疑》之成績，乃在可上可下之間。

第三節　毛奇齡之《毛西河論定西廂記》

　　《毛西河論定西廂記》（簡稱毛西河本）刊於康熙十五年（1676），由學者堂梓行。基本上，毛奇齡（初名甡，字大可，號西河）是一位經學者，《乾隆蕭山縣志》卷二十五說他「著書凡四百九十三卷，說經者過半」。〔註63〕正因為如此，其願將《西廂記》作一番解證、疏疑，進而「論定」，也就十分難得。〔註64〕

　　本書並無自序、凡例或跋文，卷首附有一些討論《西廂記》作者的文字，亦無關乎動機。既然毛氏不講，吾等也只能如赤文般揣測：

　　　《西廂》詞世人能誦而不能解，其中多有未妥處。經此論定，俱渙
　　　若冰釋，謂非此書之厚幸不可矣。文章有神，千古文章，自常與千
　　　古才子神會。西河之降心為此，或亦作者有以陰啓之耳。〔註65〕

　　至於體例方面，歸納為以下幾點：

〔註62〕同註61。

〔註63〕轉引自趙景深、張增元編《方志著錄元明清曲家傳略》（北京：中華書局，1987年2月），頁230。

〔註64〕不過，《道光梅里志》卷十六有一段記載似與此矛盾，其云：「毛西河誚竹垞學元詩：『如勾闌子弟，著研光襪，搖湘妃竹扇子，簪茉莉花，品殊不佳。』竹垞聞之，曰：『虞、楊、范、揭，皆勾闌子弟耶？』」（轉引自前揭書）似乎對勾闌子弟頗歧視。然地方志中資料，有些也是待考的。

〔註65〕毛西河本，卷四，頁15b～16a。

一、不敢擅易原本

毛氏在釋文中申明：

> 且予是本，並不敢擅易原本一字，以爲妄改者之戒。雖曲爲參解，
> 不無未當，應俟識者更定，但予例如是耳。〔註66〕

所謂參解，即毛氏標以「參釋」部分。屬於「論定」之外，尚待斟酌的內容，不過，雖曲爲參解，語氣上並不模稜兩可。然而，前引文中所說「原本」究係何本？毛氏卻未指出。根據全本注文中出現的版本別，包括：董詞、徐文長本、王驥德本、朱石津本、碧筠齋本、顧玄緯本、金在衡本、日新堂本，及引用湯若士、李卓吾、劉麗華、梁伯龍、蕭孟昉、蕭研鄰、屏侯、赤文等人之意見，很多時候也籠統稱爲諸本、他本、俗本或俗註。除此之外，筆者以爲還可能包括了金聖歎的批本。明顯的相仿之處有：

1. 本注本，多處亦分「節」或「截」、「段」，與金批《西廂記》分節，有相似之處。（後面再細論）。

2. 重章法，旨在「暗度金針」。其第四本第三折（毛氏作第十五折）釋【一煞】之「來時甚急」時，就提出這一切乃「元詞暗度金針之法」，〔註67〕頗似金聖歎在〈讀第六才子書西廂記法〉之二十三所說的「鴛鴦既已繡出，金針亦盡度」。〔註68〕

3. 某些釋文，係針對金批本而發，如對第一本第四折題目（毛氏作「正名」、「老夫人閉春院」）之論定：

> 閉，即門掩重關之意，雖出遊，猶閉也。俗子倡爲鶯不遊寺之說，
> 必謂院開而鶯見，遂易閉爲開。嗟乎，乃爾。〔註69〕

《西廂記》刊本中作「開」者，有張深之本及金批本，前者未加註其作「開」之原因，金聖歎則云：

> 於第一章大書曰：「老夫人開春院。」雖曰罪老夫人之辭，然其實作
> 者乃是巧護雙文。蓋雙文不到前庭，即何故爲游客誤見？然雙文到
> 前庭而非奉慈母暫解，即何以解於「女子不出閨門」之明訓乎？故
> 此處開閉一白，乃是生出一部書來之根。即伏解元所以得見驚豔之

〔註66〕同註65，卷一，頁32b。
〔註67〕同註65，卷四，頁18b。
〔註68〕《金聖歎全集》（台北：長安出版社，1986年9月），第三冊，頁14。
〔註69〕同註65，卷一，頁35b。

由，又明雙文眞是相府千金秉禮小姐，蓋作者之用意苦到如此。近
世忤奴乃云雙文直至佛殿，我睹之而恨恨焉！雙文不到佛殿，豈不
信哉？〔註70〕

雖斥爲「俗子」而未言名姓，經此對照，已很明白。參校本雖有明、隱，
卻可窺知。唯「原本」仍諱莫如深，這就校勘體例而言，不能不算是一大缺
憾！

二、解證特色

1. 重章法

如第一本第一折【賺煞】：

參釋曰：于佇望勿及處，又重提「臨去」一語，于意爲迴復，于文
爲照應也。

又參曰：元人作曲，有鳳頭、豬肚、豹尾諸法，此處重加抖擻，正
豹尾之謂。〔註71〕

以實際例子印證了喬吉的創作論。以上二段文字雖未拈出「章法」二字，論
的卻是回復照應之章法。以下一段恰好將回應二字與章法綰合在一起。第一
本第二折【尾】：

參釋曰：院宇一節，回顧借寓，正見章法。「乍相逢」一語，宜入第
一折，而結在此者，爲下折見鶯地，與「比初見時龐兒越整」句相應。

〔註72〕

「院宇一節」即指本折【二煞】總結借寓之結果。「乍相逢」乃【尾】中曲文，
說的是第一折之驚豔。「比初見時龐兒越整」是第三折【金焦葉】曲文。所謂
章法，即此三折之曲文相互回顧呼應。但，作者常「有出于有心，有不必盡
出于有心者。」不一定有章法可循，故毛氏在參釋第二折【錦上花】及【么】
篇時，云：「二曲別一波瀾，在章法之外。」〔註73〕

2. 曲白互引

〔註70〕同註68，兩段引文分見頁43、50。
〔註71〕同註65，兩段文字，見卷一，頁13。
〔註72〕同註65，卷一，頁23。
〔註73〕此二曲王驥德本因循碧筠齋本合作一曲，且引《太和正音譜》爲據。毛氏則
　　　　認爲《太和正音譜》凡【么】兩列者皆不分，如【六么序】、【麻郎兒】分明
　　　　有【么】，而合下不分，可驗。說見前揭書，卷一，頁34a。

　　毛氏非常重視、強調曲白互補及其一體性，在第一本第四折【碧玉蕭】
後之論定文字云：

> 大抵元詞多曲白互引，如風將滅燭，則曲中先伏曰「燭滅香消」。跳
> 墻折，紅將處分生，則曲中先伏曰「香美娘處分俺那花木瓜」，此亦
> 詞例。若白之逗曲，又不待言者。〔註74〕

　　而曲白關係的闡明，在所有論定文字中，被指出的次數最多。而用來說
明曲白關係的字眼，毛氏最常用「頂」，其次是「承」，再其次是「應」，少數
用「接」，茲各舉例如下：

　　（1）頂：

　　第三本第一折（第九折）

> 【勝葫蘆】・【么】：兩曲一氣頂賓白酬謝語來。……元曲如此一氣甚
> 多，亦是詞例。〔註75〕

按：本折寫張生倩紅娘傳柬，紅娘擔心小姐生氣，翻臉將信「搋做紙條兒」，
張生誤以爲紅娘要脅，遂答日後必以金帛拜酬，惹來紅娘一連串的反脣相
譏。故此二曲，完全因賓白「小生久以後以金帛拜酹小娘子」而來。〔註76〕

　　第三本第三折（第十一折）：

> 【攪箏琶】：此曲單指鶯言。俗本於「水米不粘牙」上添「那生呵」
> 一句，則「想姐姐」爲生想鶯，大無是理。王本刪「俺那小姐啊」
> 一句，以爲此曲直頂前白，言「水米不粘牙」，爲生與鶯大家飲食俱
> 廢，則「打扮身子」句又去不得矣。曲白之不可刪易如此。〔註77〕

按：毛氏以爲【攪箏琶】前有紅云之賓白「俺那小姐呵」一句，「打扮的身子
詐」才有著落，若無則曲文直接「我看那生和俺小姐巴不到晚哩」一句，則
以「打扮的身子詐」形容鶯可矣，形容生則顯彆扭，但此句又是曲文，去不
得，如此一來，此舉與妄添「那生呵」於「水米不粘牙」同，皆造成曲文的
不相銜接，故毛氏認爲曲白不可任意刪易。〔註78〕

　　（2）承

　　第五本第一折（第十七折）

〔註74〕同註65，卷一，頁34b。
〔註75〕同註65，卷三，頁4b。
〔註76〕同註65，本段引文見卷三，頁4a。
〔註77〕同註65，卷三，頁18a。
〔註78〕同註65，本段引文見卷三，頁17b～18a。

【逍遙樂】:「何處忘憂」,又承挑白另起,文理最明。今或刪去挑白,反訾「這番」句爲翻來,「何處」句爲接落,以爲兩下不稱,此何故也。幸元明以來,相傳幾四百年,不乏文理人,猶存是本。不幸早遇是君,則投甕久矣。〔註79〕

按:刪去挑白「姐姐心兒悶呵,那里散心要咱。」〔註80〕的刊本,有弘治本、王驥德本等,但未見訾語。以上引文,足見毛氏對所依原本的服膺。「承」字,意同「頂」。

（3）接

第四本第二折（第十四折）

【小桃紅】:此接賓白「羞」字來嘲鶯,大妙。「怎凝眸」,看不得也,即接「看時節」者,言看則如此,故看不得也。〔註81〕

按:此條釋文,共有二「接」字,前者接賓白以衍生曲文;後者則是指曲文中相扣處。從此例,反推「頂」、「承」等亦然,此類字眼,不僅用於曲白關係,亦用於曲文中字句的相互呼應、連接。

（4）應

第五本第四折（第二十折）

【甜水令】此正辨傳簡,應賓白「看得一般」諸語。〔註82〕

按:此處與前「小生久以後以金帛拜酹小娘子」頗雷同,紅娘皆因張生一句話,而激起她連番的唱詞。故「應」與「頂」實有相通之處。

綜括以上各例,知頂、承、接、應常用以說明曲白之回顧呼應的關係,亦可用以闡發曲文中字句的接應之妙。

3. 分 節

說到「分節」,首先令人想到的即是金聖歎,而毛氏接觸過金批本（前已論及）也是不爭的事實。毛氏「論定」文字的刊刻位置並非是處理成眉批或卷末總評或單獨成卷,而是緊接所論曲白之後,但與金批本不同的是:毛氏每折之前並無總評,曲文中亦無夾批,因此視覺上並無分割曲牌之碎離感。再者,毛氏分節,只是偶一爲之,並不多見,單位則是合併數曲,如第

〔註79〕 同註65,卷五,頁 30a。
〔註80〕 同註79,頁 29b。
〔註81〕 同註65,卷四,頁 11a。
〔註82〕 同註65,卷五,頁 28b。

一本第一折【天下樂】：「參釋曰：此指點遊歷也。四曲總是一節。」〔註83〕四曲爲一節。又同折【柳葉兒】：「參釋曰：自前曲歸洞天至末，總是一節。」〔註84〕也是四支曲子（【後庭花】、【柳葉兒】、【寄生草】、【賺煞】）。以及第四本第一折（第十三折）【混江龍】：「參釋曰：前七曲一節，後十曲一節，俱極刻劃。」〔註85〕包含曲數更多，分別爲七支及十支。以此三例揆其分節原則，似以「情境」爲分節單位，第一例，這四支皆是描述遊歷至浦津、一路所見，據以抒發不遇之感及如黃河般廣闊的胸襟，爲一完整、統一之情境，隨後即到城中狀元店，之後又是另一情境的開始與醞釀。第二例，四支曲子皆是描繪張生在鶯鶯離去之後的風魔狀態，與之前乍見五百年風流業冤的情境略有轉變。第三例更明顯可以看出前後兩階段的情境移換，前七曲重在張生等待的焦急；後十曲則是魚水之歡的沈浸與流連。因此，毛氏分節以情境爲主，是一較大單位，故分析上重精神而略其細微；迥異於金批本的「極微」觀，能將一刹那之感受「無量由延」，分節細緻，多以當下一刻之情感抒發爲單位來分節，故常給人支離曲牌之感。

　　又，有時毛氏不分「節」而分「段」、「截」，其標準原則偶有不甚統一之處。如：

第四本第三折（第十五折）

　　【滾繡毬】：參釋曰：此折凡三截，首至【叨叨令】，將赴長亭時語：「下西風」至「長吁氣」，餞時語：「霎時間」至末，別時語。〔註86〕

仍以「情境」分爲三截，此「截」等同於「節」。然而，第五本第二折（第十八折）【快活三】的一段論定文字卻在分截、分段上有了差異，其云：

　　此曲一氣直下，至「到不得蒲東寺」止，總訴其急欲歸之情也。王本既刪此曲前賓白，而又以此曲無著，欲移向「一身客寄，半年將至」之下，則錯亂極矣。且此至「蒲東寺」一截，應前折「歸期九月九」一段。「小夫人」至【賀聖朝】一截，應前折「叮嚀休忘舊」一段，脈絡甚清。〔註87〕

此處的「一段」，應非指一句，而是該句所在的那支曲子；至於「一截」，則

〔註83〕同註65，卷五，頁8b。
〔註84〕同註65，卷一，頁12a。
〔註85〕同註65，卷四，頁2a。
〔註86〕同註85，卷四，頁13b。
〔註87〕同註65，卷五，頁13b。

是包含三支曲子（【快活三】、【朝天子】、【賀聖朝】），從【朝天子】第二句後腰斬爲兩截，此處則頗類似金聖歎的作法。除了分「節」、「截」、「段」以外，有一處則作「斷」，在第五本第一折（第十七折）將【逍遙樂】：「曾經消瘦，每遍猶閑，這番最陡。」三句作爲「答賓白一斷」。〔註88〕此亦非以情境分之。總的說來，毛氏並無意全面性分節，偶爾會就情境的不同而予以分節，有時則不免受金聖歎影響，斷截曲文，作章法上的分析。

　　大陸學者蔣星煜曾提及清初刊本處理校注、參釋的情況，云：

> 毛奇齡所作的校注、參釋都另行穿插在曲文之間，既不集中於每折結束之後，也不置於眉欄。這一種款式大概是清初最流行的，順治、康熙年間所有《西廂記》的新刊本，基本上都是如此。金聖歎批點本《第六才子書》是如此，揚州李書云秘園刊朱素臣校注本《西廂記演劇》是如此，後來道光年間吳蘭修的《桐華閣本西廂記》也是如此。〔註89〕

也就是說，金批本的版面設計，是當時流行的版式，支離曲牌、不懂調式等指責根本是誤解。

4. 元詞用韻寬及形近、聲近而誤之校勘法

　　毛氏對元詞用韻的看法，今人趙山林已根據毛西河本中幾個例子歸納出如下的結論：

> 毛奇齡是音韻學家，他在校勘中充分運用了音韻學的知識，然而他又不贊成對音韻過於拘泥。如第三本第四折，紅娘唱【禿廝兒】：「他來時怎生一處寢，凍得來戰兢兢，不然知音。」王驥德認爲「寢」、「音」入眞文韻，而「兢」入庚青韻，是不對的，因此將「兢兢」改成「欽欽」，並舉《薦福碑》、《漁樵記》等劇爲例。毛奇齡則針對王驥德的改動提出兩個問題：一是「元詞用韻寬」，出韻的現象時或有之；二是元曲中用「兢兢」者也不少。如《硃砂擔》：「諕得我戰戰兢兢，提心在口」。因此他主張「兢兢」不可輕改。又如第一本第四折，張生唱【折桂令】：「教小生迷留沒亂，心癢難揉。哭聲兒似鶯囀林喬，淚珠兒似露滴花梢。」「揉」，王

〔註88〕同註65，卷五，頁2b～3a。

〔註89〕蔣星煜《毛奇齡對西廂記本來面目的探索——毛西河論定西廂記所作校注的依據》，《西廂記罕見版本考》（東京：不二出版株式會社，1984年10月），頁310。

驥德主張從朱石津本作「猱」，因爲這樣才能與「喬」、「梢」等同
協蕭豪韻。但毛奇齡從文意考慮，主張不改。他說「揉」，本音柔。
然元曲「心癢難揉」語最多，俱叶蕭豪韻。想曲韻另有讀例，如
「畯趁」，「畯」字韻書皆讀俊，而元曲讀梭，入歌戈韻，可知也。
諸作「撓」，朱石津本改作『猱』俱失之矣。且予是本，並不敢擅
易原本一字，以爲妄改者之戒。雖曲爲參解，不無未當，應俟識
者更定，但予例如此耳。」雖然毛奇齡對於「曲韻另有讀例」的
解釋尚不夠明確具體，然而他「不敢擅易原本一字」的矜慎態度
還是可取的。〔註90〕

　　的確，在論定本中，毛氏對於《西廂記》曲文多處失韻的地方，皆從寬
未改，然而，究竟有無更動字句，除非「原本」能明確指出，否則明清各評
注家，何人肯承認自己竄改？又各自抬出原本、古本以爲尊，造成曲文發生
異文現象，莫衷一是。

　　除了「元詞用韻寬」外，毛氏在校勘曲文上，其實還有兩個特色，即他
發現異文常與原本文字形似，不然就是聲近，例子不少，如：

　　（1）第一本第一折（第五折）【滾繡毬】：「則在這濟困扶危書一緘，有
勇無憨。」

　　　　論定：言別的不關心斯已耳，今濟困扶危全在此書，而不可著力作
　　　　癡憨耶。憨，癡也。俗作「憝」，字形之誤。《蕭淑蘭》劇：「誑得我
　　　　手忙腳亂似癡憨」。〔註91〕

　　（2）第二本第四折（第八折）【綿搭絮】：「疎簾風細，幽室燈清。都則
是一層兒紅紙，幾棍而疎櫺，似隔著雲山幾萬重，怎得箇人來信息通。便做
道十二巫峰，他也曾賦高唐來夢中。」

　　　　論定：此曲從窗內外寫出怨來。「棍」俗作「棍」，字形之誤。賦或
　　　　作「赴」，字聲之誤。疎簾二語，亦本董詞。〔註92〕

　　（3）第五本第一折（第十七折）【醋葫蘆】：「倘或水侵雨濕休便扭，我
則怕乾時節熨不開褶皺。」

　　　　論定：「水侵」俗作「水浸」，亦字形之誤。此字調宜平聲，且「侵」

〔註90〕趙山林，《中國戲劇學通論》（安徽：安徽教育出版社，1995 年 12 月），頁 1028。
〔註91〕同註 65，卷二，頁 10。
〔註92〕同註 65，卷二，頁 34。

是水入，「浸」是入水，大關文理。〔註93〕

（4）第三本第二折（第十折）【石榴花】：「當日箇，酬詩時；昨日箇，聽琴時，總承賓白『前日』二字來，蓋疏前事歷數之也。諸本誤吟詩爲聽琴時，遂致假爲古本者，去『昨日箇』三字，則【石榴花】調將少一句，『昨日箇向晚』，五字句也。又或去『當日箇』三字，則前二句既無所屬，『昨日箇』三字仍接不上。不知『吟』與『琴』字聲之誤，『詩』與『時』字形之誤，向非原本，幾乎刪盡矣。」〔註94〕

（5）第三本第三折（第十一折）【離亭宴帶歇拍煞】：「猶古自參不透風流調發，我則勸那息怒嗔波卓文君，你則與我游學去波漢司馬。」

論定：調發，戲弄也。《竹塢聽琴》劇：「出家人休調發我。」俗作「詞法」，一是形誤，一是聲誤。〔註95〕

按：以上五例，（2）、（4）、（5）以形近、聲近之誤校勘文字，將問題簡化，極易辨別版本之優劣。如「賦」或作「赴」，王驥德亦覺不妥，但依然以「重」的角度解此一問題，其云：「古作赴，似與來字重。」〔註96〕說服力反不如毛氏。至於「吟」與「琴」、「詩」與「時」之誤，雖在形、聲上確實可能因相近而誤，但若無當日、昨日、前日等之情況說明，恐怕也易給人主觀太過的感覺。「調發」一詞雖可以「元劇」證之，但爲何會作「調法」，卻乏人說明。而毛氏卻能獨具慧眼，簡化爲形、聲之誤，可說是以簡馭繁。然而，毛氏運用此一簡單方式所得的結論，不見得穩妥，如第一例，認定「憨」爲是，再據以串講文意，就顯得生硬。而他所搭配的「以元劇證方言」之方法，卻不足以證明作「憨」較妥，因爲《蕭淑蘭》：「諕得我手忙腳亂似癡憨」與「有勇無憨（慚）」在句型上並無任何相似。因此，筆者以爲形近、聲近之說，最好能配合其他方法，以求周延，如第三例，以「水入」、「入水」之不同，以正異文，就顯得令人信服。而前邊所提之「賦」、「媚汝」、「調發」，皆可合王驥德之「重複之非體」、「修辭上的對仗」及「以元劇證方言」等方法，共勘曲文之異同。

說完了以上四大特色，尚不足以概括毛西河本所有釋例的優劣，擬於此更舉幾例，以顯其他無法歸類之精闢解證：

〔註93〕同註65，卷五，頁7b～8a。
〔註94〕同註65，卷三，頁12a。
〔註95〕同註65，卷三，頁22b～23a。
〔註96〕王驥德本，卷二，頁46a。

1. 自來對「南海水月觀音現」一句的「現」，是否該改作「院」，大都以「屬對爲工」與否爲考量重點。贊成「院」者，當然認爲「院」對上一句「河中開府相公家」之「家」爲妥。反對者則取董詞「我恰才見水月觀音現」，以爲王實甫直取其句，不以屬對爲工。雙方皆未舉出強而有力的輔證，而毛氏則在董詞之外，更找到另外一例，其云：

> 若云「現」對「家」不整，則《抱妝盒》劇有云：「若不是昭陽宮粉黛美人圖，爭認做洛陽山水月觀音現。」亦以「現」對「圖」，何也？
> 〔註97〕

以元劇相同句型，再一次證明「現」對「家」並非不可行。就立論的充分，毛氏明顯勝過其他家。毛氏善於旁徵博引，又如第一本第二折【小梁州】：「眼挫裏抹張郎」一句，他見到「陋者妄欲抬紅聲價，解云：抹煞張郎，猶目中無張郎也。」則隨手拈出一例反駁：「《兩世姻緣》劇云：『他背地裏斜的眼梢抹』，彼指韋皋視玉簫也，豈亦眼中無簫也。」〔註98〕

再如，爲說明紅娘借用「願隨鞭鐙」以謔稱張生爲趨飲者，便如數家珍，舉出《鴛鴦被》：「教灑酒，願隨鞭鐙。」、《東堂老》：「你則道願隨鞭鐙，便闖一千席，也填不滿你窮坑。」〔註99〕這也是前人未曾提到的例子。毛氏常能舉出非常有力的正、反例以支持自己的立論，這相較於大多數遵循王驥德本校例的本子，更顯其識見之廣。

2. 就閔氏《五劇箋疑》與毛氏《論定西廂記》相比，無疑地毛氏更富有懷疑精神及翻案勇氣。光就書名而言，「論定」比之於「箋疑」，自負之情不言可喻。而前節已討論過閔氏箋注本之優劣，所謂「疑者不箋，箋者不疑」，反倒更適合用來形容毛氏。今即舉若干例，以明其創發之見地。

（1）第二本第二折（第六折）【小梁州】：

> 「角帶」，以角飾帶也。「鞓」，則帶質之用皮者。帶尾翹出曰「傲」，即撻尾也。「黃」，鞓色。沈存中記屯羅繫唐人黃鞓角帶，而宋待制服紅鞓犀帶。《梧桐雨》劇亦有「鳳帶紅鞓」語，皆隨染成飾者。楊升庵見近世有鬧裝帶，因引白樂天詩：「親王帶鬧裝」、薛田詩：「三鬧裝成弟子鞓」，謂「傲」是「鬧」字。不知樂天詩是「親王彎鬧裝」、

〔註97〕同註65，卷一，頁12。
〔註98〕同註65，卷一，頁17a。
〔註99〕同註65，卷二，頁18。

薛田詩是「三鬧裝成弟子韉」，並非「鞋」字。蓋唐時馬飾用鬧裝無裝帶者，觀微之詩亦有「鬧裝彎頭縞」可驗。且「鬧裝」，雜裝也。既飾以角，焉能雜裝？天下有金鑄鐵佛《西廂記》乎？升庵考古不精，一生鹵莽，而吠聲之徒遍改「鬧」字。嗟呼，古文之亡，亡於盲夫，夫深可痛也。〔註100〕

按：校勘注釋最怕引證有誤，連帶立論動搖，不能成立，此例說明楊升庵舉樂天、薛田詩時，「帶」、「鞋」二字，原作「彎」、「韉」，〔註101〕故不能證明「傲」乃「鬧」之誤。而王驥德、凌濛初、閔遇五皆不察，遞相沿用，致被毛氏譏為「吠聲之徒」。

（2）第三本第二折（第十折）【普天樂】：「曉妝殘，烏雲軃，輕勻了粉臉，亂挽起雲鬟。」王驥德以為「前『雲亂挽』，此『烏雲散』，及『亂挽起雲髻』，稍重。」〔註102〕毛氏則以為：

> 前言「雲亂挽」，髻偏故也。此言「烏雲散」，則髻解將理矣，又曰「亂挽起雲鬟」，則因見簡帖而又倉卒綰結也。此正模畫入阿堵處，而不知者以為重複，何也？〔註103〕

王氏慣以修辭上之對仗論曲文優劣正誤，卻忽略人物行為心理的刻畫與變化，與毛氏所言比較，毛氏顯勝一籌。

（3）金聖歎在批改《西廂記》的當時，總結出許多文學鑒賞法，毛氏在這方面較罕見，雖十分重視章法，卻著重在曲文互補之法上，而非創作方法或理論的提升，以下兩則可說是其中之鳳毛麟角：

> 第二本第一折（第五折）【柳葉兒】：三曲凡三策，分作三段，「第一來」起至「齟齪」一段，是獻賊之策；「待從軍」至「全身」一段，是自盡之策；「都做了」至「秦晉」一段，是退兵結婚之策。末策是本意，然須逐節遞入方妙。〔註104〕

> 第二本第四折（第八折）【調笑令】：二曲暗寫琴聲，後一曲明寫琴

〔註100〕同註65，卷二，頁17b～18a。
〔註101〕經查《白氏長慶集》卷十五〈渭村退居寄禮部崔侍郎翰林錢舍人詩一百韻〉（臺北：藝文印書館，1971年2月），頁349，「帶」乃「彎」之誤。薛田詩則暫未查及。
〔註102〕王驥德本，卷三，頁16a。同註65，頁8b。
〔註103〕同註65，頁8b。
〔註104〕同註65，卷二，頁5b。

聲。至【聖藥王】則又寫琴意，漸轉入曲弄矣，此一步近一步法。
〔註105〕

所謂「逐節遞入」與「一步近一步法」相當，寫鶯鶯本意乃「退兵結婚」，尤其是與張生結秦晉，必先有獻賊、自盡之策，料必不獲母親首肯，方可提出結秦晉之計，乃「一步近一步法」。而琴聲之領略，由暗而明，再寫琴意，顯示鶯鶯漸入張生心理世界，亦是「逐節漸入」之法。這與金聖歎的「三漸」說頗有神似之處——「第一漸者，鶯鶯始見張生也；第二漸者，鶯鶯始與張生相關也；第三漸者，鶯鶯始許張生定情也。」〔註106〕都是創作方法的提示；從另一方面而言，亦可說是鑑賞途徑的逆溯。

　　任何一部箋注、解證本都有其優點，亦有其永不被滿意的不足之處（這一層閔遇五早有警惕），毛西河本當然也不例外。

　　以下略舉二例，以見斟酌。

1. 第五本第三折（第十九折）末尾：

　　參釋曰：張中第三名探花，此又云：「張生敢是狀元」，後折亦稱「新
　　狀元」，似矛盾，不知此正撇浪作子虛語處，不可不曉。〔註107〕

按：在第二本第一折（第五折）討論歡郎本討厭子息，鶯鶯可否稱之為「愛弟親」、「後代孫」時，也連帶提到張生後中探花、稱狀元一事，認為純是「古人賦子虛耳」。〔註108〕

　　這個問題，早在王驥德時已被發現，王氏並且舉出董詞：「明年張珙殿試中第三人及第」，證明張生只得探花郎，後言「狀元」，「殊自矛盾」。〔註109〕然而，此一矛盾，至淩濛初時已解決，其云：

　　《秦中雜記》曰：「進士及第後，為探花宴，以少俊二人為探花使。」
　　《詩話》曰：「進士杏園，初曰探花郎，少俊二人為探花使，遍遊名
　　園，若他人先折得名花，則被罰。」故此詩言探花郎，正言其得第
　　耳，非如今世之第三名。俗本不解，而誤添第三名，遂有謂其前後
　　曲白稱狀元之自相矛盾者，正未夢見也。〔註110〕

〔註105〕同註65，卷二，頁32b。
〔註106〕《金聖歎全集》第三冊，頁153。
〔註107〕同註65，卷五，頁23b。
〔註108〕同註65，卷二，頁6a。
〔註109〕王驥德本，卷五，頁23b。
〔註110〕《暖紅室彙刻傳奇·西廂記》，頁152。

既然如此，何以毛氏仍堅持這只是「古人賦子虛耳」？原因在於毛氏「且予是本，並不敢擅易原本一字，以爲妄改者之戒。」毛氏所據「原本」，在「玉京仙府探花郎，寄語蒲東窈窕娘。指日拜恩衣晝錦，是須休作倚門妝。」一詩，尙有鶯鶯白云：「慚愧也，探花郎是第三名。」據毛氏論定：「此詩與此白俱出董詞。或抹此詩、或刪此白。天下固不乏馬腫背者，但李代桃僵，則不甘耳。」〔註111〕顯然認爲，縱使「原本」乃屬少見多怪者，但要以他本代此本，毛氏是不同意的。但就作者原意而言，既已安排張生考前歇腳「狀元店」，即已暗示張生必中狀元。毛氏堅持不擅易原本一字，恐怕稍嫌失之固執！更何況毛氏自己亦曾云：「始知較雠不精，雖稱古本無益也，況趁臆改竄耶！」〔註112〕雖然毛氏並未「趁臆改竄」，但若所執之本良非善本，則稱原本亦無益也。

2. 第四本第一折（第十三折）【後庭花】：

> 論定：「燈下偷晴覰」，非看帕也，又看鶯耳。「胸前著肉揣」，非又揣鶯也，自揣其肉耳，與董詞「猶疑夢寐之間，頻陷肌膚。」同。〔註113〕

按：毛氏似乎認爲【後庭花】首二句「春羅元瑩白，早見紅香點嫩色。」頂〔正末做看手帕科〕，而「燈下偷晴覰，胸前著肉揣。」則是承「旦兒云：羞人答答的，看甚麼？」（指鶯鶯被看得有些難爲情）一看手帕、一看人。關鍵在於「揣」字是否可作「掐」解？經查並無。再者，縱可作「掐」解，也只曾聞掐手、腿或股，並不曾聞有人掐胸前肉。今人王季思解作「藏」，並以元劇證之，其云：

> 揣，藏也；謂藏手帕於胸前也。《留鞋記》劇第三折琴童白：「懷兒裏揣著一雙繡鞋。」《薦福碑》劇第二折【滾繡毬】曲：「將我這羞臉兒懷揣著。」揣，並藏意。白仁甫《御水流紅葉》殘折：「做了個香囊盛了揣著肉。」亦謂以香囊盛紅葉而著肉懷之也。〔註114〕

其中《御水流紅葉》一例，與《西廂記》句型最爲相似，作「藏」解可通，作「掐」則不通矣。

以上所論，即毛西河本之校注特色及其優劣，雖非全貌，亦不遠矣！

〔註111〕同註65，卷五，頁5b。
〔註112〕同註65，卷一，頁28b。
〔註113〕同註65，卷四，頁5b～6b。
〔註114〕王季思校注《西廂記》（臺北：里仁書局，1995年9月），頁151。

最後，再引一例以作結：

第五本第四折（第二十折）【清江引】：

> 論定：此亦元詞習例，如《牆頭馬上》劇亦有「願普天下姻眷皆完
> 聚」類，但此稱「有情的」，此是眼目，蓋概括《西廂》全書也。故
> 下曲即以「無情的鄭恆」反結之。〔註115〕

毛氏認為「有情的」是一劇之眼目，可概括《西廂記》全劇，可說是掌握了
全劇之主旨所在，這在《西廂記》曾被列為禁書的時代，由經學家口中說出，
意義更是非凡！

〔註115〕同註 65，卷五，頁 32b〜33a。

第三章　今人《西廂記》校注本
之商榷與補正

　　第一、二章談的是古代《西廂記》校注本；本章則繼續探討民國以來之校注本，在汲取了古代豐富的文獻寶藏之後，在「繼往」方面如何？在「開來」方面又如何？共選擇了王季思、吳曉鈴、張燕瑾等三種較流行或影響大的今注本，最末一節則綜論其他諸本，聯合上兩章，則是一部《西廂記》校注本研究史。

第一節　王季思之校注本

　　王季思（本名王起）研究《西廂記》之時間甚長，對《西廂記》校注，前後下了數番工夫、費了不少心血，其出版始末大概如下：

　　一九四四年浙江龍吟書屋出版的《西廂五劇注》，是王氏首次整理出版的本子，堪稱今人首部較有系統而且詳盡之校注本。此本以暖紅室複刻凌濛初本為底本，並吸收王驥德、毛西河、汲古閣六十種曲本之長處。繼而修訂注釋、增附集評，於一九四八年由上海開明書店出版《集評校注西廂記》。一九五四年，經第三次修正，由上海文藝出版社出版，後經古典文學出版社、中華書局上海編輯所多次重印。至一九五八年，由於弘治本、劉龍田、張深之本的發現及複刻，王氏遂重加校補，復出版「新一版」。至一九六三年二月，又重印六次。文革之後，至一九七八年，上海古籍出版社以一九六〇年三月版紙型重印，此次王氏僅做了一些文字修改，以後又多次重印。一九七八年，

王氏及其學生張人和合作重輯重校之《集評校注西廂記》出版。至於台灣方面，主要有里仁書局翻印重排兩次，一次是在一九八一年十二月二十五日，爲董王合刊本（《董解元西廂記》乃凌景埏校注本）；一次是一九九五年九月二十八日，以一九八七年版本爲底本重排，其中並由王氏再作部分改正，李殿魁教授校閱一遍。以下所論，即據一九九五年版。

王氏自言研究、整理《西廂記》之歷程，可分三階段來談：

> 第一階段，是對方言俗語的考證，用前人治經的方法來考證戲曲小說。

> 第二階段，是對故事源流的探索，可以說是用前人治史的方法來研究戲曲小說。

> 第三階段，是對《西廂記》思想藝術的評價。〔註1〕

本節所要探討的，即是王氏第一階段的成就與貢獻。照例仍分校勘與注釋兩方面來談。

一、校　勘

（一）校勘底本及參校本

據王季思本人在〈後記〉中交代，底本選擇經過如下：

> 明人刊行元劇，又每每自作聰明，肆意刪改，爲了使今天的讀者有一個比較接近王實甫原著而又明白易讀的本子，就必須搞好定本的工作。定本的第一步工作是版本的校勘。《西廂記》在元劇中流傳版本最多，校勘的工作就比較艱巨。一九四九年我在浙江龍吟書屋出版《西廂五劇注》時，是以暖紅室複刻凌濛初本作底本，校對了王伯良、金聖歎、毛西河諸家刻本，並就《雍熙樂府》校正它的部分曲文。一九四九年後我又看到劉龍田、何璧、張深之等的本子。特別是弘治戊午（一四九八）本《西廂記》的發現，引起我濃厚的興趣。……我原來以凌濛初本作底本，因爲相信它是根據周憲王本複刻的。弘治本的發現至少在分折的問題上戳穿了凌氏借古本以自重的幌子。〔註2〕

〔註1〕　王季思，〈我怎樣研究西廂記〉（代序），《西廂記》（臺北：里仁書局，1995年9月），頁2〜3。

〔註2〕　王季思校注《西廂記》，頁277〜278。

　　王氏早期以凌濛初本爲底本,後來陸續有其他版本被整理出來,因此,可補凌濛初本的不足,成爲參校本。雖然因弘治本的見世,凌濛初本某些排版處理值得商榷,但王氏並未言明有換底本的動作。不過,顯然弘治本在王氏心中占了極大的地位,也因此在校例中,據弘治本補正的地方最多。至於其他參校本,除後記中提及者,尚有徐士範本、徐文長本、《五劇箋疑》、金聖歎批本、《六十種曲》本,以及《董詞》、《南西廂》等。這之間,王氏特別提到他與金批本的因緣:

> 版本問題。我比較成功地解決了金聖歎評點本的問題。金本是清初至一九四九年前後最流行的本子,我年輕時看的是金本,接受的也是金聖歎的觀點。金本充分肯定《西廂記》的前四本,認爲是王實甫所作,這是對的。但他把第五本看作續本,貶得一錢不值,是錯誤的;他爲了證明自己的某些觀點,還假借古本,妄改曲文,這就更錯了。清末開始有人懷疑金聖歎的看法,翻刻了明本一些比較接近原著的本子,但沒有將他們與金本作認真的比較、分析。一九四四年,我的《西廂五劇注》出版後,金本就逐漸少人看了。

　　這段話因爲是一九八〇年六月,王氏在中國戲曲史師資培訓班上的演講紀錄稿,不是很學術性,如金氏「假借古本」、清末那些人懷疑金氏觀點、明末那些版本較接近原著等,都是泛而無據之論。而據此,也略可窺知王氏基本上是不太苟同金聖歎的看法,因此注本中提到金聖歎批本僅六次,只有以下一則是正面肯定的:

　　第三本第二折【一二】調犯

　　　《聖歎外書》:「調犯是鄉語,猶云做弄也。」義俱近。

而此則似非金氏意見,而是增批者所爲。〔註3〕若果如此,則王季思對金批本之價值認定就相當一致。

　　另,在校例中,王季思在更補曲文時,雖僅一處稱「別本」,〔註4〕其餘

〔註3〕同註2,頁118。《聖歎外書》又稱《增批繪像第六才子書》,乃是一部金批本,外加某批者之眉批,王季思校注本,提到《聖歎外書》有三處,頁87、91、118,後二處,經查未載,不知所據爲何。另,大陸學者蔣星煜則認爲該本眉批者爲周昂。參見拙作〈金批西廂記的内在模式及其功過——兼論戲曲「分解」說〉,《漢學研究》第十五卷第二期,1997年12月,頁159,註39。

〔註4〕同註2,頁89。【一九】即即世世,又別本作積世,閱世甚深之意。

皆有交代所據版本，但某些校例卻往往不說明更動理由，如：

第一本第一折：

【二】僕　原作「俫人」，據王伯良本改。〔註5〕

第二本第一折：

【五二】則願你　你原作得，茲從《雍熙樂府》。〔註6〕

第二本第二折：

【九】將軍是必疾來者　此處惠明唱仙呂【賞花時】【幺篇】二支，王驥德本、張深之本、金聖歎本，將這二支曲子刪掉。現據弘治本增補。凌濛初《五本解證》亦載。〔註7〕

第二本第三折：

【八】末云今日夫人端的爲甚麼筵席　原本無，此據毛本補。〔註8〕

一般未說明取捨原則或進行辯證者，大都採取並列形式，即選定一底本，異文一例出以校記。然而，王季思全部逕予更補，在學術研究上說服力不免大打折扣。

以上是底本及版本對校的大概情況。

（二）文字的整理

王氏認爲元劇中存有不少同字異體、同聲假借、繁體簡寫、簡體繁寫等文字上之混亂現象。《西廂記》雖經過明人的整理，有些錯別字已經改正，但由於當時校注者如徐渭、王驥德、凌濛初等皆是南方學者，不習北語，故留下不少問題，引起讀者、觀眾的誤解與爭論。王氏在版本校勘時，對某些明顯錯誤的文字，據某本予以更正，如：

第一本第二折：

【三三】沒則羅便罷二句（按：即「沒則羅便罷，煩惱怎麼那唐三藏」）……「怎麼」原作「則麼」，茲據《雍熙樂府》卷七錄本套曲校改。元劇「則」「怎」多通用，《竹葉舟》劇第四折【倘秀才】曲：「則問搗蒜似街頭拜怎摸。」士禮居藏元刊本「怎摸」亦作「則麼」。「那」原作「耶」，形近而誤。唐三藏即調侃法本。「煩惱怎麼那唐

〔註5〕同註2，頁10。
〔註6〕同註2，頁59。
〔註7〕同註2，頁71。
〔註8〕同註2，頁77。

三藏」，與《西遊記》劇第十七齣【金盞兒】曲「焦則麼那村柳舍，
叫則麼那唔顏郎」，句法正同。徐文長以則麼耶爲僧名，失之。〔註9〕
第四本第二折：

　　【一】隱秀　原作穩秀，茲從《六十種曲》。隱秀，隱祕意，《占花
　　魁》第十齣小旦白：「你出家人，往來須要隱秀些才好。」用法同。

〔註10〕

按：王氏在校注上善用句法上的排比，見出字詞的通同或字義的通轉。所謂
「用法同」、「句法正同」，即是此一手法之運用。不過，「『那』原作『耶』，
形近而誤」的說法，有人質疑，認爲「但助詞耶字，義同呀，不必作那，因
同爲助詞，並無實義。」〔註11〕同樣的，王氏常用的句法排比，不見得條條
妥當，底下釋例即是其中一條：

　　第二本第四折

　　【七】沒查沒利謊僂儸　沒查利，王伯良曰：「方言無準繩也。」按
　　「沒查利」即「賣查梨」，《誠齋樂府・曲江池》劇第一折【鵲踏枝】
　　曲：「你休要賣查梨，不誠實。」《雍熙樂府》卷四【點絳唇】「妓者
　　嗟怨」套：「一半兒查梨一半兒謊。」與此處用法正同，蓋並謂言語
　　不實也。（《百花亭》劇有「王小二賣查梨條」節目。小二蓋出入妓
　　院，兩頭來往之人。其叫賣之辭，語多誇大。元劇稱言語不實爲賣
　　查梨，或即由此。）王解爲無準繩，義亦近。僂儸，原作僂科，茲
　　據《雍熙樂府》改。閔遇五曰：「古注：僂科猶如小輩，宋時謂幹辦
　　者曰僂科。」僂儸本能幹之意，後即以稱幹辦者，字亦作嘍囉條。《爭
　　報恩》、《勘頭巾》二劇並有「很僂儸」一辭，語法正與謊僂儸同。

〔註12〕

按：「很僂儸」與「謊僂儸」在語法上正同，是可以肯定；但「謊僂科」是否
不可解？若是，則可逕改爲「謊僂儸」，不然，則二詞各自獨立，「不相爲謀」。
今人王學奇則考證「謊僂科」之句法，宜作「2・1」而非「1・2」，其云：

　　明・閔遇五註《西廂》云：「古注僂科，猶云小輩，宋時謂幹辦者

〔註 9〕同註2，頁28。

〔註10〕同註2，頁156。

〔註11〕顧學頡、王學奇著，《元曲釋詞》（北京：中國社會科學出版社，1990 年 10
　　　　月）第四冊，頁351。

〔註12〕同註2，頁86。

曰儍科。」《南西廂》和《雍熙樂府》均作「儍儸」。王季思注《西廂》亦謂「儍科」即「儍儸」，並承閔說，謂「儍儸」本能幹之意，後即以稱幹辦者，以上都是認定「儍科」連續。實則不然，因北人罵娼妓爲科子，「謊儍科」句法，正與「棘針科」同。明・張萱《疑耀》卷三：「今京師勾闌中諢語，謂給人者爲黃六，乃指黃巢兄弟六人，巢居第六而多詐，故目詐騙者爲黃六也。」清・翟灝《通俗編》謂市語虛奉承爲「王六」。南音王、黃不分，北語呼「六」作「溜」；「儍」，「溜」聲之弇侈。今魯東人猶謂撒謊曰說溜，意亦「黃六」之遺意。故「謊儍科」，蓋即撒謊說溜、假意奉承的小科子也。〔註13〕

就文意的串講上，顯然王學奇的「2・1」說及音轉論較爲通達。而其實，閔遇五與王季思二人，在釋文中亦稍觸及另解——「儍科猶云小輩」、「小二蓋出入妓院」等，若能進一步推敲，也許與王學奇的結論會有相近之處。

除此之外，在文字的整理上，爲了方便今天的讀者，王氏把古刻本中的異體字盡可能改爲現今通行易曉的字，如「嵓」改作「岩」，「祻」改作「禍」，「麤」改作「粗」，「偺」「喒」改作「咱」之類。一些詞也作了更動，如「他每」改爲「他們」，「則見」改爲「只見」，「忒稔色」改爲「太稔色」，「衢一味」改爲「眞一味」。後因考慮如此的調整，雖可易於了解《西廂記》文意，卻不便於進一步閱讀其他元劇。故在一九九五版之定本時，除音義全同的古今字照舊改從今體外，把「們」、「只」、「太」、「眞」等字又改回去。〔註14〕於此亦可窺知王氏校注《西廂記》，頗關注於讀者的閱讀能力，無非是想使古典文學作品通俗些，使能貼近大眾的心靈。

（三）格式不明

所謂「格式」，包括每一牌調之字數、句數、句式、平仄、韻協及增句等諸項目。〔註15〕校注者在句讀時，常因不明格式，而造成句數增減，茲舉二例說明之。

第三本第二折【脫布杉】

〔註13〕〈評王季思先生的西廂記注釋〉，原發表於《語文研究》1983 年第一期，後收入《元曲釋詞》（1984 年 10 月）第二冊，頁 85～86。

〔註14〕參見王季思校注《西廂記・後記》，頁 279～280。

〔註15〕參見鄭騫，《北曲新譜・凡例》（臺北：藝文印書館，1973 年 4 月），頁 1。

小孩兒家口沒遮攔，一迷的將言語摧殘，把似你使性子休思量秀才，做多少好人家風範。〔註16〕

共四句：七（韻）、七（韻）、七、七（韻）。〔註17〕

王氏則句讀成：

小孩兒家口沒遮攔，一味的將言語摧殘。把似你使性子，休思量秀才，做多少好人家風範。〔註18〕

四句變成了五句。不過，此例【脫布衫】曲牌格式，各句可斷成兩小句，通常作「3‧4」，故王氏第三、四兩句，可勉強曲解之。但底下第四本第三折【叨叨令】則無以迴護。

見安排著車兒馬兒不由人熬熬煎煎的氣，有甚麼心情花兒靨兒打扮的嬌嬌滴滴的媚。准備著被兒枕兒則索昏昏沉沉的睡，從今後衫兒袖兒都搵做重重疊疊的淚。兀的不悶殺人也麼哥，兀的不悶殺人也麼哥。久已後書兒信兒索與我恓恓惶惶的寄。〔註19〕

本章為疊字體，共七句：七（韻）、七（韻）、七（韻）、七（韻）、六、六、七（韻），其中第六句必疊第五句。如《梨園按試樂府新聲》中卷所錄：「黃塵萬古長安路，折碑三尺邙山墓。西風一葉烏江渡，夕陽十里邯鄲樹。老了人也麼哥，老了人也麼哥。英雄盡是傷心處。」未加任何襯字。本來各句之第一二字、三四字、五六字之間，絕不可加襯，因其間無音節縫隙；但帶詞尾和疊字衍聲的複詞除外，詞尾如代名詞「的」、動詞「著」、名詞「兒」，疊字衍聲複詞如「嬌嬌滴滴」、「昏昏沉沉」等；因為詞尾本身即為附加成分，與詞不可分離，而疊字衍聲複詞之下字，事實上等於詞尾。〔註20〕雖說王季思以凌濛初本為底本，但凌濛初本與上例無異，王氏竟錯施以新式標點，造成句數的變化，增為十二句：

見安排著車兒馬兒，不由人熬熬煎煎的氣；有甚麼心情花兒、靨兒，打扮得嬌嬌滴滴的媚；准備著被兒、枕兒，只索昏昏沈沈的睡；從今後衫兒、袖兒，都搵做重重疊疊的淚。兀的不悶殺人也

〔註16〕凌濛初本，頁133。

〔註17〕同註15，頁28。

〔註18〕同註2，頁112。

〔註19〕凌濛初本，頁146。

〔註20〕說見曾師永義〈九宮大成北詞宮譜的又一體〉，《參軍戲與元雜劇》（臺北：聯經出版事業公司，1992年4月），頁323～324。

> 麼哥？兀的不悶殺人也麼哥？久以後書兒、信兒，索與我淒淒惶
> 惶的寄。〔註21〕

這是新式標點校注本宜多注意的地方。

二、注　釋

據其〈後記〉，注釋之原則為：

> 我注《西廂記》，除解釋難字難句、引證詩詞典故出處外，比較致力
> 於方言俗語的考釋。這一是從宋元通俗文學中求例證，糾正前人一
> 些主觀臆測、望文生義的說法；二是於類似的詞性、句法中求義例，
> 使讀者可以舉一反三；三是從明清戲曲小說和現代方言俗語中考察
> 它們的演變，使讀者多少了解現代漢語跟白話文學的先後繼承關
> 係。讀者從此入手，進而研讀其他元劇就比較順當。〔註22〕

對方言俗語的考證，屬於王季思研究、整理《西廂記》的第一階段工作，
他自述是從以「前人治經的方法來考證戲劇小說」，而這種態度是受到清末著
名學者孫詒讓的影響。王氏與孫氏有間接親戚關係，曾借宿孫家一段日子，
自認為往後對元人雜劇的校勘與考證之治學態度深受孫氏之影響；後來又恰
逢五四時期提倡平民文學，遂開始考證《西廂記》的方言俗語，用治經的方
法來治戲曲。因此，「這可說是地方前輩學者考證學的傳統和『五四』時期平
民文學的思潮結合的產物。」〔註23〕雖說自述如此，筆者仍以為王氏受孫詒
讓影響是有，但方法卻更近於王驥德的「以經史證故實，以元劇證方言」，所
參用之典籍及引用之元劇、筆記小說更多更豐，所立條目更多達七百六十九
條，是弘治本等之古注本的兩倍有餘。而更重要的是這些條目的箋注方式——
——「於類似的詞性、句法中求義例」，這是自王驥德以來，各家箋注解證本中，
各自展現功力與特色之所在，本節注釋部分，主要談的就是這方面的釋例。

在進行之前，先談第三點，所謂「從明清戲曲小說和現代方言中考察它
們的演變」，通覽全本，似乎找不到此類釋例，勉強試以兩例證之：

（1）啞聲兒廝耨　徐文長曰：「北人謂相昵曰耨。」按此字元明人
　　　劇中常見，大約狀男女交歡時動作狀態，蓋𦠄之假借，今溫州

〔註21〕同註2，頁161～162。
〔註22〕同註2，頁280。
〔註23〕同註1，頁2。

方言尚如此。〔註24〕

(2) 棄了部署不收　《水滸傳》七十二回，記燕青在泰安州……《射
柳捶丸》劇第四折……又《病劉千》劇第一折……及第三
折……。知部署爲當時率徒弟耍弄槍棒，或主持擂家相搏之
稱；……又閱遇五曰：「部署是軍中將卒管束之義。」按《古
今小說》十五卷有營中部署李霸遇和郭威相撲，後郭威也做了
部署。《清平山堂話本‧楊溫攔路虎傳》，記溫於茶店識馬都頭，
是使槍部署。又於東岳廟見節級部署。是部署原本軍營中將卒
之擅長技擊者，後乃成爲江湖拳棒教師之稱也。〔註25〕

之所以說是「勉強」，乃因爲字義的演變並不複雜，是否足以說明「現代漢語
跟白話文學的先後繼承關係」，值得商榷。由於王氏語焉不詳，又乏例證，故
本節不再另立名目討論。

至於全書之釋例，〔註26〕經筆者爬梳歸納，有如下幾點：

（一）體製規律

時代的隔閡，現代一般人接觸古典戲曲的機會不多，更何況是元雜劇之
體製規律，非經注解，無法明其定義。此書諸如楔子、科範、外、正旦、淨、
正末、題目正名等專有名詞，在所有條目中自成一類，可說是「時代產物」。
其中「正旦」一詞之解釋，錯誤不少，略述如下：

(1)「劇中旦色，古今解者不一。《太和正音譜》：『當場之伎曰狚。狚，
猿之雌也，其性好淫。俗乎旦，非也。』最爲近之。」後卻又說：「丹邱以爲
雌猿，恐猶不免附會也。」似互相矛盾，而其實王氏只贊成「當場之伎曰狚」
一句，認爲元劇常稱伎爲猱兒，而《雍熙樂府》卷十二雙調【新水令‧半夜
朝元】套、【柳搖金‧再試風情】曲、周憲王《神仙會》劇，皆以旦或狚與猱
並舉，可知即爲妓之別稱。而王氏所欲否定者爲雌猿之說，但因「最爲近之」

〔註24〕同註2，頁159。
〔註25〕同註2，頁159～160。
〔註26〕大陸學者黃秉澤〈王季思先生研究西廂記的傑出貢獻〉一文，提到「先生還
從西廂記的語言規律中，歸納出九種語法：倒裝、分合、拆字、歇後、斷插、
雙關、反意、打諢、手勢。」經查一九九五年版本，並無此歸納，或許是指
早期《西廂五劇注》，王氏曾如此歸納。晚期校注本，王氏僅偶爾在釋文中說
明該詞是「倒裝」、「雙關」等，似不成爲一種體例。見《王季思從教七十周
年紀念文集》（廣州：中山大學出版社，1993年12月），頁15。

下的位置不對，而產生語病。

（2）注中提到字老、倈兒二詞，王氏略云：「見上注」，而上注只對「倈」下註解，並未對「字老」著墨，此為自亂「注」腳之小瑕疵。

（3）王氏認為旦之得名當即由「呾」而來，其認為「呾歌、呾曲，蓋踏歌、踏曲之音轉，謂歌而舞踏也。……旦之別於他妓，正在其擅歌舞，即呾曲也。」進而否定「近人或以『狚』為『姐』之譌，又省而為『旦』者。然元人曲中『狚』『旦』字，俱叶干寒韻或先天韻，無叶入車遮韻者，上引《雍熙樂府》二曲可證也。」〔註27〕所謂「近人說法」，似近曾師永義說法，然曾師不以「狚」而以「妲」為「姐」之譌。且非以曲文押韻為例，而是以不同版本之腳色注明及劇目名稱為例說明，無關呼叶韻問題，曾師云：

> 旦，妓女稱「姐」早見於繁欽與魏文帝牋；宋元以來，妓女為戲劇之重要演員。「姐」字演變為「旦」，有兩條線索：一是訛作「妲」，再省為「旦」；一是省作「且」，再訛作「旦」。二者皆有跡象可尋：按《元刊雜劇三十種・李太白貶夜郎》之「駕旦」，《拜月亭》之「小旦」，《任風子》之「旦」，《魔合羅》之「旦」，其「旦」字俱或作「且」字，當為「姐」字省文之遺，而又作「旦」，則當為「且」字之訛，後來以訛亂真，「旦」卻竊假而居正名。「且」既可訛作「旦」，則「姐」自亦可訛作「妲」；故宋金雜劇院本名目中，或作「妲」、或作「旦」。官本雜劇段數中稱「妲」者有「老孤遺妲」、「偌賣妲」，而金院本名目中亦有此兩目，而「妲」俱作「旦」，其為省文，明顯可知。北宋釋文瑩《玉壺野史》卷十記韓熙載「與賓客生旦雜處」，「旦」色始見於此。〔註28〕

若王氏以為「旦」由「呾」得名，豈非也是「省」偏旁而來，但論憑據，則曾師較勝一籌。

再者，王氏對「題目正名」的解釋，亦未正本清源，說明「題目」、「正名」二者有何不同，一概視為猶今之「海報」，將四字誤為一個詞，這點，曾師永義曾特別為文闡解，此不再贅述。〔註29〕

〔註27〕以上三點，說見王季思校注《西廂記》，頁3～4。

〔註28〕曾師永義，〈元雜劇體製規律的淵源與形式〉，《臺大中文學報》第三期（1989年12月），頁240。

〔註29〕同註28，頁228～230。

（二）並舉（對舉）、互文

前例「旦」的注文中，王氏曾提到在全書中甚多，有時改稱對舉，如「嘍囉」條目中按語：

> 明胡震亨《唐詩談叢》引鄭五〈題中書堂〉詩云：「側坡蛆蜦蜦，蟻子競來拖。一朝白雨中，無鈍無嘍囉。」以嘍囉與鈍對舉，自係能幹伶俐之意。〔註30〕

以對舉或並舉以見義，在講求修辭的詩詞曲中，尤能解決字（詞）義之紛紜，如「沒頭鵝」一詞，自古以來就有無頭之鵝及失去帶頭之鵝，以及鵝寒插翅三種解釋，莫衷一是。王氏例用「並舉」法，使三說真偽立明。其云：

> 《雍熙樂府》卷四【點絳唇】「子弟收心」套：
> 「恰便似無頭鵝絕了翎，無腳蟹擠了黃。」沒頭鵝自指鵝之無頭者，故以與無腳蟹並舉也。〔註31〕

用法簡明易曉，說服力也夠。除了並舉、對舉外，另一種參互見義、相備相釋的修辭方法叫做「互文」，也是王氏藉以探求《西廂記》曲文含義的運用方法之一，如對「撒唔」一詞之引證解釋：

> 撒唔，字亦作撒佲，見《雍熙樂府》卷十九【小桃紅·西廂百詠】第五十一。《字彙》：「唔，吞上聲（ㄊㄨㄥˇ），癡貌。」《西遊記》劇：「焦則麼那村柳舍，叫則麼那唔顏郎。」村、唔互文，並狀癡呆。喬夢符【天香引】小令：「裝呆、裝休、裝聾、裝唔。」《雍熙樂府》卷一【醉花陰·元夜】套：「喬三教撒唔裝呆。」卷十【一枝花·省悟】套：「腆著臉百事兒裝憨，低著頭凡事兒撒唔。」意俱相近。〔註32〕

其他如「穩情」、「唻」、「去後何遲」之「後」、「硬揣個」之「揣」等字、詞，皆運用此例注之。〔註33〕而王氏釋例，在注解方言難字時，很少是孤證，大都有三個以上之輔證，除了吸收前人之箋注，很多是自己用功蒐集的。

（三）音轉（轉音）

此方法其實在毛西河本中，早已偶爾提過「字音之轉」說，〔註34〕今王

〔註30〕同註2，頁91。
〔註31〕同註2，頁92。
〔註32〕同註2，頁139。
〔註33〕同註2，以上各例，分見頁123、141、168、210。
〔註34〕毛西河本，卷五，第二十折【德勝令】：「『醜生』即『畜生』，字音之轉，北音無正字。如《緋衣夢》劇：『殺了這賊醜生』，《魔合羅》劇：『老丑生無端

季思借用之，並擴大爲一釋例，而觀其例，知此「音轉」乃指雙聲、疊韻，其釋「那堝兒」云：

> 那堝兒裏，猶云那所在（《陳母教子》劇第三折【紅繡鞋】：「可不道那堝兒發付你。」）亦有作「那答兒」、「那坨兒」者（《黑旋風》劇第三折【雁兒落】曲：「那坨兒裏牆較低，那坨兒裏門不閉。」）並一音之轉，蓋「答」、「坨」雙聲，「坨」、「堝」疊韻也。〔註35〕

其他如「迷留沒亂」之於「沒撩沒亂」；「鑊鐸」之於「嘑啗」、「嘑嘖」；「剗」之於「袒」、「坦」等。〔註36〕但也有些詞並非每字皆雙聲疊韻關係，如「答孩」、「打孩」之於「儱儱」，「死臨侵」之於「死蘭彈」等。〔註37〕這種較寬鬆的態度，也反映在他對元劇用韻的看法上，其云：

> 元人劇曲，用韻間有一二通假或失粘處，本不甚拘。明人於此等處，每好任意改動，不顧文義。〔註38〕

（四）幾個常用釋語

包括「此例極多」、〔註39〕「此辭屢見」、〔註40〕「用法（並）同」、〔註41〕「當時成語」、「（某）時已有此語」。前三者重在排比眾例以見義，目的其實在於讓讀者舉一反三，由《西廂記》入門，而將來遇到相同辭例，便可「迎刃而解」。「當時成語」通常只提而不釋，如「相見話偏多」、「甜言美語三冬暖，惡語傷人六月寒。」、「得好休便好休」、「文齊福不齊」、「金榜無名誓不歸」、「畫虎未成君莫笑，安排牙爪始驚人。」、「三寸氣在千般用，一日無常萬事休。」〔註42〕等，只有一、二則反用其意或難懂才注。〔註43〕至於「（某）時已有此語」，則是語詞的溯源。如：「乞求」（唐，見《輟耕錄》）、「騗馬」（唐，見張鷟《耳目記》），「措大」（唐，見《唐詩紀事》）、「折倒」（五代，見《南唐書》卷十八〈浮屠傳〉），「嗐嘛」（鬖沙）（唐，見韓退之〈月蝕〉詩）、「省可裏」（北

　　　　忒下的』，又作『丑生』，可驗。」頁25a。
〔註35〕 同註2，頁57。
〔註36〕 同註2，分見頁46、47、210。
〔註37〕 同註2，頁149、167。
〔註38〕 同註2，頁108。
〔註39〕 同註2，如頁30「奇擎」、頁32「少可」。
〔註40〕 同註2，如頁39「傒倖」、頁58「生忿」。
〔註41〕 同註2，如頁156「隱秀」，頁182〜183「不甫能」。
〔註42〕 同註2，分見頁90、123、158、168、190、212。
〔註43〕 同註2，如頁167「妻榮夫貴」，頁197「仁者能仁、身裏出身」。

宋，蘇子瞻【臨江仙】詞）等，〔註44〕對詞意的本義若可確切掌握，則可據以理出引申義之演變脈絡，相對的，便可檢視、淘汰一些錯誤的解釋。〔註45〕

雖說王氏校注本有以上幾點特殊釋例，但有時並非單獨運用，較多是加總使用，或雖未言明，而實際仍是多種釋例的綜效，如：「離恨天」一詞從弘治本以來，或引經、或據典，皆是「隔靴搔癢」，其中或有閔遇五指出「離恨天乃謅生之語，本無所出。」卻未明其就理，王季思則指出：

> 元劇常有「三十三天，離恨天最高；四百四病，相思病最苦」語。
>
> 離恨天，喻男女抱恨，長期不得相見也。〔註46〕

此一釋例，非但較貼切文意，〔註47〕也是融合眾多注法，包含：「以元劇證方言」、「此劇屢見」及「互文」（「離恨天」與「相思病」參互見義）三種方法。而這類釋例，在全本中實是隨處可見，不一而足。

另外，注本中採納了一些近人、友人之說，王氏特將名姓標出，以示尊重。〔註48〕此舉頗同於毛西河本中偶見「屏候曰」、「赤文曰」等。

談完特色，接著要談的是王注本中值得商榷之處：

（一）毋需注者與需補注者

1、毋需注者

如「龐兒，即臉兒。」、「恭敬不如從命」、「魚水之歡」、「賠錢貨」、「文房四寶」等，〔註49〕已成日常用語，縱使努力翻出故實出處，似亦不能增進對文意的鑑賞。另外，前面所引「當時成語」，除「六月寒」與鄒衍故事或有關係外，也可不注。王注本多達七百餘條釋目，一方面顯示其用力之勤，一

〔註44〕同註2，分見頁99、132、133、138、174、210。

〔註45〕同註2，如頁210「省可裏」，除了利用元劇以證方言外，也溯源至蘇東坡【臨江仙】詞：「省可清言揮玉麈，眞須保器全眞。」直謂「王伯良謂『猶言減省些。』凌濛初謂『猶猛可裏也。』並失之。」另外，王氏曾從《西廂記》的語言規律中，歸納出九種語法：倒裝、分合、拆字、歇後、斷插、雙關、反意、打諢、手勢。（參見王季思〈西廂五劇注語法舉例〉，《申·俗文學》54期，1948年2月），但指的是《西廂記》文本之語法，而非校注之義例，請勿混淆。

〔註46〕同註2，如頁14。

〔註47〕同頁，「兜率宮」的引經據典，最後下結論：「猶言天宮也」，則仍是就典釋典而已。

〔註48〕同註2，如頁78、92，近人常虹、頁122友人葉德均、頁130近人王學奇、頁140友人蔣雲從、頁150張心逸、頁166友人蔣禮鴻等。

〔註49〕同註2，頁79～80、87、177。

方面也反映了擇目不當。

2、需補注者

乃相對毋需注者而言，王氏注本，超過百條以上是只注出處，而未有任何釋文，對讀者而言，跟未注沒有兩樣。如「洛陽千種花」，注：

> 蘇轍〈司馬君實獨樂園〉詩：「公今歸去事農圃，亦種洛陽千本花。」
>
> 〔註50〕

此注就典釋典，無補於曲文的了解，而更嚴重的是，若以蘇轍詩之意反推曲意，則見扞格，蘇詩是寫司馬光退隱後之生活；而《西廂記》卻是暗寓張生之抱負在功成名就，澤被百姓，剛好「背道而馳」。此類不切合曲意而僅止於就典釋典的作風，與弘治本等早期箋注本相仿，更甚者，如「人而無信五句」僅注「見《論語‧爲政》篇文。」〔註51〕比之於弘治本，反倒退一步。此類需補注者，實爲王氏注本最大之缺罅。〔註52〕

此外，就典釋典的部分，古人無新式標點，或可不必字字必符原文，但今人既在書名下加上引號，表示照錄原文，則不必妄改原文，否則輾轉引用，將來原書佚失，轉引者又不正確，反成學術之大厄。今舉一例，說明王氏注本引文存有若干問題，如：

> 折桂枝　《避暑錄話》：「世以登科爲折桂，此謂郤詵對策，自謂桂
>
> 林一枝也。」〔註53〕

經查原刻影印《百部叢書集成》《學津討原》第十四集宋葉夢得《避暑錄話》卷下，頁74a作：「世以登科爲折桂，此謂郤詵對策東堂，自云桂林一枝也。」〔註54〕明顯與原文大有出入。

（二）誤解或引例有待商榷者

歷來亦有幾篇文章，討論王季思校注之得失，〔註55〕今再針對此一定本，

〔註50〕同註2，頁12。

〔註51〕同註2，頁158。

〔註52〕同註2，頁76。「白襴淨，角帶傲黃鞾」兩句，注云：「《元史‧輿服志》：『宣聖廟執事，儒服，軟腳唐巾，白襴插領，黃鞾角帶，皁鞾。』白襴二句，正寫當時儒服。」並未注「傲」字，亦屬漏注。

〔註53〕同註2，頁109。

〔註54〕臺北藝文印書館印行，並謂：「本館《百部叢書集成》所選《稗海》及《津逮秘書》、《學津討原》均有此書。《學津》本清晰且有《四庫提要》，故據以影印並附胡玉縉《提要補正》於後。」

〔註55〕如盧甲文〈王注西廂記詞語新探〉，《中州學刊》，1987年第5期、盧甲文〈王

拈舉數例，以供切磋。

1、「兀的不送了他三百僧人（？半萬賊軍，半霎兒敢剪草除根）三句」，注云：

按「兀的」猶「這般」，意謂如真的城可傾，國可傾，則不但三百僧人要送命，即半萬賊軍，亦將頃刻可剪除矣。〔註56〕

按：本折是描寫孫飛虎率領半萬賊兵圍住普救寺，強要虜鶯鶯為壓寨夫人，不從則要燒寺殺人。此三句乃指半萬賊兵半霎兒即可將三百僧人剪草除根，怎會反被殲滅呢？

2、「打扮的身子兒詐」，注云：

王伯良曰：「詐，喬也。董詞：『不苦詐打扮，不甚艷梳掠。』可據。」按《看錢奴》劇第一折【六么序】曲：「馬兒上紐捏著身子兒詐。」《後庭花》劇第三折【太平令】曲：「我見他扭身子十分希詫。」知詐即希詫之詫，同音通假。王說不確。〔註57〕

按：王驥德說法確實不妥。但王季思所引例子彼此並不全同。《董詞》之「詐」作漂亮、俊俏、整潔解。《看錢奴》之「詐」作扭捏作態解，因其下二句為「做出那般般樣勢，種種村沙。」〔註58〕《後庭花》之「希詫」，意為希奇、驚異，與前二者皆無以通假。王氏欲從類似句子之排比見義，反而錯解。

3、「緊摩弄」，注云：

《吳騷合編》正宮卜大荒【玉芙蓉】套：「這裡紅裙翠袖，那壁廂蜂迷蝶瘦：緊摩弄火熱心腸，業障兒無了無休。」又南呂失名【羅江怨】套：「天不憐人，一任你遭磨弄。」又北雙調周秋汀【新水令】套：「惡相思將人磨弄。」摩弄，蓋磨聾之假借。緊摩弄，承上文「直恁響喉嚨」言也。惟第三本第三折亦有「性兒溫存，話兒摩弄，意兒謙洽」語，則用本義摩拊摶弄之意。《張生煮海》劇第一折【青哥兒】曲：「甜話兒將人摩弄。」《雍熙樂府》【一枝花·玄宗擗乳】套：

注西廂記詞語再探〉，《殷都學刊》，1989年第4期、邢文英、趙小茂〈就西廂記中方言注釋與王李思先生商榷〉，《河北大學學報》，1991年第3期。

〔註56〕同註2，頁57。

〔註57〕同註2，頁130。

〔註58〕王氏1978年12月新1版第8刷注本，頁122，引文有三句，且謂「詐疑矜持做作之意，如今人所謂神氣活現也。」

「不宜將手摩弄，脣吻也堪鳴。」與此義合。〔註59〕

按：本條注文中，前三個引例，皆做「磨礱」解，亦即折磨之意。但後三個引例，則除《雍熙樂府》用本義撫摸玩弄之意外，其他二則，意爲調哄、曲意奉承，已非本義。王氏雖旁徵博引，卻偶有辨例不清之情況。

4、「打疊起嗟呀，畢罷了牽挂，收拾了憂愁，準備著撑達。」〔註60〕數句，王氏對「撑達」之注解爲：

> 語亦見《誤入桃源》劇第一折【青哥兒】曲、《揚州夢》劇第三折【梁州第七】曲及《紅梨花》劇第一折【金盞兒】曲。王伯良謂解事之意，近是。《新華月報》二卷三期谷峪〈強扭的瓜不甜〉篇：「從前這孩子多撑達，如今三言換不出一語來。」自注：「撑達，活潑。」蓋今日北方尚有此語。〔註61〕

按：王氏在本條釋文中採納了「解事」與「活潑」兩種解釋。但這二種解釋完全不相干，只能其中之一是合乎文意的，不然就是全都格格不入。再者，王氏所舉三例，彼此之間，義蘊亦有同異。《誤入桃源》第一折【青哥兒】：「人物不撑達，服色儘奢華。」〔註62〕撑達作美麗、漂亮解。《揚州夢》第三折【梁州第七】：「性格穩重，禮教撑達，衣裳濟楚，本事熟滑。」〔註63〕《紅梨花》第一折【金盞兒】：「這秀才忒撑達，將我問根芽。」〔註64〕後二者「撑達」作周到、懂事、開通或大方，即王伯良以爲解事之意。而「準備著撑達」究作何解爲適？恐非解事、漂亮，二者實無法「準備」之。筆者以爲作「痛快、歡樂」解方通，亦即紅娘調侃張生苦日子已盡，等著享福、享樂吧！而今人谷峪「活潑」一說近是也。〔註65〕

大體上，王注之小瑕，多如以上兩大類。但類中亦有例外，如第四本第一折【混江龍】「彩雲何在，月明如水浸樓臺。」二句，注云：

> 晏小山【臨江仙】詞：「當時明月在，曾照彩雲歸。」此以彩雲隱指

〔註59〕同註2，頁100。
〔註60〕同註2，頁127。
〔註61〕同註2，頁131。
〔註62〕〔明〕臧晉叔編，《元曲選》（北京：中華書局，1989年3月）第四冊，頁1355。
〔註63〕同前揭書，第三冊，頁1082。
〔註64〕同前揭書，第二冊，頁801。
〔註65〕《元曲釋詞》第一冊，頁256，另有《猿啼經》第三折【石榴花】、《僧尼共犯》第一折【幺】二例作「痛快、自由、歡樂」解。

－100－

所歡，即用小山詞意。〔註66〕

這類例子，明顯帶有「解證」性質，較為深入，可惜比之於單純箋注故實出處者嫌少了些。

王氏是位從善如流的前賢長輩，這可從各版次注文的調整看出，如邢文英、趙小茂針對上海古籍出版社一九七八年十二月新一版，頁20「應門」條目云：

> 王注「內無應門五尺之童：李密〈陳情表〉文。應門，正門。見《文選》劉公幹〈贈五官中郎將〉詩注。」查《辭源》，「應門」有兩種解釋：一、天子之正門。《詩》迺立應門。二、司門之啓閉者。李密文「內無應門五尺之童」，指沒有成年（或將成年）的男孩子支應門戶，是說他離不開家。《西廂記》中雖原封引用了這句話，但意思稍有改動：指支應門戶的，迎送客人的男孩，大點的都不要。老夫人所以如此是為了防範鶯鶯出事，與「夫人怕女孩春心蕩，怪黃鶯兒作對，怨粉蝶兒成雙。」是一個用意。〔註67〕

里仁書局一九九五九月二十八日初版，已更正為：

> 李密〈陳情表〉文。應門，照管門戶。〔註68〕

雖然，王先生已謝世，無緣再見王氏的新版校注本，但相信還會有其他學者的新注本出現，那麼，意見的提供也就成了一件非常有意義的事！

第二節　吳曉鈴之注解本

吳曉鈴《西廂記》校注本自一九五四年十二月初版以來，直至吳氏逝世，皆未作修正，只是重印而已。相較於王季思，無論在《西廂記》的校注或研究上，吳曉鈴著墨皆較少。〔註69〕在學術界引起的回響不大，未見有專文評論其校注優劣。在臺灣，翻印的《西廂記》校注本，除了王季思校注本外，較流行的要屬這本了。二者風格明顯不同，王氏以文言文撰寫釋文，並旁徵

〔註66〕同註2，頁148。

〔註67〕〈就西廂記中方言注釋與王季思先生商榷〉，《河北大學學報》1991年第3期，頁41。

〔註68〕同註2，頁29。

〔註69〕相關論文，僅見〈論西廂記的主題與結尾——關於西廂記的討論〉，《大公報》1952年8月16日、〈「乳口」和「鉤窗」和談西廂記的詞語解釋讀後〉，《中國語文》1959年第4期、〈春院欣開閉不閑——雙椿擬瑣之五〉，《光明日報》1983年9月27日、〈關於西廂記七事〉，《藝術界》1990年第11、12期等。

博引；吳氏則以白話文串解曲文，點到爲止。

　　本節討論吳氏校注本，以香港中華書局一九八九年十月重印本爲根據，而不採臺灣版，主要是因爲臺灣版多泯去校注者名姓，並對前言或內容、附錄隨意更動，有失原貌。〔註70〕

一、校　勘

（一）校勘底本及參校本

　　據其〈前言〉，知其校注本共參考了下列十三種版本：

《雍熙樂府》

《奇妙全相註釋西廂記》五卷　明弘治十一年北京岳氏刊本。

《新校注古本西廂記》六卷　明王驥德（伯良）校注，明萬曆間香雪居刊本。

《元本出相北西廂記》二卷　題「李贄、王世貞」評，明萬曆三十八年起鳳館刊本。

《新刻魏仲雪先生批點西廂記》二卷　明魏浣初評，明萬曆間陳長卿刊本。

《新鑴繡象批評音釋王實甫北西廂眞本》五卷　明鄭國軒校，明崇禎三年文立堂刊本。

《張深之先生正北西廂秘本》五卷　明張深之校，明崇禎十二年刊本。

《三名家合評元本北西廂記》五卷　題「湯顯祖、李贄、徐渭」評，明崇禎間彙錦堂刊本。

《即空觀鑒定西廂記》五卷　明凌初成校，暖紅室覆明崇禎間凌氏朱墨刊本。

〔註70〕如西南書局 1981 年元月 25 日再版，不列吳氏名姓，保留 1954 年 11 月的序（但誤爲民國 42 年）。增編 13 幅古今人之插圖，以及附錄〈鶯鶯傳〉（〈會眞記〉）、〈西廂記探原〉。所謂〈西廂記探原〉乃雜揶孫楷第〈輯雍熙樂府本西廂記序〉（《圖書館學季刊》第七卷第一期，1933 年 3 月）、鄭振鐸〈跋重刻元本題評音釋西廂記〉（《大公報》文藝副刊第 7 期，1933 年）。書名冠以「繪圖注釋」以及「增訂再版」尤爲可笑（吳氏一生未作增訂），彷彿是明代出版商之宣傳伎倆重現。又如華正書局 1987 年 8 月版，不列吳氏名姓，〈前言〉末尾添加五行文字，說明卷首所選印的七幅插圖。

《西廂記定本》二卷 明毛晉校，明崇禎間汲古閣刊《六十種曲》初印
本。

《貫華堂注釋第六才子書》八卷 清金人瑞（聖歎），清初刊本。

《毛西河論定西廂記》五卷 清毛甡評，誦芬室景印清初原刊本。

《西廂記》不分卷 清朱璐評，稿本。

> 這個本子大體上是拿淩初成和王伯良的本子做底本，再用其他的九
> 種本子對校，遇到文字上的歧異就參考北京岳氏本和《雍熙樂府》
> 來抉擇。因爲這個本子不是供給研究應用的，所以就沒有把詳細的
> 校勘記寫出來。第二本也根據了北京岳氏本分爲五折。〔註71〕

採取雙底本，比王季思多了王驥德本，不過，在異文的處理與抉擇上，
以及第二本分折的依據，都與王季思相同。然而，吳氏自稱不是「供給研究
應用的」，因此沒有任何校勘記。這也就使他成了單純的箋注本，及爲「俗子」
而設的白話注解讀本。

另外，吳氏校注本也犯了王季思校注本相同的毛病，即在替曲牌文字施
以句讀時，不明格式，而妄增句數，如第四本第三折【叨叨令】一曲，七句
誤增爲十二句。而這種以散文句讀方式，對曲牌文字謬加標點，才眞正是「支
離割裂」。

二、注　釋

（一）不注出處

所立條目亦多達五百七十九條，但注有出處者，僅下列七條：

（1）行雲——楚國宋玉在〈高唐賦〉裏敘述楚懷王在高唐夢見一個
　　　女人說：「妾巫山之女，朝爲行雲，暮爲行雨，朝朝暮暮，陽
　　　臺之下。」這裏用「行雲」比喻男女戀愛。

（2）靡不有初，鮮克有終——有始無終，有頭沒尾。這二句引自《詩
　　　經》裏〈大雅·蕩〉。

（3）先生饌——《論語》的〈爲政〉篇說：「有酒食，先生饌。」
　　　意思是：學生要拿酒食奉養老師。這裏的意思是「你險些被張

〔註71〕吳曉鈴，〈前言〉，《西廂記》校注本（香港：中華書局，1989 年 10 月），頁 3
　　～4。

先生吃了。」

（4）蝸角虛名——引自《莊子》的〈則陽〉篇：蝸牛殼裏的兩個國
家為了互相爭奪地盤而戰爭，結果損失很重，得不償失。這裏
「蝸角」是細微的意思。蝸角虛名：微小而空虛的名譽。

（5）蠅頭微利——引自漢代班固的〈難莊論〉：世人競爭利益，就
像蠅子追逐肉汁一樣。在這裏也是細微的意思。

（6）莊周夢蝴蝶——引《莊子》的〈齊物論〉：莊周夢見自己變成
蝴蝶，他覺得就真虛飄飄地像蝴蝶了。

（7）黃四娘——唐代杜甫的〈江畔獨步尋花七絕句〉第六首：「黃
四娘家花滿蹊，千朵萬朵壓枝低。留連戲蝶時時舞，自在嬌鶯
恰恰啼。」這裏指美麗的婦女而言。〔註72〕

以上七則，雖都注有出處，引出原文者僅「行雲」、「先生饌」、「黃四娘」
（「靡不有初，鮮克有終」一例即原文，不算在內。）其他三則以白話略述一
遍原文大意，這種釋例，正是吳氏校注本的一貫風格。

（二）注　音

吳氏校注本，注音不採直音方式，而採國語注音符號第一式，與王季思
校注本，先直音後輔以注音符號不同。前一節並未談及注音項目，此處特立
一目，實因吳氏在此一方面，錯誤甚多，或某些注音不知所據為何。如：

踮（ㄉㄧㄢˇ）

唱個「喏」（ㄖㄜˋ）

勘（ㄎㄢ）——擘。

忑忑忐忐（ㄊㄜ　ㄊㄜ　ㄊㄢˇ　ㄊㄢˇ）。

浮涴——涴（ㄨㄛ），同污。

祆（ㄒㄧㄢˇ）廟

無那（ㄨˊ　ㄋㄜˋ）

喁喁（ㄩㄥ）

〔註72〕以上引例，同註71，分見頁21、72、91、129、129、134、149。「行雲」一
例，喻旨不對，曲文作「且將這盼行雲眼睛兒打當。」（頁13）借巫山神女「朝
為行雲」以代指鶯鶯。

頯（ㄊㄨㄟ）

髻兒（ㄅㄧˊ　˙ㄐㄧˋ　ㄦ）

捫（ㄖㄨㄣˋ）

銀樣鑞（ㄌㄚˋ）鎗頭〔註73〕

　　上列十二例中，有些可能僅是手民漏植聲調，如勘（ㄎㄢˋ）、忒（ㄊㄜˋ）、涴（ㄨㄛˋ）、喁（ㄩㄥˊ）、頯（ㄊㄨㄟˊ），或誤添聲調，如髻（˙ㄐㄧˋ），但也有可能是吳氏未弄清格式中之平仄，如【白鶴子】第二句須押仄聲韻，故「勘」宜注「ㄎㄢˋ」。有些字音之聲調，可能是手民誤判、誤識（或許原手稿字跡潦草），如喏（ㄖㄜˋ）、踮（ㄅㄧㄢˋ）、袄（ㄒㄧㄢ）。有些則是韻母、聲母之誤植。如捫（ㄖㄨㄢˊ）、鑞（ㄌㄚˋ），「捫」之「ㄢ」可能誤為「ㄣ」、「鑞」之「ㄌ」可能誤為「ㄅ」。縱使如此，數十年的發行，吳氏不可能沒有發覺，因此校注者仍須負一些責任，畢竟校注者之責任在於引導、輔助讀者明瞭文意，而非「誤導」。以上十二例只是取樣，並非全部錯誤僅止於此，尚有若干值得改正、商榷之處。

　　另有一類是校注者認為曲文中某字義同某字，故注音時並同該字，如第一本第二折【三煞】第六句：「不想呵其實強」一句，吳氏認為「強」同「嗆」，是「衝上來」的意思。〔註74〕按格式而言，「不想呵」為襯字，「其實強」三字平仄宜作「平平去」，故「強」作「ㄑㄧㄤˋ」，似可通。但是否要等同於「嗆」義，則大可商榷，因「強」字，若不改「嗆」義，亦有「ㄐㄧㄤˋ」一音，可作「倔強」解，即若說不想鶯鶯，其實是我嘴硬（倔強不承認）。因此，等同他字，多在不得已、難解之下的通融說法。

　　附帶一提的是，吳氏對於「檀越」、「頭陀」、「沙彌」一類稱謂，多會強調指出其為「印度梵語的音譯」，連帶將「意譯」一併附上。顯示吳氏治學上亦頗留意於此。

（三）體製規律

　　一如王季思校注本，諸如楔子、外、開、且倈、正旦、幺篇、正末、科、題目正名等，皆稍加注解，其中「題目正名」一詞，依然未區分「題目」、「正

〔註73〕以上各例，同註71，分見頁 29、29、43、52、52、65、66、66、73、93、116、
　　　　123。
〔註74〕同註71，頁 24。

名」之異，其功用亦不甚了然，其釋云：

> 元代的雜劇在每本的末尾都把內容用兩句或四句對子總結起來，末
> 句作爲全本劇名，這種一定的格式叫做「題目正名」。〔註75〕

與王季思一樣，皆只是得其一隅而已。

再者，吳氏三次提到「古典歌劇」一詞，從其上下文推知，只是「古典
戲曲」或「傳統戲劇」的換詞。〔註76〕「歌劇」興起於十六世紀末的義大利，
是以音樂爲主的一種戲劇，包含序曲、間奏曲、合唱、重唱及獨唱。主角的
獨唱又分朗誦調及抒情調。體製規律迴異於中國的雜劇、傳奇等古典戲曲，
更無「唱、念、做、打」兼備之特色，故隨意撮合二者是不當的。

（四）釋　義

吳氏以白話文釋義，簡明易曉，但時而不免有欠周延。〈前言〉中亦有些
自知之明：「顯然還很不夠詳細、不夠多，而且一定還有弄得不對的地方。希
望讀者們多多提出意見。」〔註77〕而奇怪的是，始終未見專文討論，而吳氏
亦未曾修訂過，可見茲本雖流行卻又不夠學術。雖然如此，筆者仍將其納入
今人校注本研究範疇，議論其得失。茲分以下數端論述：

1. 點出喻旨

雖然吳氏幾乎不注出處，但遇到故實，仍會將原文以白話敘述一遍。較
之王季思校注本，喻旨的點出，明顯增多。如：

> 秋水──寶劍的光亮叫做「秋水」。「秋水」本來是明淨、清澈的意
> 思。這裏隱喻著有才沒人知道，猶如寶劍的光芒沒有被人看見一樣。
> 折桂枝──唐代都說的對策中有「桂林一枝」的話，後來就把登科、
> 中式叫做折桂。〔註78〕

不過，吳氏在注釋時，往往略有微疵。如「秋水」一目，後半之隱喻應指「藏
秋水」，而非「秋水」。「折桂枝」之主角爲郤詵，非都說。也有喻旨大可商兌
的，如前所舉「行雲」，今再舉一例說明之。

〔註75〕同註71，頁36。
〔註76〕同註71，頁2～3。楔子──很像話劇的序幕和古典歌劇跟地方戲裏的「過場」；
　　　　外──本來不限男女，後來古典歌劇和地方戲裏的「外」，則僅用於男角色了；
　　　　旦俫──相當於古典歌劇和地方戲裏的「小旦」和「娃娃生」。
〔註77〕同註71，〈前言〉，頁4。
〔註78〕同註71，頁81。

【天下樂】只疑是銀河落九天；淵泉、雲外懸，入東洋不離此逶穿。
滋洛陽千種花，潤梁園萬頃田，也曾泛浮槎到日月邊。〔註79〕

注云：泛浮槎到日月邊——傳說漢代的張騫駕著隻小船，順著黃河
向上划，竟到了天河，遇見牽牛星和織女星。

【天下樂】全曲引用許多典故來形容黃河的雄偉，而最後引用的
一個典故中的人物和劇中男主角姓氏相同，暗示了故事的發展。
〔註80〕

究竟暗示了故事的什麼發展？吳氏未言明，如果聯想陳寅恪利用〈鶯鶯傳〉
與張鷟〈遊仙窟〉之主角姓氏相同，因而推測元稹借用張姓作為主角姓氏，
及〈鶯鶯傳〉（〈會眞記〉）乃是游冶之作。〔註81〕那麼，是暗示張生之遇見鶯
鶯嗎？然而，二者之關聯與愛情之發展並不密切。不如說是此句乃頂「銀河
落九天」而來，再往上承：【混江龍】「才高難入俗人機，時乖不遂男兒願。
空雕蟲篆刻，綴斷簡殘編。」旨在隱指自己也曾希望能「雲路鵬程九萬里」，
挨近權力中心，無奈時乖，縱使才高，也難為他人引薦、重用。「日月」借指
權力中心或京都或帝后——一展抱負之所在。與張騫夜犯牽牛星無涉。亦即
中國文人在用典時，其喻旨往往另有深意，超脫原典。而在第五本第四折張
生衣錦還鄉時，云：「文章舊冠乾坤內，姓字新聞日月邊」〔註82〕之「日月」
就與張騫典故無關，但寓意相同。

2. 注解欠貼切

吳氏釋詞，雖方式類似串講文意，有時並不那麼貼切，如「臉兒上撲堆
著可憎」，〔註83〕「撲堆」作「透露」解，〔註84〕可通，但卻找不到二者「溝
通」的橋梁所在。反觀王季思校注本，謂「意即鋪堆；下折亦有『滿面兒撲
堆著俏』語，《雍熙樂府》錄本曲並作『鋪堆』。」〔註85〕撲與鋪乃諧音關係，
轉換之脈絡清晰可尋，自然勝吳氏一籌。

又如第二本第一折【賺煞】後之賓白：

〔註79〕同註71，頁5。
〔註80〕以上兩段引文，同註71，頁10。
〔註81〕參見陳寅恪〈讀鶯鶯傳〉，王季思校注本，頁230～240。
〔註82〕同註71，頁158。
〔註83〕同註71，頁27。
〔註84〕同註71，頁30。
〔註85〕王季思校注本，頁38。

不爭鳴鑼擊鼓,驚死小姐,也可惜了。〔註86〕

吳氏注「不爭」,云:

不要緊、不在乎、無所謂。有時含有:如其、只爲的意思。〔註87〕

據《元曲釋詞》第一冊,「不爭」共有七解:「一謂如其、若果、倘使;二謂只爲、則爲;三謂不要緊、無所謂;四謂姑且不論;五謂不料;六謂不只;七謂若非。」〔註88〕故吳氏僅舉三例,並不全面。而更大的錯誤則在於本處之「不爭」作「不要緊」是講不通的,宜作「如其、若果、倘使」解。稍後之「不爭便送來,一來父服在身,二來於軍不力。」〔註89〕也是作「如其、若果、倘使」解。再如:

宋玉——楚國的文人。他的辭賦多是悲愁的內容。〔註90〕

辭條之立,宜作「宋玉愁無二」,〔註91〕方符合其釋文。然其釋文亦有問題,宋玉之〈風賦〉、〈高唐賦〉、〈神女賦〉、〈登徒子好色賦〉等,何愁之有?故王季思校注本,謂:「宋玉〈九辯〉,多悲愁慘悽之辭,故云。」還是略勝一籌。

也有完全錯解,不符義例的,如:

把似——正像。〔註92〕

按:把似,有二義:凡在開合呼應句中,「把似」用在上句或前半時屬擬設詞,含有兩相比較之意,有即使、與其、假如、若是等意。亦即「與其那樣,不如這樣。」「把似你使性子,休思量秀才」,〔註93〕意即「與其你使性子,不如勿生心思想張生。」若用在下句或後半,有不如、何如、倒不如等意,與「爭似」義近,如《㑳梅香》第三折【鬼三台】:「見他時膽戰心驚,把似你無人處休眠思夢想。」〔註94〕並無「正像」之說。

3. 獨特見解

吳氏較少引經史、元劇參互證解,不過,披沙之中仍可揀金,茲舉三例,

〔註86〕同註71,頁42。
〔註87〕同註71,頁44。
〔註88〕顧學頡、王學奇編,《元曲釋詞》(北京:中國社會科學出版社,1983 年 11 月)第一冊,頁 158~162。
〔註89〕同註86。
〔註90〕同註71,頁82。
〔註91〕同註71,頁80。
〔註92〕同註71,頁91。
〔註93〕同註71,頁85。
〔註94〕臧晉叔《元曲選》第三冊,頁 1162。

以明其創發：

> 烏龍尾銅椽——鐵裏著兩端的棍子。棒法有「烏龍蓋頂」的名堂，
> 所以用烏龍尾形容棍棒。
>
> 搦（ㄋㄞˋ）——搦：攬、摟。「一搦」是一隻胳臂就摟得過來的意
> 思。
>
> 絲——雙關「思」。下文【耍孩兒三煞】「蠶老心中罷卻思」的「絲」
> 字同。〔註95〕

按：首例以棒法解「烏龍尾」，確屬新解，而惠明一介勇夫，使刀弄棍，懂得棒法，並不為過。

　　第二例雖異於他人之解，卻需進一步尋求旁證，一般搦意為一握、一把，與攬、摟大大不同。握，手指拳圈；攬、摟，手臂圍彎，空間相差數倍。「柳腰兒勾一搦」〔註96〕是誇張格，強調鶯鶯腰如柳之細，只夠一握。若作「摟」，一隻手臂就摟得過來，則腰如何能用「柳」形容，更何況「一臂」已夠寬，甭談世上是否真有「兩臂」才摟得過來之粗腰了。此解新則新矣，恐亦是不貼切一類。

　　第三例，就【四煞】曲文：「這裏肚，手中一葉綿，燈下幾回絲，表出腹中愁，果稱心間事。」及【耍孩兒三煞】曲文：「這天高地厚情，直到海枯石爛時，此時作念何時止？直到燭灰眼下纔無淚，蠶老心中罷卻絲。」〔註97〕而言，「絲」、「思」確實兩相關。這類詞目的拈出與喻旨的點出，有益於讀者的鑑賞。

　　總的來說，吳氏校注本似乎不是瑕不掩瑜，而是斑斑顯見。吳老遠逝，亦不能改換一番面貌，但後來者仍可擇其善、避其失，累積成寶貴的經驗。

第三節　張燕瑾之新校本

　　大陸學者張燕瑾的《西廂記》校注本，一九九五年十二月由人民文學出版社出版，責任編輯是彌松頤，兩人早在一九八〇年七月合著過《西廂記新注》，臺灣雖未有書局、出版社翻印，在大陸卻亦曾引起回響。〔註98〕筆者手

〔註95〕以上三例，同註71，分見頁51、116、149。「搦」宜作「一搦」。

〔註96〕同註71，頁113。

〔註97〕同註71，分見頁147、148。

〔註98〕如君山〈談談西廂記新注〉，《世界圖書》A輯，1981年7月、王萬莊〈西廂記新注注釋商榷〉，《文學遺產》，1982年4月。

邊並未蒐集到《西廂記新注》一書，曾去函向原著者索取及原出版社訂購，彌先生回函謙稱，與張生先商量結果，少作不夠成熟，勸我逕找一九九五年版爲參考依據。從信中可知：彌先生雖僅掛名責任編輯，實際上仍參與校注。而一九九五年版即是一九八〇年的修正版，故論其校注成果，宜以後出轉精者爲據，才算公平。一如筆者在論述王季思《西廂記》校注本時，亦是採取最後一次增訂修正版。

關於張、彌二氏前後二版究竟做了哪些修正，雖未能於撰述博士論文時寓目一九八〇年版，卻可從王萬莊〈西廂記新注注釋商榷〉一文所提出的建言，對照於一九九五年版的校注本，王氏共提到十七則標有頁數的條目、釋文（某些並不完整），其中只有兩則張、彌二氏未作修正：

　　《新注》258 頁【63】棄擲今何在：拋棄我的人兒現在何方？

　　《新注》129 頁【65】注「魚水之歡」，似無引證必要，且注中加注的情況亦宜盡可能避免。〔註99〕

其他十五則：「奈時間」、「保揣」、「做意」、「食前方丈，從者數百」、「勒馬停驂」、「你看人似桃李春風墻外枝，又不是賣俏倚門兒」、「風流隋何」、「浪子陸賈」、「聯床風雨」、「素影」、「『白頭娘』二句」、「粉香膩玉搓胭項」、「宮樣眉兒新月偃」、「才高難入俗人機」、「廝侵」等〔註100〕部分從善如流、部分作了補正。其他如「俄延」的補注、「做看『科』」、「安『下』」等「首次出現時即應加注，不宜注後遺前」，都接受了王氏的批評而作了改正。〔註101〕

可知一九九五年版校注本在條目、釋文上作了極大、極多的修正，在評述上自然宜以此爲憑。

張燕瑾《西廂記》校注本（以下簡稱張燕瑾本）前身《西廂記新注》，君山認爲有以下幾個比較突出的特點：

　　一、注文淺顯、詳細，通俗易懂，具有中等文化水平的讀者，就可以參照注釋看通原文。

〔註99〕兩則引文見《文學遺產》1982 年 4 月，頁 142。第一則，彌、張二氏曾寫過〈也談西廂記的注釋〉《文學遺產》1983 年 4 月，說明其堅持不改的理由。第二則，見於 1995 年版，頁 99，未作修正。

〔註100〕分見 1995 年版，頁 194、196、140、4、85、130、145、145、88、50、111、43、66、14、163。

〔註101〕王氏批評見《文學遺產》1983 年 4 月，頁 144。張彌二氏所作之補正，見前揭書，頁 23、19、4。

二、注文中盡可能注明出處，並對出典也做了文字上的疏通，讓一
　　般讀者能看懂出典的原意及其在劇本特定場合中的含義。

三、不是典故而又爲一般讀者所費解的詞語，也加以解釋。

四、含義比較隱蔽的曲詞，一般都做了串解和思想藝術上的詳點
　　（按：「詳點」疑是「評點」之誤）。

五、在注文中，盡可能在必要的場合向讀者介紹一些常識，如楔子、
　　折、科、宮調、曲牌、部色（按：「部色」宜作「腳色」）以及
　　元代戲曲舞台藝術的特點等。

六、把曲詞分出正、襯字，這對一般讀者了解曲和詩、詞的關係與
　　不同特點，以及體會元曲音調和抑揚頓挫，都是極有幫助的。

七、在校勘上也是花了工夫的，不少地方所取字、句，也較接近於
　　原文特指的含義和彼時彼地的意境。〔註102〕

　　基本上，張燕瑾本依然保留了《西廂記新注》的優點。而以上七點，可約略歸納爲三方面：一～四項是屬於釋義方面；五～六是屬於元雜劇體制規律方面；七是屬於異文方面。就比例上而言，全書共有 2487 則條目，〔註103〕體制規律者僅占 14 則，異文占 46 則，其他皆是釋義（亦含字音），足見其花在釋義方面的工夫頗深。

　　本節重點即在探討其釋義、字音方面的成果。不過，在談及之前，對另兩項亦稍作質疑與建言。

　　體制規律方面：腳色如外、旦俫、淨皆有解釋，唯獨最重要的正旦、正末反而未立條目，推其因，可能注者認爲在談「外」時已連帶談到，其云：

　　　元人雜劇中的女主腳爲正旦，男主腳爲正末，在正腳之外再加上一
　　　個腳色，叫「外」。……以腳色代人物，便於劇團安排演員，指示劇
　　　中人的大體類型，也便於書寫刻印。〔註104〕

　　就其釋義的詳盡之一貫作風，對此反嫌簡略。

　　另外，「題目正名」的理解，雖較王季思、吳曉鈴有進一步的補充，但仍將題目、正名籠統視爲「只是同一事物的不同叫法，所以有的戲只標『正名』，

〔註102〕參見君山〈談談西廂記新注〉。
〔註103〕其實不只這個數目，因張燕瑾是以「句」爲單位，每一句（有時兩句或三句）
　　　　往往又含兩個以上之詞條，如第一本楔子【賞花時】：「因此上旅襯在梵王宮」
　　　　一句，注22 即含「旅襯」、「梵王宮」兩條釋文。
〔註104〕張燕瑾本，頁 2～3。

有的則標『題目正名』。」〔註105〕仍欠深刻之體認與發現。

校勘上，分異文之取捨與格式（大部分是「句式」的誤斷）。據其〈前言〉，知其底本與參校本爲：

> 本校注本以暖紅室所刻《淩濛初鑒定西廂記》爲底本，以弘治間北京岳氏刊刻《新刊大字魁本全相參訂奇妙注釋西廂記》、王伯良《新校注古本西廂記》、劉龍田刻《重刻元本題評音釋西廂記》、《張深之先生正北西廂秘本》等明刊本及《毛西河論定西廂記》等清刊本參校。校記于注釋中列出。〔註106〕

據其校記，尚包括一九七八年發現的《新編校正西廂記》殘頁。〔註107〕校記中，有時會說明異文取捨之憑依，如第四本第三折張生覷和鶯鶯「棄擲今何在，當時且自親。還將舊來意，憐取眼前人。」一絕的詩：「人生長遠別，孰與最關親？不遇知音者，誰憐長嘆人？」，〔註108〕「關親」一詞，校記云：

> 原作「關情」，有違原韻。按，此爲次韻詩，須依鶯詩原韻，〔明〕徐師曾《文體明辨序說‧和韻詩》：「次韻，謂和其原韻而先後次第皆因之也。」據弘治本、王伯良本改。

有時，並無任何解釋，如第四本第二折【東原樂】後，（且念）「寄語西河堤畔柳，安排青眼送行人。」〔註109〕張氏僅注云：

> 「寄語」，原作「寄與」，據張深之、王伯良本改。〔註110〕

至於曲牌句式之誤也是存在的現象，雖說是以淩濛初爲底本，但第三本第二折之【脫布衫】及第四本第三折之【叨叨令】，淩濛初本各作四句、七句，但張燕謹本各作五句、十二句，誤法與王季思如出一轍。〔註111〕除此，再舉一例，第一本第四折：

> 【錦上花】外像兒風流，青春年少；內性兒聰明，冠世才學。扭捏著身子兒百般做作，來往向人前賣弄俊俏。

（紅云）我猜那生——

〔註105〕同註104，頁63。

〔註106〕同註104，〈前言〉，頁4～5。

〔註107〕同註104，頁63「閉春院」條目釋文。

〔註108〕同註104，引詩見頁190～191。

〔註109〕同註104，頁182。

〔註110〕同註104，頁188。

〔註111〕同註104，二支曲牌分見頁135、189。

黃昏這一回，白日那一覺，窗兒外那會鑊鐸，到晚來向書帷裏比及
睡著，千萬聲長吁捱不到曉。〔註112〕

按：【錦上花】有幺篇換頭，必須連用，但不能合始調、幺篇為一章。其句式
各為：

　　　八句：四、四（韻）、四、四（韻）、四、四（韻）、四、四（韻）

　　　八句：五、五（韻）、四、四（韻）、四、四（韻）、四、四（韻）

故上列【錦上花】末二句，宜作「扭捏著身子兒，百般做作。來往向人前，
賣弄俊俏。」方符八句。幺篇換頭，則自「黃昏」至「到曉」，亦應分成八
句，其中「三四兩句併為七乙一句云『窗兒外，那會鑊鐸』」，「俱偶然之筆」。
〔註113〕末二句宜作「到晚來向書幃裏，比及睡著。千萬聲長吁，捱不到曉。」
雖稍有變化，仍不失句法。

　　從上列所舉，可知正、襯字的區分及曲文的句讀（句式），確實是今天讀
者較陌生的一環。而肯花心力在校注本的排印上加以標明、區分，實屬難得，
若能音節形式、意義形式兩相照顧，對元曲的認識與了解，當裨益良多。

　　接著要談的是張燕瑾本主要部分：釋義（含字音）。

（一）點明喻旨

　　張燕瑾本只交代出處、引出原文而不點明喻旨或解釋詞意的條目，只有
29 則。其餘大半都有引例或出處，並詳加注解，故釋文在百字以上者，比比
皆是。這固然說明注者用力之勤，但筆者以為張燕瑾本最令人激賞處是注人
所未注，或於詞意上發人所未發。茲舉例如下：

（1）螢　窗

　　晉人車胤勤學故事。《晉書‧車胤傳》：「胤恭勤不倦，博學多通。家
　　貧，不常得油，夏月則練囊盛數十螢火以照書，以夜繼日焉。」雪
　　案：晉人孫康勤學故事。《文選》所收任昉〈為蕭揚州薦士表〉：「至
　　乃集螢映雪，編蒲緝柳。」李善注引《孫氏世錄》：「孫康家貧，常

〔註112〕同註104，頁 56。

〔註113〕格式之說，參見鄭騫《北曲新譜》，頁 290～292。三四兩句併為七乙一句及
　　　　偶然之筆，俱氏說法。而末四句，凌濛初本原分正襯如下：「到晚來向書幃
　　　　裏，比及睡著。千萬聲長吁，捱不到曉。」句式完全不符鄭氏所列，似可改
　　　　列「又一格」。（賴師橋本指出《九宮大成北詞宮譜》即列為「又一體」。）【錦
　　　　上花】二支曲子，王季思、吳曉鈴等現代校注本錯誤也都如出一轍。

映雪讀書，清介，交游不雜。」孫康車胤兩個典故，一冬一夏，也

在說明張生一年四季都在刻苦攻讀。〔註114〕

按：上例王季思本只是就典釋典；吳曉鈴本則加注「都是說勤學苦練的意思。」
〔註115〕但皆未聯繫曲文說解，尤其是古代勤學之例甚多，何以作者要用此二
例？原來一冬一夏含有一年到頭、無論寒冷溽熱，皆勤學不輟，這與古詩文
常以春秋二季代表一年之手法類似。相較之下，張氏略勝一籌。

（2）日近長安遠

典出晉明帝司馬紹事。《世說新語・夙惠》：「晉明帝數歲，坐元帝膝
上。有人從長安來……（元帝）因問明帝：『汝意謂長安何如日遠？』
答曰：『日遠。不聞人從日邊來，居然可知。』元帝異之。明日，集
群臣宴會，當以此意，更重問之，乃答曰：『日近。』元帝失色曰：
『爾何故異昨日之言耶？』答曰：『舉目見日，不見長安。』」（亦見
《晉書・明帝紀》）後以「日近長安遠」言帝都遙遠難及，喻功名未
遂的感嘆。〔註116〕

按：王季思、吳曉鈴皆就典釋典，〔註117〕連原故事所含之山河變異、國家遷
都的感傷都未點名，更遑論結合曲文衍生出另一層寓意。

（3）他那里盡人調戲軃著香肩，只將花笑撚

是說鶯鶯盡由著張生對她顧盼不止，而她卻垂肩持花微笑。調戲，
這裡指張生因極端愛慕而情隨目視、神魂顛倒。軃（duò 垛），《廣
韻》：「軃，垂下貌。」唐人玄應《一切經音義》引漢服虔《通俗文》：
「手捏曰撚。」相傳釋迦牟尼于靈山會說法，撚花示眾，眾不解其
意，惟有弟子摩訶迦葉破顏微笑（《五燈會元》），後遂以撚花微笑喻
心心相印。此化用其意。〔註118〕

按：筆者多年前讀《西廂記》曲文至此，隱隱然覺得王實甫化用「拈花微笑」，
尤其之後又有「（旦回顧覷末下）」與前之「（鶯鶯引紅娘撚花枝上云）」〔註119〕
之舞臺提示相呼應。鶯鶯即釋迦牟尼、張生即摩訶迦葉，二者透過撚花動作，

〔註114〕同註104，頁12。

〔註115〕分見王季思本頁10、吳曉鈴本頁9。

〔註116〕同註104，頁13。

〔註117〕分見王季思本頁11、吳曉鈴本頁9。

〔註118〕同註104，頁20～21。

〔註119〕同註104，頁9。

即可以心印心、不需言語，這一見鍾情，絕非如金聖歎所認爲是張生片面的癡心妄想而已。〔註120〕「且回顧覷末下」一句絕不可削去，削之，則作者讓鶯鶯捻花微笑之設計，完全多餘、找不到呼應。筆者講授《西廂記》多年，雖遍尋不著有注本對此留意（多只是注解「覷」之音義），仍堅持告訴學生王實甫化用「拈花微笑」之佛教典故，以喻男女主角之心心相印。而今，終見張氏拈出，不禁「莞爾」。張氏注釋之佳例實不止以上所舉，嘗一臠而知九鼎，也就不必多舉。

（二）引例少節制

　　張燕瑾本幾乎無詞無來歷，連古人夜間計時單位的「更」都連引《顏氏家訓‧書證》、〈西都賦〉兩個例子，近兩百字的引文，只爲了補充說明「一夜分爲五更次」的原因。〔註121〕又如「飽學」一詞，除了注解外，又硬找到《文心雕龍‧事類》：「才自內發，學以外成，有學飽而才餒，有才富而學貧。」然而，此一條目根本無必要成立，一如「侯門」、「元宵」、「薄命」、「海誓山盟」、「閻王殿」、「子時」、「功德」、「先生」、「文房四寶」等，不管有無出處，皆無立目之價值。尤其「閻王殿」共引四例，長達三、四百字，最後結論只是「閻王審理鬼魂的公堂稱爲閻王殿」，〔註122〕對曲文的賞析可說是毫無建樹，流於爲釋典而釋典。

　　有的條目，其實並不需要引例爲輔，如「東風搖曳垂楊線，游絲牽惹桃花片，珠簾掩映芙蓉面三句」，〔註123〕張燕瑾本注云：

> 是張生揣想鶯鶯去後櫳門以內的景象。游絲，在空中飄漾著的昆蟲吐的絲，庾信〈春賦〉：「一叢香草足礙人，數尺游絲即橫路。」掩映，遮藏，隱蔽。《說文》：「映，隱也。」關漢卿【雙調‧新水令】套：「怕別人瞧見咱，掩映在酴醿架。」芙蓉，荷花，《西京雜記》：「卓文君姣好，眉色如遠山，臉際常若芙蓉。」

　　串解太簡，引例又似隔靴搔癢。此三句，前兩句是借景抒情，後一句則是寫珠簾隱蔽了鶯鶯荷花般的臉，乃前兩句情惱之來由。前兩句，引例對了

〔註120〕《金聖歎全集》第三冊，頁48～49，云：「上文張生瞥然驚見，雙文翩然深逝，其間眼見並無半絲一縷，……此一折中，雙文豈惟心中無張生，乃至眼中未曾有張生也。」
〔註121〕同註104，頁49。
〔註122〕同註104，頁164。
〔註123〕同註104，頁10。

解曲情絲毫沒有幫助。作者在此，應是借垂柳、桃花以喻張生的心，東風、游絲則是喻指愛情或魂牽夢縈之對象，亦即楊柳因風而動、桃花受游絲糾纏，一如張生本來只是一心上朝取應，別無旁鶩，卻因珠簾內鶯鶯的一張臉而心動、而有三千煩惱，所以引例有無並不重要，如何串解才是工夫。

　　校注者如何拿捏引例之有否呢？或條目該否成立？筆者以爲一切都須配合曲文之了解與鑑賞，校注才有其存在之價值。筆者覺得張氏在第三本第三折【新水令】中挑出「門闌」一詞，立爲條目，就顯得獨具慧眼（其他校注本根本不立），其云：「門框。《故事成語考·宮室》：『賀人有喜曰：「門闌藹瑞。」』此化用其意。」〔註124〕此注之妙不在「門框」，而在引例，爲什麼呢？本折乃描寫張生乘夜逾牆，正如紅娘所云：「今夜月明風清，好一派景致也呵！」〔註125〕就寫情詩約張生前來的鶯鶯而言，其內心亦是充滿期待，不正是「喜事」將臨嗎？故王實甫之「門闌凝暮靄」化用「門闌藹瑞」不是沒有可能的。而筆者以爲此種引例與曲情較能相得益彰，而注文也不必多加串解，讀者自可心領神會。

（三）諧　音

張燕瑾本有幾個利用諧音解析曲文的例子，頗有新意。

一、一葉綿：諧音「一夜眠」，意謂縫紝時一夜無眠。〔註126〕

二、絲：諧音「思」，指思念張生。

三、果稱心間事：果，諧音「裹」，是說裹在張生身上，能使他稱心如意。〔註127〕

按：原曲文【四】（【白鶴子】）：「這裏肚，手中一葉綿，燈下幾回絲，表出腹中愁，果稱心間事。」〔註128〕其注解，除了第二例在詩中常用，人們也習慣以諧音視之外，第一、三例還原回原曲文中，並不是很吻合，尤其是第三例，「果稱心間事」，後四字不是指「稱心如意」，而是與「表出腹中愁」互文，「果稱」即「表出」，「心間事」同「腹中愁」。不過，就情境上的揣想，「諧音」效果亦另有一番情味。

〔註124〕同註104，頁158。

〔註125〕同註104，頁149。

〔註126〕同註104，頁223。

〔註127〕同註104，「絲」、「果稱心間事」皆見頁224。

〔註128〕同註104，頁218～219。

（四）注　音

其注音方式採大陸漢語拼音方案及輔以直音，如：

楚岫（xiù 袖）〔註 129〕

常見字如「楚」即不注音，少數字未輔以直音，恐怕只是注者的疏忽，如「揣」、「擺劃」。〔註 130〕張燕瑾本在這方面錯注的情況十分罕見，只有以下幾例值得商榷：

鞾（duò 垜）

襌（dàn 淡）

兜（dǒu 陡）

蔓青（mán jìng 蠻靜）

甜話兒熱趲（zán 贊）

啉（lín 林）

迍（tún 屯）〔註 131〕

按：以上七例，參考《中原音韻》，並換以臺灣常用之注音符號，宜作「ㄉㄨㄛˇ」、「ㄊㄢˋ」、「ㄉㄡ」、「ㄇㄢˋ　ㄐㄧㄥ」、「ㄗㄢˇ」、「ㄌㄧㄣˊ」、「ㄓㄨㄣ」。不知何以在拼音、聲調上有出入，注者並未說明。

（五）造境說

張燕瑾在注解曲文，若遇時序、場景稍失邏輯、不合理時，則目之為「雪中芭蕉」，如：

「桂子閑中落，槐花病裡看」二句：二句互文見義，是說只好在閑中、病裡看桂子、槐花紛謝。以花落春殘之傷春，寓失戀的痛苦。王維〈鳥鳴澗〉：「人閑桂花落，夜靜春山空。」桂，多為秋花，此作春花，一說桂有春季開者，亦有四季開者；一說桂即秋桂，詩人造境不問四時。沈括《夢溪筆談》云：「書畫之妙，當以神會，難可形求也。……彥遠評畫，言王維畫物多不問四時，如畫花，往往以桃、李、芙蓉、蓮花同畫一景（按，今本《歷代名畫記》無王維畫

〔註 129〕同註 104，頁 169。
〔註 130〕同註 104，頁 177。
〔註 131〕同註 104，以上各例，分見頁 21、39、71、96、144、166、192。

物一節）。余家所藏摩詰畫〈袁安臥雪圖〉，有雪中芭蕉。此乃得心
應手，意到便成，故造理如神，迴得天意，此難可與俗人論也。」
（卷十七）曲中桂子、槐花同時，亦造境不問四時、得心應手、意
到便成之作耶？〔註132〕

「倩」：……上曲「曉來」（按：即【端正好】：「曉來誰染霜林醉」，
此曲「斜暉」（按：即【滾繡球】：「恨不倩疏林挂住斜暉」），詩人造
境不問四時。

按：「造境不問四時」儼然是張氏注釋時的一種釋例，擴而言之，在涉及人物
事跡時，張氏顯然不同於王銍、趙令時一派之「鶯鶯學」，斤斤於生平資料的
吻合，如注「風流隋何，浪子陸賈」時，雖云「隋陸二人均未見風流浪子事
跡」，但仍旁徵博引，證明隋陸之風流浪子形象早著人心，最後借凌濛初說法：
「元劇用事，正不必正史有也。」〔註133〕以為己見。不過，張氏在注釋時，
有時也難免無暇顧及，如：

「小春」：指舊曆十月。陳元靚《歲時廣記》卷三十七引《初學記》：
「冬月之陽，萬物歸之。以其溫暖如春，故謂之小春，亦云小陽春。」
陽，十月，《爾雅・釋天》：「十月為陽。」明・謝肇淛《五雜組》〈天
部二〉：「即天地之氣，四月多寒，而十月多暖，有桃李生華者，俗
謂之小陽春。」〔註134〕

張氏大費周章，引例證明「小春」指舊曆十月，然而之於曲文而言，這也是
「造境」，王季思早已指出：

《歲時事變》：「十月天時和暖似春，花木重花，故曰小春。」毛西
河：「約定九月九而過小春者，此是現成語，猶詩云『五日為期，六
日不詹』也，猶俗言『約清明而過穀雨』也。此是方語，現成語。」
聖歎以為秋後送別，豈有約歸期在重九之理，未免固執。〔註135〕

張氏吸收古人前賢甚多可貴之說，稱得上是集大成，此僅是其小疏漏而已。
〔註136〕

〔註132〕同註104，頁158。
〔註133〕同註104，頁145。
〔註134〕同註104，頁216。
〔註135〕王季思本，頁186。
〔註136〕張燕瑾本尚有一小缺漏是詞條中的某個字忘了注解，如「解帶傲黃鞋」的「傲」
（頁94）、或串解時，關鍵字反而湮而未釋，如「桂花搖影夜深沈，酸醋當

以上五項，即張燕瑾本在釋義上之特色。整體而言，此一校注本是瑕不掩瑜。且以校注者從善如流、精益求精的治學態度，相信第三版是有可能面世的。

第四節　其他諸本綜論

本節所評析之各本，影響較王季思、吳曉鈴、張燕瑾諸本小，除了條目多寡、注釋詳略外，彼此同質性則近似，故置於本節綜論。

所選諸本，包括祝肇年、蔡運長之《西廂記通俗注釋》（1983 年 8 月）、張雪靜《西廂記》校注（1992 年 11 月）、李小強、王小忠、賀新輝之《西廂記方言俗語注釋本》（1997 年 9 月）等。〔註 137〕

一、祝肇年、蔡運長之《西廂記通俗注釋》

歸浸」：「在桂影搖曳的月夜，窮酸秀才要就寢的時候。」這般串解文字，「當歸」二字並未解對！

〔註 137〕 早期尚有陳志憲之《西廂記箋證》（因王季思撰有〈評陳志憲西廂記箋證〉，《中・俗文學》1948 年 3 月，可知。），但國內圖書館遍找不著，傅斯年圖書館有目無書，十分遺憾。另有陳慶煌導讀之《西廂記》（1988 年 4 月），注釋移錄自王季思本，僅加上〈導讀〉及徐渭、李贄、湯顯祖、陳繼儒四家總評，故不予置評。賀新輝、朱捷編著之《西廂記鑑賞辭典》（1990 年 5 月）附錄有按筆畫順序排列之〈西廂記方言俗語匯釋〉，其精華已爲李小強、王小忠吸收，且賀氏又兼該書之總校訂，與張燕瑾本之可視爲《西廂記新注》的修訂本一樣，《西廂記方言俗語注釋本》亦爲賀、朱二氏附錄之增訂本，只是注釋者易人而已。王立信《西廂記選譯》（1994 年 7 月）非全本，只選譯一楔子、十五折，除注外，重心在翻譯，每折（或楔子）前有短文導讀，與其他今人校注本大異，但其注多參考王季思本、吳曉鈴本，同質性高。故以上五書不列入評析。另有凌景埏之《董解元西廂記》校注（1978 年 5 月）、朱平楚《西廂記諸宮調注釋》（1982 年 10 月）、張國光針對金聖歎評點文字注解之《金聖歎批本西廂記》，與校注王實甫《西廂記》非同一系列，宜另作專文探討。以上各書之出版資料，參見附錄一〈西廂記研究論著索引補編〉及〈參考書目〉。至於單折選注者甚多，亦不作探討。又啓，本論文竟，送審之前，恰巧俞爲民校注之《中國古代四大名劇》（《西廂記》、《牡丹亭》、《長生殿》、《桃花扇》，江蘇：江蘇古籍出版社，1998 年 1 月）由大陸友人朱建明先生處寄來。此書以凌濛初本爲底本，總條目 582 條，近於吳曉鈴注解本，釋文風格亦近。據其《西廂記》〈前言〉云：「〈鶯鶯傳〉……後人以爲這是元稹托張生之名爲自己辯護之作（見王性之〈辨傳奇鶯鶯事〉）。今人研究成果表明，托名之說爲無稽之談。其實張生和鶯鶯都是作者著意塑造的藝術形象，所不同者只是作者對兩個藝術形象有憎愛之分罷了。」（頁 3）不知此說，所據爲何？

據其〈前言〉，知其注釋動機是為了解決開始接觸古典戲曲的青年朋友
們，在閱讀上的困難。故其預期效果是，在專家們注釋的基礎上再進一步地
使其通俗化，「疏通句義，首先弄清每句曲文和每句話是什麼意思，然後再由
讀者自己去品味。」正因為首重句義之疏通，所以，本書詞語之出處、原文，
皆不具引。採用之形式是在曲文下面用雙行小字注釋和翻譯。依據之版本「主
要是弘治本，參校張深之本、劉龍田（原誤作「四」）、六十種曲本、雍熙樂
府本。遇有異文，主要擇通俗易懂者從之，不事考證。曲文斷句主要按句意
來斷，但盡量遵循曲牌句格。」〔註138〕

既然注者已明言不注出處、不考證異文、以意義形式斷句，則在典故出
處、校勘、曲牌格式上就不能苛求了。〔註139〕以下主要針對其翻譯、釋文內
容提出筆者之心得。

（一）翻　譯
祝、蔡二氏的翻譯十分用心，仍盡量照顧到原曲文修辭上的對仗或押韻
（當然不是全部曲文都可以譯到如此地步），雖然比例不高，其用心可謂良苦。
如第一本第三折【麻郎兒】【么篇】：

　我忽聽一聲猛驚。元來是撲剌剌宿鳥飛騰，顫巍巍花稍弄影，亂紛
　紛落紅滿徑。

其譯文如下：

　我忽聽一下關門聲，心裡猛一驚。原來是驚起了宿鳥撲剌剌飛騰，
　震動得顫巍巍花稍搖動花影，亂紛紛落花撒滿路徑。〔註140〕

保留了各句的韻腳，就連六字三韻語的首句，也仍照顧到了格式的要求。至
於對仗，可見的例子甚多，不過，詩詞曲的對仗與白話文的對仗，有時在語
法上，順序自然會稍有更動。如「檀口點櫻桃，粉鼻兒倚瓊瑤」及「沈約病
多般，宋玉愁無二」兩聯，翻成白話文，前者未變，後者已有調動，如下：

　紅艷艷的嘴唇正像很小的一顆櫻桃，粉白的鼻梁，像靠在臉上的一
　塊美玉。

〔註138〕參見《西廂記通俗注釋》（雲南：雲南人民出版社，1983年8月），〈前言〉
　　　　頁2。
〔註139〕少數「異文」乃手民誤植，如頁54「寒喧屢隔」、頁49「不是我攬」、頁80「幾
　　　　擤兒疏櫺」、頁149「待妾」、頁157「那里散心要咱」、頁163「一椿椿」、頁164
　　　　「悔教夫婿覓封侯」、頁177「這椿事」、頁178「打份」、頁186「這一椿事」等。
〔註140〕同註138，頁30。

你像沈約一樣的多病，你像宋玉一樣的多愁。〔註141〕

可以看出譯者既想使之通俗化，又不想失去原文的妙境。全書大致上採取曲文每句翻譯或注釋，唯一例外的是涉及所謂「褻詞」〔註142〕或床笫的曲文，祝、蔡二氏採取迴避，不翻譯，甚至不注釋，如：

（1）則你那夾被兒時當奮發，指頭兒告了消乏。

（2）不強如手執定指尖兒恁。

（3）我將這鈕扣兒鬆，把縷帶兒解。

（4）【勝葫蘆】我這裡軟玉溫香抱滿懷。呀，阮肇到天台。春至人
間花弄色，將柳腰款擺，花心輕拆，露滴牡丹開。

（5）【么篇】但蘸著些兒麻上來，魚水得和諧，嫩蕊嬌香蝶恣採，
半推半就，又驚又愛，檀口搵香腮。何時重解香羅帶。

（6）你繡幃裡效綢繆，倒鳳顛鸞百事有。

（7）一個恣情的不休，一個啞聲兒廝耨（音 nòu）。〔註143〕

當然，男女歡愛之事，或許真如佛曰：「不可說！」連離經叛道，疾呼「《西廂記》斷斷不是淫書，斷斷是妙文。」〔註144〕的金聖歎，對【勝葫蘆】、【么篇】二曲，直謂「節節次次，不可明言也。」〔註145〕此「不可明言」，是指其妙，而非鄙褻。〔註146〕所以，祝、蔡二氏採「不可明言」的迴避態度是可以理解的，何況有些根本可以不譯不注，便可理會。但筆者以為某些句子整句可以不翻，個別詞語卻可以注解，如「消乏」、「阮肇到天台」、「效綢繆」、「倒

〔註141〕同註138，以上引文，分見頁34、90。

〔註142〕如王驥德認為「『夾被兒時當奮發，指頭兒告了消乏』，即後折『手勢指頭兒
恁』之意，褻詞也。」見王驥德本，卷三，頁28b～29a。

〔註143〕同註138，各引文分見頁107、118、126、127、129、132、136。

〔註144〕《金聖歎全集》第三冊，頁10。

〔註145〕同註144，頁170。

〔註146〕金聖歎認為：「自古至今，有韻之文，吾見大抵十七皆兒女此事。此非以此事
真是妙事，故心中愛之，而定欲為文也，亦誠以為文必為妙文，而非此一事
則文不能妙也。夫為文必為妙文，而妙文必借此事，然則此事其真妙事也。
何也？事妙，故文妙；今文妙，必事妙也。若此事真為妙事，而為文竟非妙
文，然則此事亦不必其定妙事也。何也？文不妙，必事不妙；今事不妙，故
文不妙也。……蓋事則家家家中之事也，文乃一人手下之文也，借家家家中
之事，寫吾一人手下之文者，意在於文，意不在於事也。意不在事，故不避
鄙褻；意在於文，故吾真曾不見其鄙褻。」（見《金聖嘆全集》第三冊，頁
162～163）如果祝、蔡二氏亦認同金氏看法，則文妙，事必妙，既然意在於
文，不在事，注解、翻譯詳略就毋須顧慮。

鳳顚鸞」、「廝耨」等，都是別的校注本中收有的詞條，祝、蔡不注，似乎有違通俗化之原則。尤其是「廝耨」只注音而不注義，可說保守過度。

筆者之所以特別借提此例，實有感於今古風氣已易，但在文意的疏解上，有時或礙於觀念的保守，不敢注或誤注，前者對讀者而言，只是失了理解的憑藉，後者卻容易誤導讀者，甚至成爲固定理解之釋例。如「打鳳撈龍」一詞，傳統上，都只認爲「意爲安排圈套，使人中計，墮入其中。」〔註147〕但其實很多曲例，並不能以此統一模式套入，如最常被選入教材的《竇娥冤》一劇，【南呂・一支花】：

> 有一等婦女每相隨，并不說家克計，則打聽些閑是非；說一會不明
> 白打鳳的機關，使了些調虛囂撈龍的見識。〔註148〕

事實上，「安排圈套」於曲意之疏解上並不甚妥貼。今人俞忠鑫認爲「打鳳撈龍」都是由兩個動賓詞組聯合成的并列詞組，龍、鳳爲罕見之物，但因事實上誰也見不到，所以在具體例句中都是用作比喻。至於「打」、「撈」，對文同義，其義多至六種：（1）捕捉；（2）整治；（3）比喻非凡的本領；（4）以女色爲誘餌，引人上鉤；（5）指男女關係的事，義似可釋爲「搞」；（6）比喻尋找適合的人選。六類中，可以用一句話來概括，即：「比喻捕捉、整治、搞到或尋找（重要的）人或物。」〔註149〕《竇娥冤》一例，義最宜以男女關係來訓解，說的是，有一種婦女不努力於家計之求許，只愛打聽別人是非，以及閑話、交換床笫見識，這是因爲在古代，女子喜於房事，即會被人視爲「淫婦」，因此竇娥指桑罵槐，力勸蔡婆回頭。然而，坊間可見之注解本，多遵舊解，竊以爲即是心態之保守所致。

（二）注　釋

祝、蔡二氏因主張通俗化，去繁就簡，典故的交代也就非注釋之重點，正因爲如此，就典釋典之「隔靴搔癢」感反而可以避免；然而，文意論證、引申的過程省略之後，雖能直扣曲意，卻也易失準頭。

〔註147〕參見顧學頡、王學奇《元曲釋詞》（北京：中國社會科學出版社，1983 年 11
月）第一冊，頁 340～341。

〔註148〕引自王學奇、吳振清、王靜竹等校注《關漢卿全集校注》（河北：河北教育出
版社，1988 年 11 月），頁 173。

〔註149〕參見俞忠鑫〈「打鳳撈龍」小議〉，《中國語文通訊》1983 年第 3 期。引自王
鍈、曾明德編《詩詞曲語詞集釋》（北京：語文出版社，1991 年 10 月）頁 251
～254。

直扣曲意的，例如：

（1）他那裏盡人「調戲」覷著香肩：此表偷看。

（2）這的是兜率宮，休猜做了「離恨天」：愛情受阻的地方。

（3）從今後玉容「寂寞」「梨花」朵：寂寞，臉上沒有裝飾。梨花，
　　　比喻臉白。〔註150〕

以上三例，原意皆不再細論，有出處者亦省略之，因爲這些對曲文之了
解，並無幫助，遂直接視上下文疏通文意。

然而，正因爲缺乏考據工夫，全書存有甚多注釋不穩當的情形，不能以
「雖不中，亦不遠矣」來寬貸之，如：

（1）「酩子裏」各歸家，葫蘆提鬧到曉：無聲地。

（2）「不爭」便送來，一來父服在身，二來于軍不利，你去説來：
　　　不要緊。

（3）從今後兩下裡相思都「較可」：都滿足。

（4）「扢搭地」把雙眉鎖納含：緊皺貌。

（5）「亂」挽起雲鬟：治理。

（6）「不爭」你要睡呵，那裡發付那生：當眞。

（7）「不爭」和張解元參辰卯酉，便是與崔相國出乖弄醜：當眞。

（8）疾忙趕上者，「打草驚蛇」：此表示不要驚動人。〔註151〕

（1）例「酩子裏」，又作「瞑子裏」，有暗地裏、昏沈沈、突然地、平白
無故等義，此與「葫蘆提」互文義近，故意爲昏昏沈沈、無精打彩，與「無
聲地」尚差一些。（2）、（6）、（7）三例皆釋「不爭」，但卻都不對。「不爭」
在元曲中可作七解，一謂如其、若果、倘使、假如；二謂只爲、則爲；三謂
不要緊、無所謂；四謂姑且不論；五謂若非；六謂不料；七謂不只。此三例
皆可訓爲「如果」，（2）例釋「不要緊」，不通。（6）、（7）訓「當眞」，純就
文意尚可疏通，但終究不如現有義解，毋須別創。

（3）例，「可」作「痊癒」解，「較可」是指病情減輕、好轉，此句指紅
娘本以爲此次「請宴」是訂婚場合，故滿心祝福張生、鶯鶯相思病從此好轉。
作「都滿足」，意不可通。

（4）例一般作扢扎幫或扢搭幫，爲狀聲詞，形容重物快速跌落之聲，借

〔註150〕同註138，以上引文分見頁8、72。
〔註151〕同註138，以上八例，分見頁37、47、67、69、92、121、135、149。

－123－

喻動作乾脆、迅速，故「緊皺眉」三字之「緊」才是「扢搭」之解，「皺眉」則已是指「把雙眉鎖納合」。

（5）例，「亂」字雖有反訓之例可尋，但此例須從整曲玩味，方可掌握鶯鶯內心情境與外在行為。曲云：

> 【普天樂】晚妝殘，烏雲軃，輕勻了粉臉，亂挽起雲鬟。將簡帖兒
> 拈，把妝盒兒按，開拆封皮孜孜看，顛來倒去不害心煩。

此時鶯鶯照鏡，已「見帖看科」，從「孜孜看」、「顛來倒去不害心煩」可知，鶯鶯全副心神已為張生來簡所奪，怎還有工夫閒情「輕輕抹勻了臉上的脂粉，重新挽起了髮鬟」？〔註152〕故「輕勻」、「亂挽」互文義近，「輕」乃輕忽、隨便；「亂」字亦然；且「勻」非「均勻」，而是「抹」之動作，詞性同「挽」，意即為了看信，隨便、胡亂抹臉、挽髮，此乃外在行為為內心情緒之反映也！

（8）例，「打草驚蛇」自有其典故出處，然此處純借成語字面義，而非喻意，更非平白加上「勿」字──表示「不要」驚動人。此折〈驚夢〉，雖是張生夢見鶯鶯來奔，但穿插旦唱，此處即指鶯鶯私奔心切，疾忙趕路，早已顧不得打草驚蛇了。早在明代徐文長、王伯良就已看出「只用現成語」，今人王季思校注時亦作如是解。〔註153〕

以上各例只是取樣，事實上亦不可能遍舉，但誤釋的模式大致可以窺知有幾個特性：一是望文生義，純從上下文摸索個別字詞之含義，這與自王驥德至王季思等以來的「以元劇證方言」、「以經史證故實」的校注方法迥異，也因此，其「自創」之解甚多。二是同一詞，釋義有多組，在選擇時卻發生枘鑿現象。三是在曲境的體會上有所差異，注釋、翻譯自然不同。

除以上所舉，在注音上，有若干誤失，如梵（音凡 fán）、怏（音央 yāng）、訕（音山 shān）、趲（音贊 zǎn）等，〔註154〕以及注釋條目重複甚多，如「覷」一字，曲文中一再出現，注者仍不憚其煩重注。至於有關雜劇體製的專門術語大都未注，縱有，也只是如「外（角色名）」般簡潔，無助於了解。不過，相較於前面所述，這些恐怕都只是微不足道的「小疵」。

〔註152〕同註138，以上引文見頁92。
〔註153〕參見王季思本，頁173。引徐文長曰：「打草驚蛇，只用現成語，用不得王魯事為解。」王伯良曰：「大略亦疾忙驚動之意。」
〔註154〕同註138，以上各例分見頁2、21、98、99。「趲」字直音錯誤，漢語拼音卻對。頁141「趲」則注「音攢 zǎn」，已更正過來。

二、張雪靜之《西廂記》校注

　　本書之注語淺顯易懂，乃感於「當代較爲流行的有王季思和吳曉齡（按：應作「鈴」）的校注本。這些注本，大都有很強的學術性，一般讀者不易讀懂。」所以刻意使其通俗化，「以便有初中文化程度的讀者也能順利閱讀。」〔註155〕而張氏之校注，曲文方面是以一九七八年上海古籍古版社出版的王季思本爲底本，注釋則雜採眾家之說，徵引借鑑之處，概不注出。原則上，張氏只是注而未校，錯誤（例如曲文句式）多承自王季思本。

　　據其〈前言〉自敘注釋側重於以下幾個方面：

　　1、解釋術語。

　　2、闡釋俗語。

　　3、介紹典故。

　　4、注音釋義。〔註156〕

　　術語、典故之解釋大抵無誤，〔註157〕注音方面可議之處甚多，如糝（shēn 身）、潯（yān 淹）、釤（shàn 散）、囊（nāng）等。〔註158〕不過，重心仍應擺在難詞俗語的解釋，這部分占了本書最大的篇幅，值得商榷之處頗多，茲分幾點概括：

（一）同詞異義

　　如「玉人」一詞，在《西廂記》中出現不只一次，但所指並非只有鶯鶯，像第三本第三折的【沈醉東風】：「我則道槐影風搖暮鴉，原來是玉人帽側烏紗。」〔註159〕此處「玉人」指的是赴約的張生。其注第一本第一折【賺煞】：「春光在眼前，爭奈玉人不見。」之「玉人」爲「形容女子美麗如玉」，〔註160〕雖然無誤，但卻將「玉人」「性別化」了。相對而言，張燕瑾本釋爲「後以玉人喻指顏美如玉之人，可指女，亦可指男。」〔註161〕則較圓融。

〔註155〕引文見張雪靜之《西廂記》校注（山西：山西人民出版社，1992年11月），〈前言〉，頁1。王季思本確實較具學術性，但吳曉鈴本則走的也是通俗化路線。

〔註156〕同註155，〈前言〉，頁1～2。

〔註157〕同註155，頁3。注16幺篇：「元人雜劇中同一曲牌的第二支及其後面的曲子，稱作『幺篇』，即『前院』的意思。」「前院」應爲「前腔」之誤植。

〔註158〕同註155，分見頁50、51、163。其他尚多，不再贅舉。其中「無那」（nuó）一詞，音義應同「無奈」。

〔註159〕同註155，頁97。

〔註160〕同註155，分見頁7、11。

〔註161〕張燕瑾本，頁25。

又如「比及」一詞，共有五解：一謂與其、如其；二謂及至、等到；三謂未及；四謂既然；五謂假使、倘若。張氏取義，稍嫌失當，請看第三本第二折：

> 姐姐休鬧，比及你對夫人說呵，我將這簡帖兒去夫人行出首去來。
> 〔註162〕

張氏注爲「等到」，〔註163〕就文意上是不通的，此屬開合呼應句，理當作「與其……（不如）」解。

（二）誤解曲意

注釋旨在疏通文意，若誤解曲意，則反貽害讀者。如第二本第三折【攪箏琶】：「他怕我是賠錢貨，兩當一便成合。」〔註164〕張氏注後句爲：「以兩個當一個成交。意指廉價推銷出去。」〔註165〕完全不顧上下文，亦不知所謂「兩個」何所指？王驥德早對此作過疏解，其云：

> 言夫人筭慳，以酬謝、成親兩件事，并作一次酒席也。〔註166〕

又如第三本第二折【石榴花】：

> 昨日（個向晚，不怕春寒，幾乎險被先生饌。）三句：指本劇第一本第三折鶯鶯和張生隔墻酬詩的情節。險些被先生饌（zhuàn 傳），《論語・爲政》：「有酒食，先生饌。」原意是說有酒食應供奉年長者吃喝。這裡借以調笑，說那天張生曾闖到鶯鶯面前，鶯鶯差點被他吃了。〔註167〕

若就「饌」之調侃意，張氏釋文較諸他本生動，但可惜的是，弄錯場景，此「言聽琴時幾乎被他到了手也。」〔註168〕非更前之隔牆聯吟。

（三）未作串講

相對於前例，張氏偶將宜數句一解者，拆散單注各詞，於疏通曲意，反無幫助，如第二本第四折【綿搭絮】：「便做道十二巫峰，他也曾賦高唐來夢

〔註162〕同註155，頁87。
〔註163〕同註155，頁92。
〔註164〕同註155，頁61。
〔註165〕同註155，頁65。
〔註166〕王驥德本，卷二，頁34b。
〔註167〕同註155，頁93。
〔註168〕淩濛初本，頁133。

中。」〔註169〕張氏分成「便做道」、「十二巫峰」、「賦高唐來夢中」三個詞條，依方言、地名（喻「極遠」）、典故三個層面分別注釋。〔註170〕卻未重新組回樓塔，遂支離破碎。

　　本折主要描寫鶯鶯聽琴後復聞張生作誦的心理感受，兩人因崔老夫人的賴婚而咫尺天涯——「疏帘風細，幽室燈清，都只是一層兒紅紙，幾槅兒疏櫺，兀的不是隔著雲山幾萬重。」〔註171〕這是現實面。然而，鶯鶯外表柔弱，其實內心自有主張；外表拘謹端莊，內在實熱情剛烈。〔註172〕她以「夢」之自由突破母親的「無夜無明并女工」，〔註173〕現實中不能與張生廝守，夢中卻可讓張生飛越十二巫峰來享受歡愉。這與後來杜麗娘在牡丹亭與柳夢梅身心交歡與夢中的象徵形態，隱隱相合。

　　以上三點，似乎都是求其疵。當然，釋例中亦不乏足資採納、參考者，如第二本第四折「風月天邊有，人間好事無。」兩句：

　　　　風月：良夜，良辰。此處意帶雙關，也含男女之情的意思，與下句
　　　　「好事」相對。〔註174〕

以及第四本第三折「安排青眼送行人」一句：

　　　　青眼：投契、尊重人的樣子。晉阮籍常以青眼（以黑眼珠正視）對
　　　　摯友，以白眼（藐視）對世俗。青眼即「青睞」。此處是說，要準備
　　　　用深情厚誼為張生餞別。〔註175〕

　　總之，張氏注本，旨在通俗，不事考證，難免釋文有值得商兌的地方，但披沙仍可揀金。

三、李小強、王小忠、賀新輝之《西廂記方言俗語注釋本》

　　本注釋本由李小強、王小忠注釋，賀新輝對原文和注釋作一總體校訂，在注釋中採用了賀新輝、朱捷《西廂記鑑賞辭典》附錄部分〈西廂記方言俗

〔註169〕同註155，頁71。
〔註170〕同註155，頁77。
〔註171〕同註169。
〔註172〕同註155，早在第一本第一折，崔、張二人初遇時，張生已說：「小姐年紀小，
　　　　　性氣剛。」
〔註173〕同註169。
〔註174〕同註155，分見頁69、74。但張燕瑾本頁118認為：「與第二本楔子中義有不
　　　　　同（風月，風花雪月，指男女情愛之事）。」（頁85）
〔註175〕同註155，分見頁119、125。

語注釋〉一節中的條目。正文亦然。〔註176〕

其特色大抵有二:

(一)「蒲州方言」之標識

本書之命名,據其〈凡例·二〉云:

> 《西廂記》所描寫的張生、崔鶯鶯的愛情故事發生在古蒲州（今山
> 西省永濟市）的普救寺,書中除化用前人的詩詞名句之外,大量的
> 運用了蒲州地區的方言俗語。由於以前的注釋者大都沒有到過這裡
> 或在這裡長久地生活過,不大熟悉這裡的方言俗語,因此,有的注
> 釋出現錯誤或有悖於原意之處,這個注釋本注重蒲州方言俗語進行
> 注釋,有些疑難問題便迎刃而解。在注釋中只作正面注釋,對於前
> 人注釋中出現的舛誤只給予點明或指出,不做評論。所以本注釋本
> 亦可稱做「方言俗語注釋本」。〔註177〕

顯然注者認為以蒲州方言俗語進行注釋,較能貼切作者原意,這與「以
元劇證方言」的途徑恰好倒過來。通檢全書,注者指出的「蒲州方言」幾占
六、七成,然而,大半並非「蒲州」所特有,如「本貫」、「先人」、「八拜」、
「一遭」、「求進」、「湖海」、「投至得」、「時乖」、「潰」、「東洋」等,為何一
定是蒲州方言?其釋文與其他注者亦相去無多——除了「蒲州方言」四字,
故筆者認為注者恐怕太過強調故事發生地對作者的影響。問題是故事發生地
乃肇始於元稹筆下,王實甫只不過承繼過來而已,是否句句蒲州方言,實有
待商榷。而《西廂記鑑賞辭典》亦未如此標明。筆者以為此一特色,除非真
得需要用「蒲州方言」才能證解文章,否則不足道也!〔註178〕

〔註176〕 以上敘述參見《西廂記方言俗語注釋本凡例·四》（北京:中國文聯出版公司,
1997年9月）,頁2。《西廂記鑑賞辭典》條目按筆畫排列,共五百五十二條,
但《西廂記方言俗語注釋本》高達二千五百九十六條,雖然前者同一條目複
見,不管意同與否,則繫於一條,條目相對減少;但後者一個條目之中,尚
拆成多個單字或詞語,故實際數目更多。正文部分,《西廂記鑑賞辭典》採用
上海文藝出版社,1982年12月《中國十大古典喜劇集》版為底本,該書又
以上海古籍出版社王季思本為底本,而王季思本又以凌濛初本為底本,復參
校他本。就校勘學而言,如此輾轉而來,並不妥當。

〔註177〕 同註176,〈凡例·二〉,頁1。

〔註178〕 本書「即即世世」一條,謂「蒲州方言俗語,即世的疊用,死去的意思。常
用來罵人,意思是該死的,世故很深的。」「即世」是否有「死去」之義,如
有,則果屬蒲州特有,但何以又能引申出「世故很深的」之解!顯然注者似
嫌「死去」一解不甚妥當,故又加上他書之解,以補不足。甚至一詞兩見,

（二）曲牌宮調、格式、押韻之注明

本注釋本雖只有義釋，並無音釋，但有一大特色是其他書所無，即將每一支曲牌所屬之宮調及其格式、押韻注明，這可能仍是受《西廂記鑑賞辭典》的影響，因該書附錄有宮調、曲牌介紹，格式之中偶有平仄之注意事項的說明，不過，本注釋本在平仄上是不注明的。

雖然，每支曲子皆有格式之分析，但正文之句讀，有時卻仍錯標，如之前常提的【叨叨令】，其注云：

> 叨叨令：元雜劇曲牌名，這裡押監咸韻，屬正宮調。全曲共七句，字數定格爲七、七、七、七、五、五、七。其中第五、六句用「也麼哥」或者「也波哥」作爲疊句（「也波哥」、「也麼哥」無意義），是這個曲詞的正格。〔註179〕

注者在第二本楔子（有的本子逕改爲第二折，如王季思本）之【叨叨令】曲，確實按格式句讀，但到了第四本第三折，同一支曲子，（「見安排著車兒、馬兒……。」）卻與王季思諸本犯了一樣錯誤，分成十二句。

本書如能兩相配合，勿相互矛盾，則反可以相得益彰。

條目之多，前無古人，可說是連望而會意的詞也不憚其煩地注解，如「長者」、「越禮」、「感懷」、「午夜」、「小子」等，甚至還有類似翻譯的串講，似嫌過度，宜作精簡。再者，某些條目之釋文，解似未妥，如：

> （1）這兩句（往常時見傅粉的委實羞，畫眉的敢是謊）的意思是說張生以前不解戀情，看到美女（傅粉）就害羞，並且想到張敞夫妻深深相愛的故事（畫眉）也不好意思。〔註180〕

此注以「傅粉」指「美女」，大概是受張燕瑾本的影響，其舉《世說新語·容止》何晏軼事後，下一結論：

> 後以何郎傅粉喻美男。但用於此則義不可通。李清照【多麗】詞：「韓令偷香，徐娘傅粉」，劉克莊【滿江紅】詞：「竟愛東鄰姬傅粉，誰憐空谷人如玉？」是有以「傅粉」狀女子者。這裡以「傅粉的」代

皆屬蒲州方言，卻作不同釋文，如「撲堆」，頁51，注云：「浦州方言俗語，當地人念作『固堆』。是說臉長得豐滿、美麗、俏皮。」頁59則另注：「蒲州方言俗語，堆滿，顯露。」

〔註179〕同註176，頁85。
〔註180〕同註176，頁32。

指美女。〔註181〕

爲何「傅粉」喻美男，用於此則義不可通？雖然古今注者於此著墨討論者並不多，但祝、蔡二氏的通俗注釋，卻作了另一面向的思考，其云：

> 往常聽見誰說有擦粉的男子，我確實替他害羞。聽說有爲女子畫眉的男子，認爲這定是說謊。〔註182〕

從這個角度推想張生在邂逅鶯鶯之前，對於傳聞中男子爲女子擦粉（原典故是何晏自己愛美，但在此則轉換成男子爲悅女子容）、男子爲女子畫眉是不可思議的事，因爲在他原來迂腐的禮教觀念中，他一定只聽過也只肯相信「女爲悅己者容」、「舉案齊眉」一類的故實。但「今日多情人見了有情娘，著小生心裡兒早癢癢。」〔註183〕代表他觀念的轉變。而早在佛殿奇逢之後，張生已有體悟：「十年不識君王面，始信嬋娟解誤人。」〔註184〕君王沈迷女色，十年不上朝，這是他未遇佳人前所無法置信的；然而，鶯鶯的出現，改變了他的觀念，是故「傅粉」不必換指美女，文意依然可通。

（2）其解「空囊」，謂：

> 空口袋，意思是身無分文，杜甫〈空囊〉詩：「囊空恐羞澀，留得一錢看。」〔註185〕

就杜甫詩句言，「囊」當然是指「阮囊羞澀」之「囊」，但是否切合《西廂記》曲文原意，則恐未必。其【石榴花】後半云：

> 先人拜禮部尚書多名望，五旬上因病身亡。〔潔云〕老相公棄世，必有所遺，〔末唱〕平生正直無偏向，止留下四海一空囊。〔註186〕

指先人死後，除留下之身軀外，別無所遺。這與古人視身體爲靈魂借住之軀殼觀念相符合，倒不一定得落實爲錢包。

（3）「人情則是紙半張」，注云：

> 意思是人情冷漠，淡薄如紙。〔註187〕

原【鬥鵪鶉】曲文後半作：

〔註181〕張燕瑾本，頁33。
〔註182〕《西廂記通俗注釋》，頁13。
〔註183〕同註176，頁24。
〔註184〕同註176，頁10。
〔註185〕同註176，頁33。
〔註186〕同註176，頁24。
〔註187〕同註176，頁33。

小生無意求官，有心待聽講。小生特謁長老，奈路途奔馳，無以相饋。量
著窮秀才人情則是紙半張，又沒甚七青八黃，盡著你說短論長，一
任待掂斤播兩。〔註188〕

知該句乃「自謙」之辭（當然也是實情），意謂窮書生錢財寥寥，若要做
人情，也只是些詩文相贈而已。若如所注，則是斥責秀才無情，張生怎可能
如此自貶？

（4）「蝶粉」，解云：

蝴蝶身上的鱗粉，和「蜂黃」同用來指唐代的宮妝。唐代李商隱〈酬
崔八早梅有贈兼示之作〉詩：「何處拂胸資蝶粉，幾時塗額藉蜂黃。」

〔註189〕

但就【混江龍】曲文而言，顯然求之過深：

落紅成陣，風飄萬點正愁人。池塘夢曉，闌檻辭春；蝶粉輕沾飛絮
雪，燕泥香惹落花塵；繫春心情短柳絲長，隔花陰人遠天涯近。香
消了六朝金粉，清減了三楚精神。〔註190〕

此曲自第三句起，兩兩對仗。「燕泥香惹落花塵」既指外在景象，「蝶粉」
斷無指宮妝之理；若果是，何以需沾「飛絮雪」，更不可解。

（5）「擷窨」：

蒲州方言俗語，也寫成「跌窨」、「迭窨」。……「擷窨不過」：就是
忍氣吞聲、埋怨。〔註191〕

「忍氣吞聲、埋怨」僅是「窨」字之義。「擷」，頓足也，並未注解。可
謂百密一疏。

（6）厭的：厭惡。〔註192〕

原句是「厭的早挖皺了黛眉」，下句「忽的波低垂了粉頸」，「厭的」、「忽
的」在元曲中多為互文，「厭」一作「壓」、「淹」；「的」，一作「地」，「厭的」，
即「奄的」，忽然之意，作「厭惡」解，乃不明釋例。〔註193〕

最後，批評之餘，不免要提「決撒」一例，以表其創見：

〔註188〕同註176，頁25。
〔註189〕同註176，頁71。
〔註190〕同註176，頁65。
〔註191〕同註176，頁111。
〔註192〕同註176，頁145。
〔註193〕參見《元曲釋詞》第四冊，頁153～154。

　　決撒：蒲州方言俗語，也寫成「厥撒」。「決」是說水渠崩塌漏水；「撒」
　　就是「散」，是說編織的器物散口，漏東西。這裡是敗露，出亂子的
　　意思。元劇中經常出現。〔註194〕

　　一般詞語解釋，若能追本溯源，由本義到引申義有脈絡可尋，則較具說
服力。「決撒」一詞，注家都知道意指暴露、被識破或決裂，卻說不出個所以
然。而本注釋本在汲取前人研究之餘，仍不乏創見，實屬難能可貴！

〔註194〕同註192。

第四章　《西廂記》版本再探

　　本章處理的問題有三，即一是新發現的清代孤本《拯西廂》，在諸多改編本中，其價值何在？二是重探金批《西廂記》的底本是否就是張深之本？是否有一套公式可以檢驗？三是金批本之「分節」說，究竟從何而來？金聖歎在戲曲理論史上的地位，有無可斟酌之處？這些問題，即是本章所欲探討的主題，它們有的是初經挖掘的畛域；有的是存有盲點的學術發現；有的是尚未「曝光」的「謎團」。而筆者皆希冀從中撥雲見日，迭有創發。

第一節　《拯西廂》之情節改編及其批語

　　筆者撰寫於民國八十一年的碩士論文《西廂記二論》，曾董理出元明清三代共三十三種《西廂記》改編本；繼而於民國八十六年，修改撰成〈王實甫以外元明清三十四家西廂記改編本綜探〉，發表於《國家圖書館館刊》八十六年第一期，再添清・成蛻春《眞正新西廂》一種。同年，六月至中央大學戲曲研究室拜訪洪師惟助，無意中發現《明清抄本孤本戲曲叢刊》第九冊收有《拯西廂》一劇，再爲《西廂記》改編本數量加一。〔註1〕

〔註1〕 首都圖書館編輯，《明清抄本孤本戲曲叢刊》（北京：線裝書局，1996 年 1 月），
　　　　輯入明、清兩朝（兼及少量民國所絀）劇作抄本三十八種，彙編爲十五巨冊。
　　　　這些本子，現皆爲首都圖書館館藏善本書。若究其本源，則大抵來自以下三
　　　　個方面：一、首都圖書館建館八十餘年來，歷年採訪購求的本子；二、民國
　　　　時孔德學校圖書館舊藏；三、著名戲曲文學家、學者、北京大學教授、現代
　　　　著名藏書家馬彥祥先生舊藏。
　　　　另，據趙景深、張增元編《方志著錄元明清曲家傳略》（北京：中華書局，1987
　　　　年 2 月），頁 316，云：「《東廂記》清・耿應房撰。應房有《樵雲文集》。耿應

此本之罕見，連《曲海總目》、甚至近人莊一拂《古典戲曲存目彙考》等戲曲書目皆未加著錄。第一齣首載有「龍泉周冰鶴先生改定」，應是改編者；第二十四齣末有「劉樹聲寫」，則是抄寫者，也可能兼評點者。二者生卒年、事蹟皆不詳，但從評點者的語氣推斷，似乎與作者交情不錯。這與《長生殿》，甚至小說《紅樓夢》，作者與評者之關係密切似可等同視之。〔註2〕書中雖未交代作者、評點者之生存年代，卻可從曲文吸收《南西廂》、批語提到《明史》〔註3〕等書推測。李日華生卒年不詳，但嘉靖年間《南西廂》已行於世；《明史》一書，乃由張廷玉等完成於乾隆元年（1736），據此，則有兩種情況：一是作者、評者非同一時代，則寫作時間至少不早於嘉靖年間，評點文字則不得早於乾隆元年；二是作、評者兩者是至交，則評點文字不得早於《明史》完成年代，書則可稍微提前。而兩種情況，又以後者可能性較大。〔註4〕

房捧甘耳食，憤豪之侵逼，作《東廂記》以刺之，才調足以配元書。」（錄自《民國河南通志稿・詞曲》）如果此書亦是寫崔、張情事，則改編本總數可增至三十六種。

〔註2〕洪昇在〈長生殿例言〉曾云：「曩作《鬧高唐》、《孝節坊》諸劇，皆友人吳子舒鳧為予評點。今《長生殿》行世，伶人苦於繁長難演，竟為儈輩妄加節改，關目都廢。吳子憤之，效《墨憨十四種》，更定二十八折，而以虢國、梅妃別為饒戲兩劇，確當不易。且全本得其論文，發予意所涵蘊者實多。分兩日唱演殊快。取簡便，當覓吳本教習，勿為儈誤可耳。」知評點者吳舒鳧與洪昇關係十分密切。關於脂硯齋與曹雪芹的關係，可參見陳慶浩編著，《新編石頭記脂硯齋評語輯校・導論》（台北：聯經出版事業公司，1986年10月），頁2，云：「現存早期抄本石頭記，大都附有標語；這些標語主要是脂硯齋和他一班朋友所寫的。脂硯齋是石頭記稿本的整理者和主要評書人，所以早期抄本以『脂硯齋重評石頭記』做書名，我們也稱這些批語為『脂硯齋評語』，簡稱『脂評』或『脂批』。由於脂硯齋一班人是此書作者曹雪芹本家或朋友，他們不但批書，也參加了整理校對工作。他們看過此書稿本的演變，原稿的後半部；他們知道曹雪芹的生活，以及他創作時所用的某些素材。」

〔註3〕《拯西廂・就歡》大半曲文襲自李日華《南西廂》，見頁155～162。評語中亦多指出《拯西廂》攝取南北《西廂》曲文或情節的地方。如第十二齣〈翻約〉總評云：「《北西廂》是折凡十四曲，皆紅娘唱，曲多而語雜；《南西廂》添入〈下棋〉一段，情致頗佳，曲更支離，全失故步。先生攝南北文情而潤色之，集長去短，實甫有知，必為心折也。」頁138。第十七齣〈諍病〉眉批提到《明史》，云：「嘗讀《明史》，至海剛峰（瑞）諫疏，為之一快，今讀此亦然。」頁185～186。

〔註4〕大陸學者伏滌修《西廂記接受史研究》（安徽：黃山書社，2008年6月，1版1刷）頁406云：「周壎（約1715～1784），字伯譜，號韻亭，又號冰鶴、牖如，江西龍泉人，官至汝寧知府。江西《龍泉縣志》言其著述有《冰鶴堂全集》二十卷，《韻亭詞譜》四種。」可供參考。

　　至於為何取名為「拯西廂」？實乃為「拯救」《西廂記》原著之色之淫也。這從各齣之眉批、總評，甚至唱詞賓白皆可看出。

　　如第十九齣〈刺夢〉眉批云：

　　　非不二色，不足以拯《西廂》通部之淫。〔註5〕

此齣相當於原著之〈驚夢〉，但內容卻非鶯鶯來投，而是改為三尸神「奉朱衣使者之命，化為美女，來到張珙夢中，試他志節如何？」〔註6〕所謂「不二色」，是指張生不另拈花惹草。末尾刺探完後，朱衣使者唱道：

　　　【南川撥棹】……夢魂堅定，依然守義之夫，氣宇軒昂，不愧空群之
　　　選，合當點額，以應題名。……恁無端打草驚蛇，恁無端打草驚蛇也，
　　　只合障狂瀾，共防淫佚，說與讀書人休好色，讀書人須好德。〔註7〕

而以上言語之於張生而言，其實是多餘的，張生既未二色，與鶯鶯之間，更非僅有肉體上之歡愉而已。所以，這些文字若非作者急於宣揚一己之道德觀，便不會無緣無故流露出來。

　　而評點者顯然與作者周冰鶴同聲一氣，在第二十一齣〈激義〉，對於作者安排鶯鶯為守「一馬不配二鞍」、「烈女不嫁二夫」的貞節，竟安排鶯鶯跳河自殺。總評云：

　　　《西廂》寫老夫人因鄭恆誣張生入贅衛府，忿將女兒改嫁，雖是元
　　　人常套，實不通之尤者，先生意欲借此以拯雙文，故仍其爭配之文
　　　而增改之，由是入情入理，毫無可議矣。〔註8〕

其所謂「拯」雙文，即避免崔鶯鶯一女事二夫。從以上例子，可知周氏、評點者，主觀上是將王實甫《西廂記》視為「誨淫」之作，亟思矯正之。

　　筆者在《西廂記二論》中談及諸改本的主題異動及其相關問題時，曾就所知將諸改本分為（1）本事和曲文大都繼承《西廂記》者；（2）本事同而別創新曲者；（3）續第四本以後者；（4）以翻案為主者；（5）以益於世道為標榜者；（6）以悲劇理念進行改作者。〔註9〕基本上，翻案者大多會更改故事結局、人物關係，而本劇大體上仍保持佳人才子團圓的結局，人物關係之改變，最重大者，在於孫飛虎改過向善，救了跳水自殺的鶯鶯、紅娘，以及末尾加

〔註5〕同註1，頁202。
〔註6〕同註1，頁196。
〔註7〕同註1，頁203～204。
〔註8〕同註1，頁228～229。
〔註9〕參見拙作《西廂記二論》，頁113～115。

上琴童與紅娘成親。其他都只是細節上為符合主題而做小部分修改。因此，根據主題為戒淫，可知是「以益於世道為標榜者」一類改編本。不過，本劇較不同於他本者，在於某些情節的改動頗能見其巧妙，而非一味說教。

由於此劇罕見，主題的轉變牽連到情節的改編，以及人物性格的塑造，所以，有必要將二十四齣的大概情節略加敘述，遇重點，更須提出討論。

首先，為求眉清目秀，先臚列其齣名，並配合王驥德本、金聖歎本之齣名，以為對映：

	拯西廂	王驥德本	金聖歎本
1	發情		
2	慰孝		
3	驚豔	遇豔、投禪	驚豔
4	賞音	寫怨	琴心
5	酬韻	賡句	酬韻
6	拒媒		
7	愚虎	解圍	寺警
8	辟圍	解圍	寺警
9	賴婚	邀謝、負盟	請宴、賴婚
10	題怨	傳書	前候
11	密期	省簡	鬧簡
12	翻約	逾垣	後候
13	判情		
14	聽夢		
15	就歡	就歡	酬簡
16	激婚	說合	拷豔
17	諍病		
18	敘別	傷離	哭宴
19	刺夢	入夢	驚夢
20	爭配	拒婚	鄭恆求配
21	激義		
22	救貞		
23	會關		
24	止義	完配	衣錦榮歸

　　從上面可知王實甫《西廂記》有三齣被刪掉，即〈附齋〉（〈鬧齋〉）、〈報第〉（〈泥金報捷〉）、〈酬緘〉（〈錦字緘愁〉）三齣。其理由是：

> 西廂以〈鬧齋〉爲〈寺警〉伏線，先生惡其男女雜混，大失閨秀身
> 分，故刪〈齋壇〉一拆（按：宜作折）。然孫飛虎無突出之理，乃以
> 〈拒媒〉先之，此過文也，卻不可少。（第六齣〈拒媒〉總評）
>
> 《續西廂》舊乃〈報捷〉、〈緘愁〉、〈求配〉、〈錦歸〉四折，不知出
> 何人之手，遠遜前編。今削〈報捷〉、〈緘愁〉二折，即〈求配〉亦
> 改用院公，曲白亦出新製，乃覺爭得有理，雙文不得不死，非此不
> 足以挽回就歡之失也。（第二十齣〈爭配〉總評）〔註10〕

作者在形塑鶯鶯時，其實頗似金聖歎在批改《西廂記》時的准則，只不過，金聖歎著重在「先王之禮」；周冰鶴則除了「禮」以外，另有「義」、「貞」、「孝」（從齣名即可見出，容後細講）。所以，周氏認爲〈鬧齋〉讓鶯鶯拋頭露面是不妥的，但值得欣慰的是，畢竟王實甫的苦心安排與經營，周氏倒未忽略，因爲〈寺警〉中孫飛虎搶親，聞鶯鶯「眉黛青顰，蓮臉生春，有傾國傾城之容，西子太眞之顏」〔註11〕即是〈鬧齋〉中「羅敷」式的豔驚四座，一傳十、十傳百，傳到孫飛虎耳中；也只有爲了亡父之靈的超薦，鶯鶯才有可能拋頭露面於廣眾之前。而周氏尚有未見者，即〈鬧齋〉僅是〈寺警〉伏線之一，更前者尚有〈驚豔〉時，張生對普救寺打聽到的消息——「南來北往，三教九流，過者無不瞻仰。」〔註12〕也只有如此，才有芸芸眾生前往添香瞻仰，而適巧可以一睹鶯鶯之國色。而周氏既刪此一線索，又恐孫飛虎搶親過於突兀，只得另出〈拒媒〉一齣，然而，跋扈如孫者，實無必要托媒婆前往議親，遭拒後才惱羞成怒。單就此一布局，周不如王矣！

　　至於原著〈報捷〉、〈緘愁〉、〈求配〉、〈錦歸〉四折，雖遜前編，但後二折就線索之收煞，尚照應得不錯（說見前節），而前二折確實不是很精采，除了猜寄之準確度僅有二分之一外，半年杳無音信亦不甚合理，更與第四本第三折失去呼應，這在前四本中是少有的情況。〈求配〉改用院公以易紅娘，也值得商榷，原著中如此安排，乃用以跟〈拷紅〉對照，無論是面對老夫人的威權或鄭恆的惡霸，紅娘都是不怕的。這種對照，在《西廂記》中，無處不

〔註10〕同註1，分見頁66、215。
〔註11〕《暖紅室彙刻傳奇・西廂記》，頁117。
〔註12〕同註11，頁106。

有。實無必要再添院公，以防「男女授受不親」（指紅娘見鄭恆）。

說完省略的三折，再來看其新添的幾齣：

一、發 情

寫張生、杜確交誼，並藉此發揮張生的情色論。聯合末齣〈止義〉，「發乎情，止乎禮義。」的「暗」喻甚「明」。

本齣總評也說：

> 實甫填詞自張生上路起，既無頭緒，且張杜交情毫無點出，後此求救，便覺突然。故首折必須白馬登場也。〈會眞記〉首原有登徒數語，實情字發端，千里來龍，定該從此入手。〔註13〕

關於原著作張生向杜確將軍求救，看似突然，其實不然。張生在唱「遊藝中原……」前，即曰：

> ……欲往上朝取應，路經河中府過。蒲關上有一故人，姓杜名確，字君實，與小生同郡同學，當初爲八拜之交，後棄文就武，遂得武舉狀元，官拜征西大元帥，統領十萬大軍，鎮守著蒲關。小生就望哥哥一遭，卻往京師求進。〔註14〕

在孫飛虎之亂還沒發生，甚至未與鶯鶯邂逅，張生即已如此表白。〈寺警〉時，當然順理成章就想到向杜確求救；而且，張生一來到蒲州，就想去拜望八拜之交的杜確，沒想到卻遇到「五百年前風流業冤」，〔註15〕連至交都可拋下，可見鶯鶯是多麼吸引他。因此，原著雖僅是簡單幾筆，卻頗有深意！

二、慰 孝

〈慰孝〉一齣，與原著第一本楔子中的鶯鶯完全是不同典型的千金小姐，在楔子中她感嘆的是自己的春青一如暮春將去，隱隱然對許配鄭恆是不滿意的，而生命揮灑的空間卻是重重的蕭寺窄門；而在本劇，作者賦予她一個新的稟性——孝順，愁煩的不是自己的婚事，而是：

> 愁非淺，爲靈椿，想音容怎見？向何處招魂？歸去便況，羈留客路似飄蓬斷梗，誰憐？〔註16〕

母親讚她：

〔註13〕同註1，頁12。
〔註14〕同註11，頁105。
〔註15〕同註12。
〔註16〕同註1，頁17。

> 堪憐，你生來至孝，哀思難免。……〔註17〕

而這一點，在往後的鶯鶯性格發展中，始終被強調著。無怪乎評點者總評云：「先生添此折，寫出母慈女孝，孤寡情致如生。」〔註18〕

三、拒　媒

寫孫飛虎提親事，前已敘，不再贅述。

四、判　情

本劇中有幾齣，明顯受到《牡丹亭》的影響。如〈慰孝〉齣後半，由紅娘打動夫人俾小姐出遊後花園（而非「佛殿」）這一點，眉批上早已點出：「如此打動夫人俾小姐出遊，較原文不啻天淵，而枯禪又照應蕭寺，巧出自然，由是而知《牡丹亭·遊園》尚欠夫人之命也。」〔註19〕而正因本劇有老夫人之命，故雖仿《牡丹亭》，卻亦天淵之別——杜麗娘追求意志的自由，毋庸受母命，亦毋庸受腐儒陳最良之命也。而本劇鶯鶯是本性至孝，故得受母命也。

本齣〈判情〉，明顯仿自《牡丹亭·驚夢》，藉由花母引起魂魄，告知其與張生姻盟早定，鶯鶯一朝翻約，乃因「一則為父有鄭恆之諾，再則為母有兄妹之言，三則為私期密約難以直告紅娘，因此一時羞澀變為片刻端嚴。」故寬慰她「爾父臨終亂命本不為憑，況彼時原未受聘，那鄭恆亦不久於人世，何煩置念。爾母以女妻之命在前，及後盃酒賴婚，不得不改作兄妹之語，一人之口前後兩歧，自當以前言為正。紅娘是你貼身伏侍之人，他的真心只願你成全好事，何須自起疑猜。」〔註20〕本劇慣以神仙法力助成絪緣，如張生中舉、鄭恆之死、鶯紅相知等等，反不如原著之自然。

五、聽　夢

藉由鶯鶯夢囈，紅娘得知小姐心中變卦之隱情，基本上是上齣劇情的複述。

六、諍　病

本劇多處增添琴童之戲，〈諍病〉齣即其中之一。本齣描述張生〈佳期〉之後，夫人逼試，張生不得已裝病不赴試，琴童忠言逆耳，力勸主人不該為貪歡而把錦片前程盡棄。作者注意到琴童在《西廂記》中不該缺席，是改編

〔註17〕同註1，頁18。
〔註18〕同註1，頁21。
〔註19〕同註1，頁19。
〔註20〕本段引文同註1，頁142～143。

上一大進步。為與〈止義〉琴紅配作伏筆，二則上齣〈激婚〉寫紅娘舌辯老夫人，氣概非凡；此齣不得不相得益彰，以求分庭抗禮。而諫主亦為了凸顯「讀書人休好色，讀書人須好德」之主題。所以，總評中云：

> 《西廂》不寫琴童真缺陷也。先生為補此折，與〈激婚〉對峙，琴之精神勃勃而張更出色矣。……不寧惟是一部《西廂》總為一個「色」字，寫得舉國若狂，借琴童口中痛砭其失，由是而張生恍然大悟，不崇朝而改過者，彼諸人亦必自知其非矣。故曰醫可一部《西廂記》也。〔註21〕

七、激　義

本齣寫鶯鶯在「烈女不嫁二夫」與不違母命的矛盾中掙扎，最後假意權從母命，私底下卻決定以死保節。

八、救　貞

本齣寫改邪歸正的孫飛虎同妻子駕救生船往來江上，拯救溺水之人（這種拯救溺水之情節，亦可作救眾生脫離色欲之海的象徵，乃相對於「惑溺」而言。）恰巧救起鶯鶯及殉主的紅娘。本齣誠如總評所云：「異想天開，卻是自然結構，故佳。」〔註22〕原著中，孫飛虎一切行徑，似乎只是做為愛情事件的轉機點，如李漁所謂：「一人一事。」、「一部《西廂》，止為張君瑞一人。而張君瑞一人，又只為白馬解圍一事。」〔註23〕以及做為第五本鄭恆掠奪婚姻的對照。但在本劇中，由於作者旨在戒淫，勸人要孝、要貞、要義，當然更勸人向善，改過自新，故在〈辟圍〉中特別強調是張生向杜確求情，免孫飛虎一死（原著中是杜確自己救免孫飛虎死罪），故有此齣以為呼應。而本齣之曲文、眉批有幾處語藏無限妙趣，如：鶯紅被救，表白身分，敘述來由時，作者、評點者作如下處理：

> 【前腔換頭】嗟呀！是博陵崔氏相府嬌娃弱眷，扶喪隨母寨，我小姐名喚鶯鶯，我就是侍女紅娘。淨作色介，小旦只為寄居普救寺中遇著強盜孫飛虎。淨驚介，小旦那強盜最惡最凶，可恨可惱。淨起作羞介

眉批則云：

> 通名常事也，而此處如聞異響。

〔註21〕同註1，頁188。

〔註22〕同註1，頁239。

〔註23〕李漁，《閒情偶寄》，卷一〈詞曲部・結構・立主腦〉（臺北：臺灣時代書局，1975年3月），頁10。

而當孫飛虎表白身分時，鶯紅則作「大驚介」，眉批更云：「更勝青天霹靂。」
〔註24〕可說劇力萬鈞，當事人之胸中如驚濤駭浪，觀者不由讚嘆造化之神奇。
若撇開主題之風教味濃不談，此段改寫，可說十分精彩。

九、會　關

寫張生、杜確會於蒲關，而孫飛虎也護送鶯紅來到此處地，續張生、鶯
鶯今生未了緣，從教破鏡得重圓。

除了以上九齣，其他十五齣，亦各有異同。雖然評點者一再批評原著某
處欠佳，周氏改定更佳，但某些齣的曲文文字，仍有部分移自原著，可見原
著自有其不可抹滅之光采。有些情節雖原著、改編本都有，卻相差甚遠，如
〈愚虎〉一齣，寫惠明突圍送信，迥異原著，其添改處頗為合情合理，尤其
總評，頗能道出作者改編之苦心，其云：

> 先生嘗語人曰：《西廂記・寺警》折謬處極多，如老夫人一聞警報，
> 即令法本告兩廊僧俗能退賊兵，以鶯鶯妻之。倘使惠明能退賊，亦
> 將以鶯鶯妻之耶。又云：飛虎統眾五千，一寺之大幾何？門外能屯
> 五千人耶？又寫惠明誇口五千人止勾一頓饅（按：「饅」為「饅」字
> 誤）頭餡。其【白鶴子】之二之三皆極形神勇，然則用惠明破賊足
> 矣，奚必白馬將軍？夫寫惠明止能遞書耳，且要緊關目在惠明騙出
> 重圍，乃止以「我去也」三字了之，彼五千人皆屯何處，竟能掉臂
> 出入耶？凡此皆實甫未曾檢點處，附及之。〔註25〕

當然，古代劇本要找出一部任何一段情節、文字皆合情合理、不失邏輯
者，可能極少。在此，我們僅能如金聖歎所謂：「意在於文，意不在於事也」
〔註26〕來姑且寬貸之。畢竟，實甫創造惠明，意不在能否突圍，而在於他個
性的鮮明及作為其他人物對照之典型。本劇改以惠明裝瘋賣傻，托缽盛糞，
而信則藏在夾底，蒙混過關。而又以糞稱「白馬糞」，舉缽灑眾，以喻白馬將
軍即將到來，可謂妙語。至於改五千人馬為五百，實無關緊要。

第十二齣〈翻約〉，眉批也指出原著不近情理之處：

> 《北西廂》寫雙文陡然發作，正不近情，此則吾無間然。

〔註24〕本段引文同註1，頁233～236。
〔註25〕同註1，頁79～86。
〔註26〕《金聖歎全集》第三冊，頁163。

在回溯原著前，先看看《拯西廂》所改動的情況，才知何者近情、何者不近情？《拯西廂》是這麼改編張生、鶯鶯見面的情況：

> 生出向旦揖介小姐拜揖。旦驚起舉袖掩面介呀！奴家斂手不及恕罪。生近前拉旦手介小姐，小生自從席上相逢之後，一病至今，蒙你垂念相招。感銘不盡。旦你從那裡來的。生粉牆上跳過來的。旦可有人見？生紅娘看見。小旦暗上窺覷，旦變色推生介紅娘，有賊！小旦是誰？生是小生。旦嗯，好個小生，紅娘，扯他見老夫人去！〔註27〕

很清楚看見，鶯鶯「變臉」，宜有層次，亦即先有少女盼到情郎出現的嬌羞，再有「拉手」的親密動作及起碼的對話，再有對話之後的反應。然而，原著卻在「末作跳牆摟旦科」，鶯鶯隨即問「是誰？」張生答道：「是小生！」沒想到鶯鶯隨即變了卦！〔註28〕這中間沒有任何溫存的話語或動作，不惟古人以為不近情理，今人在改編上也曾著墨於此。〔註29〕因為鶯鶯的變卦，關鍵處在於紅娘是老夫人派來執行監守任務的奴僕，在未相互溝通、信任前，鶯鶯只能以「鬧簡」的方式瞞過紅娘，提心弔膽地赴約，但張生雖然來了，卻被紅娘看到，未免自己芳譽受損，情急之下只好出此下策。然而，在原著中，鶯鶯並未從張生口中得知紅娘知道了這件事，隨即變卦，於情不合。但果真無法解釋這種疏失嗎？這其實關係到我們對鶯鶯生氣、變卦理由的主觀認定，我們往往把重點放在「第三隻眼」——紅娘身上。而實際上，張生與鶯鶯的衝突，最主要的仍是個性的迥異。試看鶯鶯變卦前，紅娘如何叮嚀張生：

> 【甜水令】……她是個女孩兒家，你索將性兒溫存，話兒摩弄，意兒謙洽，休猜作敗柳殘花。〔註30〕

但張生是右耳入，左耳出，一跳牆過去，即摟住鶯鶯。前一刻他誤抱紅娘，被罵「禽獸」，這一刻卻又重犯，而且摟的是鶯鶯，那裡還講究「溫存」、「摩

〔註27〕本段引文及眉批同註1，頁133～134。

〔註28〕同註11，頁136。

〔註29〕如近人馬少波對這段情節的改動是：張琪縱身跳過牆來。鶯鶯聞聲又驚又喜。……鶯鶯、張琪正有滿腹相思苦語正待向對方傾訴，但鶯鶯不放心紅娘是否支開了，遂試探性地呼喚紅娘，而紅娘故意不應聲，崔喜「紅娘出園外」；但隔沒多久，鶯鶯「不放心，低聲呼喚『紅娘！』未聞應聲，再喚『紅娘！』」紅娘「失聲」，卻已來不及，鶯鶯「聞聲知紅娘去未遠，懼事泄，羞窘，變色。」參見李慧中編，《馬少波戲劇代表作》（北京：中國戲劇出版社，1992年10月），頁580～581。

〔註30〕同註28。

弄」、「謙洽」之行止呢？紅娘對鶯鶯畢竟有某種程度的了解，而張生犯了此大忌，鶯鶯又甚矜持，難免大怒。從這個角度迴護，實在也不能說實甫之描寫不近情理了！

末齣〈止義〉，寫兩對璧人，張生與鶯鶯，琴童與紅娘，因全劇不時讓琴童也有戲唱，故末了張生拒娶紅娘爲側室，紅娘改配琴童，似乎也在觀眾意料之中，倒也不是很突兀。【餘音】一曲，則下鎚定音：

> 普救原來相普救，肯把那陷溺人心救得無。古語云：「發乎情，止乎
> 禮義。」這就是國風好色而不淫的注解。可以拯救人心，願天下以
> 義制情的都成了眷屬。〔註31〕

從末句可知，在「有情的」基礎上必須約束以義，方能好色而不淫。從頭到尾，老夫人對崔張婚事並不站在「門當戶對」的立場上反對，鶯鶯對母親也從無怨言，可說是極力標榜倫理道德，相對的，藝術的感染力也就減低不少。不過，若從編劇的角度上來檢視這一部《拯西廂》，倒是這一類改編本中較有新意的。

第二節　張深之本與金批本之關係重探

金聖歎批改的《西廂記》（簡稱金批本），底本究竟爲何者？經過大陸學者傅曉航及蔣星煜的努力，〔註32〕幾已確定是張深之《正北西廂秘本》（簡稱張深之本），其推論的方法，撮其要如下：

傅氏從五方面，肯定所得的結論：「第一，『題目總名』、『題目正名』和各折的標題，排列方式是一致的。」；「第二，金批本與張校本的曲牌名目和曲牌的排列基本相同，而與王校本、凌刻本相異之處甚多。」；「第三，而在道白方面金批本獨與張校本相同之處甚多，即或有些不同，也可以清楚地看到金批本是在張校本的基礎上增刪的。」；「第四，各刊本唱詞之間的差異都是比較小的，但在這一方面金批本和張批本相同或近似，而與其它刊本相異之處，也不難看到。」；「第五，金批本則全部使用人物名稱，與張校本基本

〔註31〕同註1，頁263。
〔註32〕參見傅曉航，〈金批西廂的底本問題〉，《文獻》（1989年3月），頁55～67。蔣星煜，〈金聖歎對西廂記的體例作過革新嗎？〉，《文學評論叢刊》總第三十輯（1988年），頁311～318。〈金批西廂底本之探索──兼評金西廂優於王西廂之說〉，《河北學刊》（1990年3月），頁67～71。今傳兩種仇文書畫合璧本影印本爲僞作，說見張人和〈今傳仇文書畫合璧西廂記辨僞〉，《文獻》（1997年4月），頁3～21。

相同，而與弘治本、淩刻本大異，它們主要是使用行當名稱。」傅氏爲了證明第三點，則取了金批本、張深之本、淩濛初刻本做比較。蔣氏除了從曲文的比勘上著手，也對所採做比勘的各版本之第四、八、十二、十六、二十齣（折）結束用何曲牌進行對照。而蔣氏爲了找出金批本的底本，也就弘治岳刻本、徐士範本、仇文合璧本、《西廂會眞傳》、張深之本、金批《西廂》各本採樣比較。

　　而筆者在《西廂記二論》中，亦曾就金批《西廂記》底本的探討方法，提出一個步驟，即先從劇本體例上的差異，將現存《西廂記》釐爲四大類，再視金批本之歸類，從該類逐一比勘求證。〔註33〕

　　而今本節既曰：「重探」，即有新的發現，雖然結論未推翻，卻有必要做修正。亦即傅、蔣二人，在曲文賓白的比勘上，雖然各取了數本，以及不到十個例子作比較，得出一樣的結果，但這些例子是否足以代表金批本與張深之本的關係？當然，逐字逐句比較是沒必要的，因爲目前所有數十種《西廂記》版本，彼此字句間的差異甚多，僅能求其「神似」。因此，筆者仍深信從某一類中去比較是較爲可行的；而某一類中亦不必一本一本去對，而是舉其最相似者。當初在碩士論文中筆者曾將《重刻訂正元本批點畫意北西廂》、《新

〔註33〕　參見拙作《西廂記二論》，頁177～178。
　　　　明刊本《西廂記》各本間雖無曲文完全相同的兩個本子，卻可以從劇本體例上的差異，大略釐出四大類：
　　　　甲、保持元人雜劇體例：即一本四折，四折之外，偶加楔子。每本均用題目、正名各兩句，以概括全劇情節，如淩濛初本。
　　　　乙、體例上一定程度地有所南戲、傳奇化：按具體情況又可區分爲兩種類型：
　　　　　（一）既保存元人雜劇一本四折的體例，同時也保存了題目、正名（或部分保存）。一本四折也有稱爲一本四套或一本四齣，甚至分成一、二、三、四，根本不標「折」、「套」、「齣」。楔子基本上不存在，被併入四折之中。再者，這類刊本又採用傳奇每齣均標目的形式，有標四字的，也有標兩字的。如《重刻訂正元本批點畫意北西廂》、《新校注古本西廂記》、《張深之先生正北西廂秘本》等都屬這一類。
　　　　　（二）這一類既不保存一本四折、題目正名，也不用傳奇每齣四字或兩字標目的形式。而採折衷辦法，將全劇分爲五卷，每卷則分別用四字標目，如弘治岳刻本。
　　　　丙、體例上最大程度南戲、傳奇化：不僅全劇逕分爲二十齣或二十一折，均各以四字標目，題目正名全都略去不用。這類版本爲數最多，如徐士範本、熊龍峰本、劉龍田本、繼志齋本。
　　　　丁、僅有曲文而無賓白、科介：如《雍熙樂府》本、仇文合璧本均是。
　　　　從體例上看，可以明顯看出金批本是屬於乙之（一）這一類。

校注古本西廂記》、《張深之先生正北西廂秘本》歸爲同一類。蔣星煜亦曾就這三種爲文寫成〈張深之本西廂記與徐文長本、王驥德本的血緣關係〉〔註34〕一文，肯定它們的一脈相承。但值得注意的是王驥德與徐文長有師生關係，目前存世的徐文長評本多達六種，反不及王驥德本所繼承的部分；〔註35〕再者，張深之本唯一指名某本曲文作某某、非者，即徐文長本，其他大多略稱「俗訛」，因此，我們既已肯定金批本與張深之本最近，那麼與張深之常齟齬者，且眞僞、版本多者，將之考慮在內，倒不如改換王驥德本作爲比較。

筆者進一步檢驗「金批本最近張深之本」此一學術成果，比勘的例子包括全本二十折，多達一百多例，亦即張深之本共有三百五十二條眉批，涉及版本曲文異同者共有一百二十六則。經逐一與金批本曲文互校，相同者六十七條，相異者五十九條。爲求此一數據之代表意義，再取同類中之王驥德本與金批本比較，得相同者降低，爲五十五條，相異者七十一條，數據相差不大，但卻有兩個意義，一爲前者相同數大於相異數；後者相異數大於相同數，故張深之本與金批本最近似之結論仍成立；二是兩者數值比，相距並不大，可見張深之本與王驥德本之血緣關係。如果再將各本之數據表格化後，更有一驚人發現。

本		一				二				三				四				五			
折（齣）		1	2	3	4	1	2	3	4	1	2	3	4	1	2	3	4	1	2	3	4
眉批總數		24	26	13	14	25	24	22	11	15	17	19	14	15	13	25	13	18	24	11	9
金批本與張深之本比較	同	4	4	2	6	7	5	3	2	1	2	4	3	3	3	3	3	2	6	2	1
	異	3	3	2	4	4	0	3	0	2	2	3	1	2	4	7	5	3	7	2	2
比例（同：異）		16：12				17：7				11：8				12：18				11：14			
金批本與王驥德本比較	同	4	1	2	6	2	3	3	0	1	2	3	1	4	2	5	1	4	7	3	1
	異	3	6	2	4	9	2	3	2	5	2	4	1	1	5	5	7	1	6	1	2
比例（同：異）		13：15				8：16				7：12				12：18				15：10			

從表格中，我們可以明確看到金批本與張深之本之同異比，分別爲：

〔註34〕蔣星煜，《明刊本西廂記研究》，（北京：中國戲劇出版社，1982年7月），頁148～162。

〔註35〕參見蔣星煜，〈六種徐文長本西廂記的眞僞問題〉，同前揭書，頁113～127。另，張新建認爲徐文長本《西廂記》有七種，合評本一種，附錄本一種。〈徐文長本西廂記考〉，《徐渭論稿》（北京：文化藝術出版社，1990年9月），頁253～294。

　　第一本：16：12，第二本17：7，第三本11：8，第四本12：18，第五本爲11：14。

　　前三本相同處一直比相異處多，後二本反之。

　　再看金批本與王驥德本之同異比，分別爲：

　　第一本：13：15，第二本8：16，第三本7：12，第四本12：18，第五本15：10。除了第五本相同處大於相異處外，其他皆相反。

　　合併觀察，也許可以如此推論，前三本之底本應該就是張深之本，第四本則張深之本或王驥德本皆有可能。至於第五本，也許是改換王驥德本，也許另有他本，因張深之本、王驥德本第五本第二折【朝天子】、【耍孩兒】之間皆無【賀聖朝】一支曲，張深之本眉批上甚至擺明：

　　　　別本此處有【賀聖朝】一曲，不惟本宮內無此調，且詞與末則內【雁
　　　　兒落】意同，更俗甚□□。〔註36〕

　　而爲何金聖歎會在第五本突然另換底本呢？我們都知道金氏是堅持《西廂記》只有四本，但因市面流行的皆是五本，不得已只好利用評點來鼓吹他的四本說。因此，若張深之本的第五本不能令他在不滿意中姑且接受的話，換底本的可能性是滿高的。如此一來，底本可能有兩種以上——事有湊巧，王驥德校注《西廂記》，亦以兩種古本爲底本。（詳見第一章第三節及下節）

　　不敢說這是一個可以確定的結論，但數據顯示出一種微妙的意義，而這種比較更成爲一固定檢驗公式，即詞句固定，而對照本更換，同異之比例值愈高，底本的可能性愈高。

　　最後，因論文中不便將一百多則曲文之比較臚列出來，有一個現象在數字上不易見到，即金批本與張深之本相異處，很多只是襯字上的不同，或根本無襯字。〔註37〕這與張深之本非常重視正襯字迥異。究其因，乃聖歎以文的角度批改《西廂記》有關，往往無視曲牌調式，隨意增減字句。〔註38〕除此之外，金批本與張深之本有許多相似之處，也有不少相異之處，這些相異

〔註36〕《張深之先生正北西廂秘本》卷五，頁9b。
〔註37〕如第四本第一折【村里迓鼓】：「這般心不才珙合跪拜，小生無宋玉容潘安貌子建才，……。」眉批云：「這般心下每句俱添襯字，非。」（卷四，頁4a）金批本卻作：「……小生無宋玉般情潘安般貌子建般才……。」（頁169）第四本第三折【小梁州】：「我覷他閣淚汪汪不敢垂，……。」卷四，頁12b「我覷他」三襯字在金批本中即被刪掉。（頁189）
〔註38〕參見拙作〈金批西廂記的內在模式及其功過——兼論戲曲「分解」說〉（《漢學研究》第十五卷第二期，1997年12月），頁145～170。

之處往往正是金氏慧眼所在。如第一折【後庭花】:「若不是襯殘紅芳徑軟,怎顯得步香塵底樣兒淺。」張深之本眉批云:「女人腳小,猶要纖瘦,稍有病痛,軟地上便印出。」﹝註39﹞與曲意無關,簡直是不知所云。反襯金批本,則云:「下將憑空從腳痕上端摩雙文留情,故此特指芳徑淺印,以令人看也。儉父強作解事,多添襯字,謂是嘆其小,嘆其輕,彼豈知文法生起哉!」而金批本與張深之本在此處曲文之不同,除了「底樣兒淺」作「底印兒淺」外,也少了「若不是」、「怎顯得」等襯字,﹝註40﹞但在分析上卻更貼切曲意。

第三節　金批本分節之來源及金聖歎曲家地位重評

筆者在《西廂記二論》第二論第四節〈金聖歎批改西廂記的功過及其「分解」說與戲曲分節的關係〉中提到:

> 再來,要談的是《西廂記》的批點,金氏同樣也運用了「分解」手法,他認爲「詩與文雖是兩樣體,卻是一樣法。」、「雖多至萬言,無不如線貫花」都是有起承轉合之「間」可分可解。戲曲雖與詩與文有別,但依聖歎之說推演及其視戲曲與小說幾乎無異的觀點看來,戲曲亦可當成敘事文體來分解,當無疑義。﹝註41﹞

當時認爲金氏文學批評有「一副手眼」,其自述云:

> 聖歎本有才子書六部,西廂記乃是其一,然其實六部書,聖歎只是用一副手眼讀得。如讀西廂記,實是用讀莊子、史記手眼讀得;便讀莊子、史記,亦只用讀西廂記手眼讀得。﹝註42﹞

因此,轉而從金氏對詩的「分解」這「一副手眼」探討其與戲曲「分節」的關係,終而發現:

> 而金氏的「節」乃是就文意,分析人物心理及動作,可以多達十幾二十節,反觀場面的變換,也只不過兩、三場,故可知金氏絕非從「劇」的角度分節。因此,我們只能就文的角度切入,與其欣賞眼光契合,那麼他運用「分解」說來分析《西廂記》,無非是想比前人更爲縝密細微地將鴛鴦繡成的過程及針線的穿引展示給讀者看,亦

﹝註39﹞ 張深之本,頁 6a。
﹝註40﹞ 金批本引文、批語見《金聖嘆全集》第三冊,頁 48。
﹝註41﹞ 《西廂記二論》,頁 193。
﹝註42﹞ 〔清〕金聖歎《讀第六才子書西廂記法》之九,《金聖嘆全集》第三冊,頁 11。

即將其如何「前引後牽」、「下推上挽」、「東穿西透」、「左顧右盼」
的「神變」筆法一一指出，求「達」而已。〔註43〕

至於「分解」說來源，據聖歎〈與徐子能增〉的信中，已透露：

弟意只欲與唐律詩分解，解之爲字，出《莊子・養生主篇》，所謂解
牛者也。〔註44〕

知金氏「分解」說之觸發，源於《莊子》之「解牛」。而「分節」一詞之來源，
金氏始終未談及，從批評手法雖可推知與「分解」說有關，但卻是基於「一
副手眼」的考量下立論。

今因研究王驥德本而猛然發現，金批本除了與張深之本具有血緣關係，
與王驥德本亦關係匪淺。尤其是王氏箋注解證《西廂記》，並不立條目，而是
以曲牌爲單位，絕大部分以一曲爲單位，有時也合二曲爲一單位，這與金氏
一般以一曲爲一節，偶有合二曲爲一節的劃分法，竟有某種偶合。今比較二
本各齣條目數與分節數之多寡，並以圖示：

齣　次	1	2	3	4	5	6	7	8	9	10	11	12	13	14	15	16	17	18	19	20
王驥德本條目數	14	22	15	12	25	15	16	15	13	20	15	14	14	19	14	13	15	13	13	12
金批本分節數	15	23	15	11	24	16	14	13	13	21	21	17	43	26	29	20				

因金氏不承認王實甫著有第五本，故第五本雖仍在字裏行間穿插批注，
但前二折只稱「此節」、「此一節」、「又一節」，而不稱「第□節」，第三、四
折則廢而不稱。又，本章第三節也曾就眉批問題探討金批本與張深之本、王
驥德本的關係，發現第四本、金批本與張深之本、王驥德本的關係似乎皆一
樣稍遠了些。而恰巧的是，以節數比照，居然金、王二本關係也是如此微妙。
除此，前三本所得之比較數值，居然都非常接近。這個發現，使我更仔細去
比較兩本之間相類似的地方。

更驚人的發現，從前，甚至截至目前爲止，我們常責金氏「以文律曲，……
至一牌畫分數節，拘腐最爲可厭。」、〔註45〕「強分章節，支離割裂」〔註46〕

〔註43〕同註41，頁195。
〔註44〕〔清〕金雍輯，〈魚庭闖貫〉，《金聖歎全集》第四冊，頁36。
〔註45〕〔清〕梁廷枏，《曲話》，《中國古典戲曲論著集成》第八冊（北京：中國戲劇
　　　　出版社，1982年11月），卷五，頁290。

等，居然早在王驥德時候，他就如此做了。當然，若王驥德是「分節」說的
創始者，戲曲史恐怕要改寫了；而且，如果金氏的「分節」眞的與王驥德如
出一轍，則有必要重審李漁對金氏的批評：

> 聖歎之評西廂，可謂晰毛辨髮，窮幽極微，無復有遺議於其間矣。
>
> 然以予論之，聖歎所評，乃文人把玩之西廂，非優人搬弄之西廂也。
>
> 文字之三昧，聖歎已得之；優人搬弄之三昧，聖歎猶有待焉。如其
> 至今不死，自撰新詞幾部，由淺入深，自生而熟，則又當自火其書，
> 而別出一番詮解，甚矣，此道之難言也。〔註47〕

因爲王驥德不可能不懂曲之三昧，而金氏此說若源於王氏，則可能古人與我
們皆長期誤解了金氏的原意，故對戲曲史也不得不因此而做修正。

　　爲求謹愼，筆者悉數找出王驥德本中所有關係「分節」的相關條目文字：

1. 〈遇豔〉【么】：「嚦嚦鶯聲」，屬上「半晌恰方言」句看。「行一步可
　　人憐」，又貫下四句。〔註48〕

2. 〈投禪〉【鬥鵪鶉】：「風清月朗」以下二句，當屬上【石榴花】調看，
　　上皆說先人事。〔註49〕

3. 〈賚句〉【紫花兒序】：接上曲看。〔註50〕

4. 〈附齋〉【甜水令】：「鬧元宵」以上四句，屬上曲看。〔註51〕

5. 〈附齋〉【折桂令】：首二句，又屬上曲看。〔註52〕

6. 〈附齋〉【鴛鴦煞】：「多情卻被無情惱」，東坡詞句。無心無情，俱指
　　行者、沙彌等，承上曲來。〔註53〕

7. 〈解圍〉【那吒令】：末二句，屬下曲看。〔註54〕

8. 〈解圍〉【柳葉兒】：「將俺一家兒」句，屬上曲看。下又言「待從軍

〔註46〕吳梅，《奢摩他室曲話》，引自王衛民編，《吳梅戲曲論文集》（北京：中國戲
　　　劇出版社，1983 年 5 月），頁 492。

〔註47〕〔清〕李漁，《閒情偶寄》（臺北：臺灣時代書局，1975 年 3 月），卷三，頁
　　　65。

〔註48〕王驥德本，卷一，頁 9a。

〔註49〕同註 48，頁 18a。

〔註50〕同註 48，頁 27a。

〔註51〕同註 48，頁 36a。

〔註52〕同註 51。

〔註53〕同註 48，頁 38a。

〔註54〕同註 48，卷二，頁 11a。

又怕辱莫家門」，故意爲此危詞，爲下曲「不揀何人」，數語張本。〔註55〕

9. 〈邀謝〉【快活三】：此承上諸曲來。〔註56〕

10. 〈負盟〉【喬木直】：末句屬下曲看。〔註57〕

11. 〈寫怨〉【絡絲娘】：此接上曲看。〔註58〕

12. 〈傳書〉【勝葫蘆】：二曲一氣連看下，勿斷。〔註59〕

13. 〈省簡〉【小梁州】：此二曲一直下。「我爲你」三字，直管到「佳期盼」句。〔註60〕

14. 〈省簡〉【鬥鵪鶉】：此承上曲意來。〔註61〕

15. 〈踰垣〉【攪箏琶】：……「水米不粘牙」句，屬上文看。自前調「自從日初想月華」至此調「水米不粘牙」九句，皆並指鶯生二人言，「水米不粘牙」，承上句來，言大家都爲心猿意馬所牽繫，而飲食俱廢也。若以……「水米不粘牙」，屬下文，遂以張生想鶯鶯言，便大瞶瞶矣。〔註62〕

16. 〈踰垣〉【折桂令】：首三句，屬上曲看。正見不可摧之意。〔註63〕

17. 〈就歡〉【鵲踏枝】：上「寄語多才」一句，當屬此曲看，直管至【寄生草】曲末，皆對紅娘說，欲其達至鶯鶯也。〔註64〕

18. 〈就歡〉【柳葉兒】：連上曲看。〔註65〕

19. 〈報第〉【青哥兒】：「都一般啼痕湮透」二句，屬上曲。〔註66〕

以上共十九則，是王驥德在解證時談到曲牌中某些句子的歸屬問題之相關文字。每一則在串講時，皆已將曲牌中的首、尾若干句分屬上、下曲，這種分屬法，在金批本更是隨處可見。而對照這十九則，有一驚人的發現：十

〔註55〕同註54，頁14b。
〔註56〕同註54，頁26b。
〔註57〕同註54，頁34a。
〔註58〕同註54，頁45a。
〔註59〕同註48，卷三，頁7b。
〔註60〕同註59，頁17b。
〔註61〕同註59，頁19b。
〔註62〕同註59，頁27b～28a。
〔註63〕同註59，頁28b。
〔註64〕同註48，卷四，頁6b。
〔註65〕同註64，頁8b。
〔註66〕同註48，卷五，頁7b。

九則中，1、2、3、5、6、8、9、10、11、12、13、16、17 等十三則，「支離割裂」處竟與王驥德本同。4.【甜水令】一曲，在金批本中未被割離，而與【折桂令】：「著小生心癢難撓」同一節（即如王驥德本 5.所說）〔註67〕7.【那吒令】在金批本中是末四句屬下曲看。〔註68〕14.【鬥鵪鶉】在金批本中獨立一節，但在首二句末，夾批云：「承上文，便咬定聽琴一夜，猶言是以來也。」〔註69〕其實與王驥德本所謂「此承上曲意來。」是相同分析。這類分析手法影響金氏最深，金氏評點之「下推上挽」、「東穿西透，左顧右盼」〔註70〕手法，即是王氏「屬上屬下」手法的轉化。再舉一例，如〈寫怨〉【小桃紅】：「此曲從前白『月闌』二字生來……。」〔註71〕聖歎則云：「……因忽然借月闌替換題目，翻洗筆墨。」〔註72〕承繼痕跡，昭然若揭。15.【攪箏琶】是唯一王、金二本恰好意見相左之條目，不過，金批本並非「以張生想鶯鶯言」，而是「『水米不沾』，則似有情；『閉月羞花』，則又似無情。只二句，寫盡紅娘賊。」〔註73〕認為「據文乃是紅娘描盡雙文；而細察文外之意，卻是作《西廂記》人描寫紅娘也。」18.【柳葉兒】金批本中未連上曲看，而是被支離為二。〔註74〕19.【青歌兒】金批本是合二曲為一節，未被割裂。〔註75〕

　　綜括以上，相合者多，相左者少。縱使相左，其中亦有借鏡之處，且若撇開第五本不談，相合之比例更高。而足以說明二者關係的，其實不僅在於「分屬」與「分節」的若合符節，更在於 14.【鬥鵪鶉】這一型的似異實同。亦即是說，王驥德本所謂的屬上曲、屬下曲者，是就曲「意」而言，並非真的支離割裂曲子。而金聖歎又何嘗不是呢？只不過，王驥德本在刊刻時，將所有校注文字全部集中在每一齣之後，而金聖歎則直接夾批在該句該節之後，批文數量多，因此在視覺上彷彿「支離割裂」了曲文，而其實金氏是從曲意角度分節、品評曲境，與王氏是一樣的。當然，金氏對於曲牌之調法、句式、平仄似乎無暇顧及，甚至是無意談及，這才是他與津津於曲律三尺的王驥德最大之不同處，畢

〔註67〕《金聖嘆全集》第三冊，頁 74。
〔註68〕同註 67，頁 81～82。
〔註69〕同註 67，頁 134。
〔註70〕〔清〕金聖歎，〈唱經堂古詩解〉，《金聖嘆全集》第四冊，頁 752。
〔註71〕同註 58，頁 42b。
〔註72〕同註 67，頁 114。
〔註73〕同註 67，頁 145。
〔註74〕同註 67，頁 171。
〔註75〕同註 67，頁 210。

竟一個著重在校注、一個著重在評點，貢獻當然不同。

經此辯證比較，筆者認為從前如梁廷柟輩所批評金氏割裂支離曲文的罪過，似乎可以免去，也許這純粹是刻工所為（參見第二章第三節），若把所有評點文字統一放在各齣之後，恐怕不會遭此譏評。至於李漁所說的「文字之三昧」得之、「優人搬弄之三昧」猶待補之的說法，也有可商榷、補充之處，如果就曲意的鑑賞而言，金氏實取法於王驥德，甚至已超越之，而「優人搬弄」之前，對劇本的揣摩、體會之功夫，恐怕亦不下於舞臺上的實際演出，而金氏在人物心理的挖掘，尤其是潛臺詞的發掘，更是深刻。因此，既然「強分章節，支離割裂」之過錯已可免，則「以文律曲」，似也可用另一角度來詮釋，而不僅是迴護而已。

另外，筆者以為前面一節中提到金批本同時與王驥德本、張深之本各有相似之處，可能是因為採取的底本有二，這情形彷如王驥德校注《西廂記》時，說的「訂正概從古本」——即碧筠齋本、朱石津本，「古本惟此二刻為的，餘皆訛本。」王驥德之「雙古本」的理念，如果真的被金氏吸收了，筆者前一節所做的假設也就可以被印證，這個說法，在此以前的戲曲史、一般評論從未提過，筆者衷心希望這個發現能提供學界另一層面的思考。

再者，李漁評論金氏功過，尚有一段是大家耳熟能詳的：

> 聖歎之評《西廂》，其長在密，其短在拘，拘即密之已甚者也。無一句一字不逆溯其源，而求其命意之所在，是則密矣。然亦知作者于此，有出于有心，有不必出于有心者？心之所至，筆亦至焉，是人之所能為也。若夫筆之所至，心亦至焉，則人不能盡主之矣，且有心不欲然，而筆使之然，若有鬼物主持其間者，此等文字，尚可謂之有意乎哉！〔註76〕

如果從王驥德影響金聖歎極深這一角度而言，評點的「密與拘」之所以產生，也就其來有自了。因為王驥德在校注《西廂記》時，最常用的一個方法是「本校法」，從曲文的對仗、修辭之用例中，推斷某字與某字重或某句與某句同等，凡是被批以「重」字的地方，大都是王驥德校正或存疑之處（參見第一章第三節），這種方式對於「出于有心」者，不失為一嚴謹縝「密」之校注，但對於「不必出于有心者」，再如此「吹毛求疵」，反倒顯得「拘」束了。雖然，王氏所論在於曲文創作的「密」，而金氏之「密」則自人物性格上

〔註76〕同註47，頁65～66。

言，似有不同，然就明清眾多戲曲評點家之率意更改曲白，而漫無標準來說，
王、金二氏顯然是較有評改理論體系的二家。更何況金聖歎善於融百家說法
於一爐，廖燕早有敘述：

> 每陞坐開講，聲音宏亮，顧盼偉然，凡一切經史子集，箋疏訓詁，
> 與夫釋道內外諸典，以及稗官野史、九彝八蠻之所記載，無不供其
> 齒頰，縱橫顛倒，一以貫之，竟無剩義，座下緇白四眾，頂禮膜拜，
> 歎未曾有，先生則撫掌自豪……。〔註77〕

因此，金氏甚有可能擷取了王驥德之分屬法、雙古本法，以及本校法等，
彌綸之後，出於分節法、因緣生法〔註78〕等評點手法，雖幾近於羚羊掛角，
卻終究讓筆者尋到了一些蛛絲馬跡。而金氏再也不是一空依傍，更非率爾割
截曲文，其功過自然得重新斟酌！

〔註77〕〔清〕廖燕《二十七松堂文集・金聖歎先生傳》，轉引自張國光校注《金聖歎
　　　　批本西廂記》（上海：上海古籍出版社，1986 年 4 月），頁 310。
〔註78〕參見拙作《西廂記二論》，頁 174～198。

餘論：「西廂學」的建立對戲曲研究之啓示
——附論：力辯《西廂記》第五本之完整性

一、

　　〈緒論〉第一節提到《小百花西廂記創作評論集》的出版，爲改編劇目的演出與檢討，留下極佳的典範。同樣的，藉由「西廂學」的建立，及其所具有的規模，它就有可能成爲其他劇本建立其自身一門學問的典型。

　　任何一門學問，都是先由自身文本往外輻射。而「戲曲」一道，故事往往有其淵源，因此沿波討源，從《王西廂》而《董西廂》而〈鶯鶯傳〉，逆溯過程，反而可以看出故事本身質的變化與形式（載體）的變化；再由源頭往下貫串，我們看到唐宋人對鶯鶯的題詠、同情，以及故事人物的考證。講求字字有來歷的「實」觀與愛聽可喜之事的「言情」態度，遂長期糾纏於後代文人的筆端。

　　然而，「文本」亦非固定，從《西廂記》版本的競刻，「文本」動盪，每一次的翻刻重梓，都是另一次「文本」再造的可能。而《西廂記》版本的探討，所謂「善本」、「俗本」之差別，其實不在於手民誤植率的高低，而在於「文本」再造的優美程度。不管是王驥德、凌濛初或閔遇五、毛西河，他們之間的各自堅持，都只是爲了「文本」可讀性的推敲與修正。

　　而古代學者的推敲與修正，大體上是爲了溝通作者與讀者之間的情感交流。評點也好、序跋也罷，校注更不例外，都是爲了讀者閱讀劇本之需要而存在。因此，明代印刷術的發達，名家評本的「雨後春筍」，適足以反映當時對閱讀的渴求。那麼，評點學、序跋學、校注史的建立，就戲曲作品的研究，

以及「文本」的傳達效果，無疑的，有其不容抹滅的價值存在。

校注本的個別研究，就版本而言，僅是眾多版本的清理而已，但若連成史的座標，每一本個別版本，都散發著它所在位置的意義。從弘治本、徐士範本、陳眉公本這三點一條線上，我們看到早期的弘治本只有單純就典釋典的箋注文字，爾後如徐士範本和陳眉公本等逐漸在內容加上題評與音釋。若就其釋文內容而言，這三本，文字漸由繁冗走向精簡，亦即所謂的「文士化」。而歷代民間文學一經文人染指，往往就是它走向精緻化、高度發展的關鍵契機。

《西廂記》校注本在這逐漸「文士化」的過程中，同時亦醞釀另一股「非為俗子設」的解證潮流。若說陳眉公本等掛有名家頭銜的校注本，是十足商業化的噱頭產品，那麼自王驥德以降的凌濛初、閔遇五、毛西河等人，則是將之推向學術化的重要人物。

王驥德在《西廂記》校注史上，建立了「以經史證故實，以元劇證方言」的校注方法，這是弘治本、徐士範本、陳眉公本等單純箋注本所欠缺的，這種以考證經書的態度與方法來校注《西廂記》，對戲曲地位的提升，是莫大的一聲肯定。而他的《新校注古本西廂記》，在校注史上亦成為一種典範，其原則與方法，至今仍為校注學者奉為三尺。

凌濛初代表著另一種典型，如何讓校注的對象成為自己理論的實踐範例，他巧妙地將「本色」說與其解證釋例連繫在一起，遂使得《西廂記》與《南音三籟》、《譚曲雜劄》合為一體，貫串著凌氏本色、當行的戲曲觀。

閔遇五是著名刻工、插圖高手，也是富有懷疑精神的《西廂記》閱讀者，沒有很強烈的理論色彩，卻提供了另類的思考模式：「世界原是疑局，古今共處疑團，不疑何從起信？信體仍是疑根。我今所疑，孰非前人之確信也；我今所信，孰非來者之大疑也。」《西廂記》校注本之多，其實就體現了追求疑團真相所做的努力。而在校注的過程中，各家各有其堅持之原則，如王驥德視「重複」為「非體」、凌濛初視「文」、「造」、「費」為失「本色」，凡此，都使得校注往往帶有強烈的主觀色彩，以及「黨同伐異」的硝煙味道。而閔氏試圖融合眾家特色，卻失之雜糅。

毛西河以一經學家身分，意欲論定《西廂記》之曲文。而其解證特色，重在強調曲白互引。而在他校注的《西廂記》上，我們從論定文字的刊刻位置，發現「分節」說的另一種定義，是以「情境」為單位。如此一來，金聖歎的戲曲「分節」說，乃前有所承（王驥德），後有所啟（毛奇齡），不是孤

立的一點，也可以連成一線，而且根據王、毛二氏的運用情形，反倒洗清了以往金氏割離曲文的冤屈，這就是以「史」的眼光看各家校注、評點的優勢所在，高屋建瓴，自有較宏觀的掌握。

　　以上是古代《西廂記》的研究，以之對照今人的校注成績，首先，「因時制宜」的傾向十分明顯，以往曲論家斤斤計較的「調式」（「調法」），在現代轉以「意義形式」的「句讀」代替了「音節形式」的「句式」。再者，古代《西廂記》研究，呈現著單純箋注→解證；通俗化→文士化→學術化的走向，今人除了王季思稍有堅持外，餘者皆指向「通俗化」一途，條目以倍數增，典故、出處的增減，釋文的白話等等，都是以推廣古典戲曲普及化為校注原則，真正的「為俗子設」，這是劇本要普及化的必然前提。傳統戲曲的演出，觀眾日漸流失，更遑論案頭的讀本，語言的障礙首先必須克服，因此，古今局勢迥異，校注本之訴求也反映了時代的閱讀水平。

　　今人校注本，不但由學術化→通俗化；更由解證→單純箋注。其中只剩「文士化」的成分。更甚者，版本的意義，已微之又微，異文現象不再是爭論重點。

　　總括古今校注本而言，條目之因循，一如戲曲本事之沿襲。條目的因循少變，代表了創發性的薄弱，如「文房四寶」一詞，竟然橫誇了古今數百年皆被立為條目。從附錄二所附五種，即可視為一個極具代表性的縮影，而第一本第四折【沈醉東風】：「……焚名香暗中禱告：則願得紅娘休劣夫人休焦犬兒休惡！佛囉早成就了幽期密約。」〔註1〕曲文中的「犬兒休惡」，古校注者，於此處留眼者甚罕，如凌濛初，亦是隔靴搔癢，其云：

　　　　「犬兒休惡」，此本無可疑，徐本「犬兒」上添「崔家的」三字，評
　　　　云：「有此方妥」，可笑之甚。犬之警吠，礙人幽期，故禱之耳。此
　　　　時張初至寺中，未到崔家書院，豈止崔家者休惡，而寺中餘犬皆可
　　　　任其噪吼耶。況崔家止寓寺中耳，豈別有一種崔家犬非寺中犬耶。
　　　　前謂其「途路窮」，「玉鈎珠簾」皆非所攜，而獨牽相府中舊犬豢養
　　　　之耶。穿鑿鄙陋，可謂粟肌。〔註2〕

　　「此本無可疑」，而其實正如閔遇五所云：「信體仍是疑根」，只是徐、凌二氏「以疑箋疑」，「適以滋疑」。凌濛初本已觸及問題的邊緣——「犬之警吠，

〔註1〕《暖紅室彙刻傳奇・西廂記》，頁114。
〔註2〕同註1，頁352。

礙人幽期,故禱之耳。」卻又縮手。此處乃是用了暗典,無關乎寺中有無實
體之犬,更無涉是否崔家豢養之犬。《詩經・召南・野有死麕》:

> 野有死麕,白茅包之。有女懷春,吉士誘之。

> 林有樸樕,野有死鹿。白茅純束,有女如玉。

> 舒而脫脫兮,無感我帨兮,無使尨也吠。〔註3〕

本詩描寫吉士結識綺年玉貌的女子,進而與其幽期密約。其情境與張生
之冀其幽期密約毋受其他人物之干擾,心境上是相近的。不同的是,本詩之
「尨」,可能是「實」有;而曲文中之「犬」則是借典為喻,是「虛」的。

今人卻又從中自作發明,云:

> 尤其是將夫人與狗兒相提並論,不僅觸手成趣,且把封建家長的威
> 嚴及其秉持的禮教法規都掃地以盡,更令人發笑。〔註4〕

可說是愈加「天馬行空」了。

古今校注本,在明典的加注上,不遺餘力;但在暗典的挑出上,則不盡
周延。而這種暗典之注,往往須借用解證形式才說得清楚。因此,從解證倒
退為單純箋注,恐怕非文獻之福!不過,這種條目的穩定性,卻也提供了版
本歸類的另種特徵。如陳眉公本與魏仲雪本,從條目的類似程度,即明白顯
示是同一系列;不可能與弘治本、徐士範本、劉龍田本有底本上的翻刻關係。

「西廂學」當然還不僅止於此,但步步為營,方可打建堅固之基礎。而
從校注史之角度而論,《西廂記》具有十足的示範作用,其他劇本,若累積相
當的文獻資產,亦可做相同的研究。一旦每個相對應的點都研究透徹了,自
然可以連成線、面,讓各門學問立體起來,亦即是說,「西廂學」的建立,其
目的在於——「己立立人,己達達人!」

二、

描摹「西廂學」的遠景之餘,筆者還想談談「《西廂記》第五本」這個問
題,雖然基於章節的安排,無法置入前四題中,但其重要性卻足以相提並論,
且其爭議性亦高。故藉此論文之末抒發一己之心得。

〔註3〕引自裴普賢編著,《詩經評注讀本》(上)(臺北:三民書局,1986年9月),
頁77~78。

〔註4〕見賀新輝、朱捷編著,《西廂記鑒賞辭典》(北京:中國婦女出版社,1990年
5月),頁44。

　　《西廂記》的作者爲王實甫，似已爲當今學術界所接受，但究竟原著是
四本或五本？至今仍爭論不休。不管第五本是不是關漢卿續，似乎第五本定
非王實甫作的意見已爲大家所默認。甚至據此衍生出另一層面的問題——原
著第五本的存在與否，關係到全本以喜或以悲收場，境界迥異。

　　一般質疑第五本非王實甫作，大略有三方面的意見：一、藝術風格方面；
二、是悲劇或喜劇收場；三、是從時代背景立論。

　　明人徐復祚在《三家村老委談》中提到的一段話，其實已包括前兩種，
其云：

> 西廂後四出，定爲關漢卿所補，其筆力迥出二手，且雅語、俗語、
> 措大語、白撰語層見疊出，至於「馬戶」、「尸巾」云云，則眞馬戶
> 尸巾矣！且西廂之妙，正在於草橋一夢，似假疑眞，乍離乍合，情
> 盡而意無窮，何必金榜題名、洞房花燭而後愉也？〔註5〕

前半談到第五本在遣詞用字上，雅俗並見，並時有窮酸、無根據之語詞堆砌，
甚至有「馬戶尸巾」等不堪入耳的話語出現，故判定前後並非出於一手。後
段則從讀者接受方面立論，認爲結束在草橋一夢，留給讀者的想像空間較大。
而後人據以推論的理由大概也是遵循此二種意見。

　　稍後之凌濛初即主要從風格的差異上來加以辨析：

> 細味實甫別本如《麗春堂》、《芙蓉亭》，頗與前四本氣韻相似，大約
> 都冶纖麗。至漢卿諸本，則老筆紛披，時見本色。此第五本亦然，
> 與前自是二手。俗眸見其稍質，便謂續本不及前，此不知觀曲者也。
>
> 〔註6〕

　　雖然凌氏主張《西廂記》是王作關續，故以王、關二氏作品與《西廂記》
比較，認爲前四本似王，第五本似關，二者只是冶麗、本色之風格不同，無
關高下。這是凌氏不同於徐復祚的地方。今人蔡運長〈西廂記第五本不是王
實甫之作〉也是從作品的藝術風格來探討，略分四點：

　　　（1）劇曲語言的風格有文采和本色之別。《西廂記》前四本的劇曲
　　　　　　語言是屬於文采派的，第五本的劇曲語言則屬於本色派的。

　　　（2）劇曲文辭的詩化程度有高低之分。前四本劇曲文辭顯得精美，

〔註5〕 〔明〕徐復祚，《曲論》，《中國古典戲曲論著集成》（北京：中國戲劇出版社，
　　　　1982年11月）第4冊，頁241～242。
〔註6〕 《暖紅室彙刻傳奇・西廂記》，頁96。

詩化程度高。第五本的劇曲文辭顯得平淡，詩化程度低。

（3）在抒發感情上有手法之異。《西廂記》前四本在描寫人物感情上，往往是以景助情，而第五本在描寫人物感情上，卻是直抒胸臆。

（4）在人物語言上有雅俗之差。《西廂記》前四本的人物語言顯得雅，第五本的人物語言顯得俗。

而據以上四點察覺這些差別乃源於兩個不同的作者，在美學觀點上、才華、習慣手法和獨特技巧，以及氣質上的不同所致。而這種不同，絕非如《琵琶記》分兩條線索，故有文采、本色語言交互運用，更不能簡單視爲「強弩之末」。〔註7〕

第二種意見，則清初的金聖歎亦有類似的看法，不過，金氏雖以爲至〈驚夢〉一章「《西廂記》已畢。」、「如此收束，正使煙波渺然無盡。」看似與徐復祚如出一轍。然實際上，是反映了金氏個人的人生觀，他認爲「今夫天地，夢境也；眾生，夢魂也。無始以來，我不知其何年齊入夢也；無終以後，我不知其何年同出夢也。」而《西廂記》之〈驚艷〉即是人物之入夢；〈驚夢〉則是人物之出夢，所以，金氏認爲至此「一部十六章」，「何用續？何可續？何能續？」〔註8〕

至於今之學者，也有同於徐復祚的，如藍凡〈西廂記第五本非王實甫所作〉，他認爲：

> 《王西廂》的驚夢結局無論在思想，還是在藝術手法上，都極其高明。它實際是給了廣大讀者與觀眾深深思索的餘地。（1）如果張生高中得官，是不是會「停妻再娶妻」；（2）假如不如此，鄭恆以鄭尚書之長子的身分，回來完婚怎麼辦？在權貴勢力面前，崔、張二人又將怎樣衝破這新的障礙；（3）如果張生金榜無名，那豈不是應了草橋夜夢，活生生地拆散了這一對有情人。作品的主題思想在這裡得到了深化。在作者看來，崔、張二人的前途並不光明。作者要告訴人們，是什麼把這一對情人「阻礙得千山萬水」，正是「三輩兒不

〔註7〕蔡運長，〈西廂記第五本不是王實甫之作〉，《戲曲藝術》，1988.4，頁41～45。徐士範本《西廂記》題評則有另類看法，如十七齣〈捷報及第〉題評云：「人言《西廂記》後卷不及前卷，自是情盡才盡，何優劣論也。」

〔註8〕本段引文皆見〔清〕金聖歎，《金聖嘆全集》第三冊（臺北：長安出版社，1986年9月），頁195～204。

> 招白衣女婿」的封建正統思想，吃人的封建禮教。因此它實質上是
> 個非常嚴肅的問題劇。〔註9〕

藉由人物的不美滿來告訴世人吃人禮教的可怕。從另一方面而言，藍氏顯然
認為如果處理成團圓結局，世人恐怕為此虛幻式幸福所蒙蔽而不知。亦即，
作品宜反映當時情況，而非粉飾。

而王季思卻從另一角度解釋，第五本之所以要寫成夫妻團圓、科舉高中，
他在〈與羅忼烈教授論元曲書（二）──關漢卿的年代和西廂記第五本作者
問題〉中認為：

> 主要由於當時歷史條件還沒有為劇中提出的問題提供合理的解決方
> 法；當時的現實社會還沒有為劇中人的美滿結局提供豐富的素材，
> 而並非由於他們出於不同作家的手筆。在西廂記的長期傳刻過程
> 中，文字上又經過後人的修改，因而出現了許多不同的版本，即在
> 同一版本裡，也存在一些前後不一致的地方，但不能根據這些表面
> 現象得出第五本不是王實甫的作品的結論。〔註10〕

以上各家所論，似乎只在爭論第五本是不是王實甫所作，絕大部分持懷
疑態度。然而，這其中其實有一個癥結雙方皆未觸及：如何證明原著是四本
或五本？文辭的文采或本色並不能說明原著沒有第五本，只能否定第五本似
非出自王手；當然，純粹視為後人的修改也不足以證成有第五本。筆者竊以
為，須從關目結構的緊密與完整來看，如果前四本大小線索皆已收煞，則第
五本可視為蛇足；反之，若前四本必待第五本補足，而第五本確實多所照映，
則目前第五本縱使非王實甫手筆原貌，卻也能說明原著宜有五本，且大致被
保留下來。

首先，我們先假設原著只有四本，並依此原則，尋找前四本在結構上可
有疏失之處。最先令讀者發現的是，第一本楔子中老夫人提到的「鄭恆」，究
竟他是暗場處理的人物，抑或是一位重要配角，甚至金聖歎還認為他只是老
夫人為了賴婚所杜撰出來的子虛烏有先生。金氏的說法，很容易反駁。老夫
人上開，情節尚未展開，其焉能預料女兒將與張生邂逅、孫飛虎必來圍寺？
且傳統戲劇中之家門，人物自我介紹時，除了反諷如賽驢醫般的自我介紹：「行

〔註9〕 藍凡，〈西廂記第五本非王實甫所作〉，《復旦大學學報》1983.4，頁106～108。
〔註10〕 王季思，〈與羅忼烈教授論元曲書（二）──關漢卿的年代和西廂記第五本作者
問題〉，《玉輪軒曲論新編》（北京：中國戲劇出版社，1983年5月），頁67～68。

醫有斟酌，下藥依本草。死的醫不活，活的醫死了。」〔註11〕一般不可能上場即向觀眾撒謊。至於鄭恆要不要出場，筆者以爲，這好比現在舞臺上要不要演出惠明和尙一樣，必須考慮作者創造這些人物用心何在。先說惠明，目前戲劇演出，多已省去此人，縱使出現，也是草草幾句道白。但在清代以前的折子戲中，卻有專場讓他演出，可見原先作者的用意尙可窺知，反而是現代人把它給忽略掉了。作者爲何將惠明從《董西廂》中的法聰「分身」出來，並給予一整折的唱詞，此乃爲了與張生作一對照，同時也與孫飛虎相對照。

張生原本與一般讀書人沒有兩樣，「雪窗螢火二十年」，「欲往上朝取應」。他的理想抱負在於做百姓父母官──「滋洛陽千種花，潤梁園萬頃田。」改變他生命的是崔鶯鶯，爲了她「便不往京師去應舉也罷。」從此，他才悟了「十年不識君王面，始信嬋娟解誤人。」〔註12〕在古代君王爲了美色，不理朝政，必爲人所詬病；同樣，身爲一個士子，爲了女人放棄科舉，也必然貽人「不務正業」之譏。但從另一方面而言，卻也有人會說張生是違背社會價值、脫出世俗的性情中人。移視惠明，作者套曲第一支即唱：

> 不念法華經，不禮梁皇懺，颩了僧伽帽，袒下我這偏衫。殺人心逗
> 起英雄膽，兩隻手將烏龍尾鋼椽搦。

佛門第一戒即戒殺生；而惠明卻可以因殺人一念而使膽氣英發。值得注意的是，作者以「英雄」稱之，這是一種禮讚，一如作者以浪漫的手筆來歌頌張生的愛情追求。而惠明的「不念法華經，不禮梁皇懺」，其實正如同張生害相思時「睡昏昏不待觀經史」；「颩了僧伽帽，袒下我這偏衫」，脫卸形體的束縛，何嘗不似張生擺脫「功名」的羈絆。而這種「不務正業」，其實才是作者衷心的「功業」、「價值觀」所在，這才是人性眞誠的嚮往，反觀那些陷入形式、循規蹈矩的芸芸眾生，作者卻認爲他們是僞君子，藉由惠明口中罵道：

> 別的都僧不僧、俗不俗，女不女、男不男，則會齋得飽也則去那僧
> 房胡渰……。〔註13〕

因此，惠明不僅是作爲張生同類型人物的反映，也是作者心聲的代言人。

而惠明又不單只是張生的「複製」，也是孫飛虎的「對照」。同樣是「殺

〔註11〕 〔元〕關漢卿，《感天動地竇娥冤》，《關漢卿戲曲集》（臺北：宏業書局，1973年5月），頁849。

〔註12〕 本段引文皆見《暖紅室彙刻傳奇‧西廂記》，頁105～107。

〔註13〕 同註12，頁119。

人心」，惠明是「英雄膽」；孫飛虎卻是「能淫欲，會貪婪」。若由前所言，惠明與張生是同類型，那麼當然與孫飛虎是相反類型；而「殺人心」可以相比較，追求女性也可以是一種態度上的比較，孫飛虎乃因色起「淫欲」，而張生卻只是一片「志誠」，認定「正撞著五百年前風流業冤」，且一再以「神仙」、「觀音」形容之，兩者判若天壤。〔註14〕

　　而再由張生、惠明身上，讀者實不難進一步揣想：孫飛虎可有一同類型人物以爲對照，有！即鄭恆，在行爲上孫飛虎圍普救寺，爲搶崔鶯鶯而肆言將殺僧俗、焚伽藍，是武人式的跋扈。而鄭恆則屬文人式的跋扈，如他去見崔老夫人時，云：「來到也，不索報覆，自入去見夫人。」這在「治家嚴肅，有冰霜之操，內無應門五尺之童，年至十二、三者，非呼召不敢輒入中堂」〔註15〕的崔老夫人面前，更顯得鄭恆之恃寵而驕。又，他在與紅娘爭辯不過時，打算來狠的，其云：

> 姑娘若是不肯，著二三十個伴當，攛上轎子，到下處脫了衣裳，趕
> 將來還你一個婆娘。〔註16〕

而有趣的是紅娘的回話，其唱：

> 你須是鄭相國嫡親的舍人，須不是孫飛虎家生的莽軍。喬嘴臉，腌
> 軀老，死身分，少不得有家難奔。〔註17〕

紅娘雖說「須不是」，其實言下之意是：「你空有顯赫的家世背景，做出來的行爲卻與孫飛虎一干惡黨沒有兩樣。」這些潛臺詞，應是作者內心意識的自然流露。從此一例看，五本似有一統一主旨。從這一連串對照中，自然可知其非泛泛人物。而更重要的是，他是老夫人最後一顆棋子，他的出現，讓我們再度見識到老夫人的世故。

　　一般人、甚至連鄭恆自己都以爲老夫人中了他造謠的詭計，法本也以爲「夫人沒主張」，〔註18〕但就第五本第三折【收尾】後的賓白細思，老夫人竟在見鄭恆之前，已決定再度悔婚，其云：

> 夜來鄭恆至，不來見我，喚紅娘去問親事。據我的心則是與孩兒是，
> 況兼相國在時已許下了。我便是違了先夫的言語，做我一個主家的不

〔註14〕同註12。
〔註15〕同註12，分別見頁158、110。
〔註16〕同註12，頁157。
〔註17〕同註16。
〔註18〕同註15。

著。這廝每做下來。擬定則與鄭恆，他有言語，怪他不得也。〔註19〕

也就是說，謠言未起，老夫人居然已決定對張生悔婚，可見鄭恆只是適巧出現的棋子，將計就計。因此，就人物性格而言，鶯鶯多變，前四本已經領教過，而崔老夫人之世故多詐，這門親事答應得不乾不脆，故至末尾會再悔一次，也是理所當然。

再者，鄭恆的出現，老夫人的悔婚，其實在第四本第四折張生夢境中已然暗示。尤其人類常以為夢境就是日後命運的一種投射，故小說、戲曲中安排的夢通常會有結果印證，因此，我們有理由相信第五本必然會對夢境有所反應。現在就讓我們來看看【水仙子】中的夢話：

> 硬圍著普救寺下鍬钁，強當住咽喉仗劍鉞。賊心腸饞眼腦天生得劣。
>
> （卒子云）你是誰家女子，黃夜渡河？（旦唱）休言語，靠後些！杜將軍你
>
> 知道他是英傑，覷一覷著你為了醃醬，指一指教你化做膋血。騎著
>
> 匹白馬來也。〔註20〕

這個夢境明明暗示著張生、鶯鶯未來婚姻必橫生阻撓，而且也揭示了這個阻撓必須藉白馬將軍的一臂之力排除。更何況，早在孫飛虎之亂平定後，白馬將軍杜確留下了「異日卻來慶賀」〔註21〕一句，正好與第五本第三折末尾第二度上場所云：「一來慶賀狀元，二來就主親，與兄弟成此大事。」〔註22〕相呼應。而鄭恆因張生、杜確的接連出現，謠言不攻自破，惶惶無地自容，終至觸樹自殺。何以作者安排其下場如此苦慘，筆者以為正應驗了夢境中的「為了醃醬」、「化做膋血」；再者，也有一種可能，是本劇愛情開始於鶯鶯父親的超渡法會；而婚姻完成於鄭恆的自殺身亡，皆以死亡黑暗、悲悽的背景顏色、音樂來襯托出愛情的燦爛與熱力，在絕境中仍能逢生、抽芽、成長、開花、結果！

有人反對安排張生高中狀元，這樣的結局落入俗套，更可能是二手文人所湊搭。然而，如果說這個結局不好，只是因為當時代的環境做子女的不可能反抗父母，也不可能自由戀愛，筆者卻以為戲曲、甚至任何文學本來就是以象徵、比喻來顯現它的主題，並無必要照史實紀錄以反映之！誠如胡應麟《庄岳委談》中所云：

〔註19〕 同註12，頁157～158。

〔註20〕 同註12，頁149。

〔註21〕 同註12，頁122。

〔註22〕 同註12，頁158。

　　凡傳奇以戲文爲稱也，亡往而非戲也。故其事欲謬悠而亡根也，其
　　名欲顛倒而亡實也。反是而求其當焉，非戲也。……中郎之耳順而
　　婿卓也；相國之絕交而娶崔也；荊釵之詭而夫也；香囊之幻而弟也；
　　凡此咸以謬悠其事也。繇勝國而迄國初一轍，近爲傳奇者，若良史
　　焉，古意微矣。〔註23〕

亦即，若以爲戲曲等同於良史的話，則《琵琶記》、《西廂記》、《荊釵記》、《香
囊記》中人物的事跡與史實必大有出入，然戲曲之三昧即在於它的「謬悠」，
而非史實。

　　因而張生若不得中功名回來，則老夫人所代表的禮教勢力則高張而不
敗，愛情的頌歌反成了悲歌。而且有一條小資料每爲人所忽略，即張生下榻
蒲州城，住的是「狀元店」，就文學的角度而言，這必然是有意暗示，因此，
作者必然會安排張生考中，而且不是探花、榜眼，而恰恰好就是「狀元」，才
見得出前呼後應的趣味。所以，這種結尾，不能以俗套視之，而更該以「別
出心裁」名之！

　　當然，第五本被人認爲是「迥出二手」，不唯是藝術風格的問題，在關目
安排上，也有其閃失。如一、二折六樣東西的「猜寄」，以張生、鶯鶯相知相
惜的程度，只讓張生猜中三樣，僅達百分之五十，未免不盡人情。而「自張
生去京師，不覺半年，杳無音信。」〔註24〕也與長亭送別時，鶯鶯殷殷叮嚀
的「休要一春魚雁無消息，我這裡青鸞有信頻須寄，你卻休金榜無名誓不歸。」
〔註25〕不符。不過，前四本中不見得毫無破綻，最大的疏漏可能在於琴童竟
然只出現於第一本第一折及第四本三、四折。而張生在追求鶯鶯的過程中，
琴童絲毫發揮不了作用，張生病重時，更不見琴童在旁侍候。失蹤了好一陣
子，後來卻又出現。這類缺點，顯然後來的傳奇作者已察覺，遂加重了琴童
的戲份，並與張生、紅娘之間有所互動。

　　至於第五本紅娘口中罵鄭恆是「馬戶尸巾」，鶯鶯責怪琴童將狀元誇官三
日講成是吃遊街棍子爲「這禽獸不省得」、〔註26〕張生發誓若入贅衛尙書家，

〔註23〕參見陳多、葉長海選注，《中國歷代劇論選注》（湖南：湖南文藝出版社，1987
　　　　年7月），頁153～154。
〔註24〕同註12，頁51。
〔註25〕同註12，頁148。
〔註26〕同註24。

則「天不蓋、地不載，害老大小疔瘡」〔註27〕等，或以破壞了人物性格的統一。然而，紅娘在前邊不是沒有說過類似的俗話，如張生跳牆的那一夜，與紅娘互打暗號「赫赫赤赤」時，即說道「那鳥來了。」〔註28〕（第三本第三折）而紅娘、老夫人皆曾在罵人時，口出「禽獸」一詞，〔註29〕而鶯鶯會不會講，則是見仁見智。且人之性格不同，雖出乎同一詞，但語氣、含義不見得相同，故不至於扭曲人物性格的正常發展與統一。張生質魯的性格，反而因誓詞之俗且可笑而愈見其可愛，也就是說，他雖然才高，且是狀元身分，但往往在情急之下找不到適當方法宣洩，如跳牆被責，竟無一詞，之後卻想自盡；夫人拷紅後責其赴京趕考，他也未做任何抗議、辯駁。身為士子的他，在請宴前亦曾有雲雨之想，「我比及到得夫人那裡」，夫人道：「張生，你來了也，飲幾杯酒，去臥房內和鶯鶯做親去！」（第二本第五折）〔註30〕因此，「害老大小疔瘡」一句，實不足以否定張生前後性格、修養的不一致。

總之，雖無法否認前四本與第五本在藝術成就上的差異，但卻可以確認原著宜有第五本為妥，這是從關目結構上的完整性為考量，而且經由細部的分析，發現兩者之間在線索的收煞上，幾乎是少有差池，可見縱使第五本非王實甫所作或已佚失，但仍可想見原貌大部分是被保留下來了，目前所見，實非金聖歎所說：「而益悟前十六篇之為天仙化人，永非螺螄蚌蛤之所得而暫近也者。」〔註31〕

〔註27〕 同註12，頁159。
〔註28〕 同註12，頁136。
〔註29〕 同註12，分見頁136、145。
〔註30〕 同註12，頁124。
〔註31〕 同註8，頁205。

附錄一 《西廂記》研究論著索引補編

【說明】

1. 排列順序，按出版年月或期數先後，不詳者，一律置於最末。
2. 有△記號者，俱為筆者所曾寓目；無記號者，表見於某種目錄索引而尚未蒐集到。
3. 「臺」表臺灣學者或在臺灣發表者；無注明者表大陸。
4. 單篇論文，後來收入專著者，不再一一注明。
5. 因各刊物開數不同或報紙所占版面大小不一，故不注明起訖頁碼及版別。

《西廂記箋證》（陳志憲），上海中華書局，1948 年。

△《董解元西廂記》（凌景埏校注），人民文學出版社，1962 年 1 月，1 版，1978 年 5 月，2 刷。

△〈千古絕唱話西廂〉（王止峻），《中外雜誌》，1973 年 11 月，臺。

△〈金聖歎的故事〉（章君毅），《中國文選》第 100 期，1975 年 8 月，臺。

△〈評述王實甫改編的西廂記雜劇——與董解元西廂記諸宮調對比〉（柳無忌），《幼獅月刊》，1978 年 7 月，臺。

△〈評陳譯董解元西廂記諸宮調〉（Velingerova, Milena Dolezelova 著，楊淑嫻譯），《出版與研究》第 29 期，1978 年 9 月，臺。

△〈金聖歎的文學批評〉（杜若），《臺肥月刊》，1980 年 4 月，臺。

△〈試論元代四大戀愛劇——拜月亭、牆頭馬上、西廂記、倩女離魂〉（葉永

芳），《東吳大學中國文學系系刊》第 6 期，1980 年 6 月，臺。

△〈西廂記考證〉（楊振雄、費一葦），《大成》第 84 期，1980 年 11 月。

△〈張世彬譯西廂記簡譜二序〉（陳蕾士），《大成》第 91 期，1981 年 6 月，臺。

△〈金聖歎及所批西廂記的藝術觀淺介〉（陳聖勤），《藝術學報》第 30 期，1981 年 10 月，臺。

△〈論元稹之忍情說〉（龔鵬程），《讀詩隅記》，華正書局，1982 年 4 月，初版，臺。

△《西廂記諸宮調注譯》（朱平楚），甘肅人民出版社，1982 年 10 月，1 版 1 刷。

〈曹雪芹用小說形式寫的西廂記批評史——紅樓夢中不可或缺的道具〉（蔣星煜），《揚州師院學報》，1983 年 3 月。

△〈西廂記的版本〉（杜若），《臺肥月刊》，1983 年 4 月，臺。

〈戲劇情節的斷想：讀王實甫西廂記有感〉（錢傳簪），《長江戲劇》，1984 年 5 月。

△〈金批西廂的美學思想〉（傅曉航），《古代戲曲論叢》第二輯，1985 年 10 月，1 版 1 刷。

△〈與王季思先生討論西廂記注文〉（李毓珍），《古代戲曲論叢》第二輯，1985 年 10 月，1 版 1 刷。

〈王注西廂記詞語新探〉（盧甲文），《中州學刊》，1987 年 5 月。

△〈未「將回廊繞遍」——昆劇遊殿觀後〉（王朝聞），《論戲劇》，重慶出版社，1987 年 5 月，1 版 1 刷。

△〈中國金聖歎的小說美學與西方巴爾扎克的小說美學〉（周來祥），《論中國古典美學》，齊魯書社，1987 年 6 月，1 版 1 刷。

〈聽、看楊振雄西廂記〉（蔣星煜），《評彈藝術》，1987 年。

△〈海外的西廂熱〉（蔣星煜），《戲劇電影報》，1988 年 7 月 24 日。

〈「乃」乃多餘〉（祖榮祺），《戲劇電影報》，1988 年 9 月 18 日。

△〈西廂記劇名的英譯〉（蔣星煜），《戲劇電影報》，1988 年 10 月 25 日。

△〈王實甫評傳〉（王季思），《玉輪軒曲論三編》，中國戲劇出版社，1988 年

12月。

〈徐文琴的西廂記美術研究〉（蔣星煜），《澳門日報》，1989年2月。

△〈金聖歎與六才子書〉（洪欣），《書和人》第617期，1989年3月25日，臺。

△〈王季思戲曲研究成果初探〉（蕭德明），《文藝研究》，1989年5月。

〈西廂記名句初探（上）〉（蔣星煜），《修辭學習》，1989年5月。

〈西廂記名句初探（下）〉（蔣星煜），《修辭學習》，1989年6月。

△〈考證與欣賞〉（蔣星煜），《戲劇電影報》，1989年7月6日。

〈考證與欣賞——西廂記的欣賞與研究自序〉（蔣星煜），《戲劇電影報》，1989年7月9日。

〈明代浙江刊刻西廂記三種〉（蔣星煜），《浙江戲曲志資料匯編》，1989年總第四期。

△〈中國元代的雜劇傑作——竇娥冤與西廂記〉（孔繁洲），《中國音樂藝術賞析》，山西人民出版社，1991年4月，1版1刷。

△〈霍小玉傳、李娃傳、鶯鶯傳淺探〉（許雅惠），《中師語文》，1991年5月，臺。

△〈元曲四大戀愛劇——關漢卿之拜月亭、白樸之牆頭馬上、王實甫之西廂記、鄭光祖之倩女幽魂〉（莊錫燻），《中師語文》，1991年5月，臺。

△〈吳興寓五本西廂記插圖初探〉（顧炳鑫），《明刊彩色套印西廂記圖》，人民美術出版社，1991年9月，1版1刷。

△〈西廂記評價〉（何瞻著、王守元譯），《海外學者評中國古典文學》（王守元、黃清源主編），濟南出版社，1991年12月，1版1刷。

△《金聖歎傳奇》（劉元蓉、林棣），黃山書社，1991年12月，1版1刷。

△〈關漢卿也創作過一本西廂記——兼論西廂記之王作關續說〉（陳紹華），《揚州師院學報》，1992年1月。

△〈西廂記和維洛那二紳士的比較初探〉（黃垠大），《湘潭大學學報》，1992年2月。

△〈董西廂曲句「著」「咱」兩字的平仄——漢語輕聲的早期歷史印跡之一〉（黎新第），《重慶師院學報》，1992年4月。

△《論元代四大愛情劇的大團圓結局》（闕眞），《廣西師範大學學報》，1992年4月。

△《西廂記二論》（林宗毅），臺灣大學中文所碩士論文，1992年6月，臺。

△〈讀鶯鶯傳獻疑〉（周振甫），《文學遺產》，1992年6月。

△《西廂記的戲曲藝術──以全劇考證及藝事成就爲主》（陳慶煌），文史哲出版社，1992年6月，初版，臺。（後改由里仁書局於2003年9月30日出版）

△〈觀越劇西廂記隨想錄〉（蔣星煜），《上海戲劇》，1992年6月。

△〈談金聖歎〉（魯迅），《魯迅小說史論文集──中國小說史略及其他》，里仁書局，1992年9月初版，1994年11月初版2刷。

△《金聖歎與中國戲曲批評》（譚帆），上海華東師範大學出版社，1992年10月，1版1刷。

△《西廂記》（張雪靜校注），山西人民出版社，1992年11月，1版1刷。

△〈西廂記的喜劇效果〉（蔣星煜），《戲劇藝術》，1993年1月。

△〈金聖歎〉（王麗華），《中國美學家評傳》（姜小東、姜萬寶、韓沛林主編），吉林教育出版社，1993年3月，1版1刷。

△〈西廂記三考〉（蔣星煜），《河北師院學報》，1993年3月。

△《金聖歎》（陳飛），知書房出版社，1993年6月初版，臺。

△〈普救寺與鶯鶯塔簡介〉（張其祥），《山西文獻》第42期，1993年7月，臺。

△〈金聖歎年譜〉（徐朔方），《徐朔方集・晚明曲家年譜》，浙江古籍出版社，1993年12月，1版1刷。

△《董西廂曲樂之研究》（施德玉），學藝出版社，1993年，臺。

△〈金玉其外的越劇改編本西廂記〉（蔣星煜），《上海戲劇》，1994年2月。

△《西廂之戀》（姚力芸），山西教育出版社，1994年4月，1版1刷。

△〈何爲西廂記的永恒生命？──從浙江西廂談起〉（張澤綱），《上海戲劇》，1994年4月。

△〈西廂記文獻與西廂記研究〉（蔣星煜），《河北師院學報》，1994年4月。

△《北雜劇曲牌──王西廂雙調新水令套曲音樂研究》（林文俊），1994年6

月，臺。

△《小百花西廂記創作評論集》（劉厚生、顧頌恩主編），百花文藝出版社，1994 年 6 月，1 版，1994 年 7 月，1 刷。

△《西廂記選譯》（王立信），巴蜀書社，1994 年 7 月，1 版 1 刷。

△《西廂記》（張燕瑾校注），人民文學出版社，1994 年 12 月，1 版，1995 年 10 月，1 刷。

△〈「普救寺」之名始於五代嗎？──蒲州府志中一處錯誤及其教訓〉（王雪樵），《河東藝文叢考》，北岳文藝出版社，1994 年 12 月，1 版 1 刷。

△〈西廂記的故事〉（田子仁），《南亞學報》第 14 期，1994 年 12 月，臺。

△〈為郎憔悴卻羞郎──讀鶯鶯傳中的人物造型及元稹的愛情觀〉（鍾慧玲），《東海中文學報》第 11 期，1994 年 12 月，臺。

△〈鶯鶯塔與西廂記〉（段友文），《汾河兩岸的民俗與旅游》，旅游教育出版社，1995 年 1 月，1 版 1 刷。

△〈為鄭恆、崔鶯鶯平反〉（史實），《中華歷代 800 奇案‧戲府影視卷》，北方婦女兒童出版社，1995 年 1 月，1 版 1 刷。

△〈論西廂故事中鶯鶯紅娘角色的轉化〉（吳達芸），《人物類型與中國市井文化》，學生書局，1995 年 1 月，初版，臺。

△〈西廂記的造型藝術──以張生形象之轉化為例〉（陳慶煌）同前揭書，臺。

△〈西廂記故事及結構之剖析〉（田子仁），《洛陽文獻》第 2 期，1995 年 1 月，臺。

△〈讀西廂記隨筆〉（夏寫時），《戲文》，1995 年 2 月。

△〈演西廂記小語〉（尹桂芳），《一代風流尹桂芳》，上海文藝出版社，1995 年 3 月，1 版 1 刷。

△〈「偏，宜貼翠花鈿」解證──西廂偶談〉（傅義），《中國典籍與文化》，1995 年 3 月。

△〈唐代傳奇析評（2）──元稹與鶯鶯傳作者研究〉（戈壁），《明道文藝》第 229 期，1995 年 4 月，臺。

△〈讀《鶯鶯傳》和《讀〈鶯鶯傳〉》〉（黃忠晶），《大陸雜誌》，1995 年 4 月，臺。

△〈中國版本學中的西廂記現象〉（蔣星煜），《杭州師院學報》，1995 年 4 月。

△〈日月相映，照世同輝——論紅樓夢與西廂記〉（胡文彬），《紅樓放眼錄》，華藝出版社，1995 年 6 月，1 版 1 刷。

△〈唐代傳奇析評（3）——元稹與鶯鶯傳作品研究〉（戈壁），《明道文藝》第 232 期，1995 年 7 月，臺。

△〈西廂記導演闡述〉（胡連翠），《胡連翠導演藝術》（毛小雨編），中國戲劇出版社，1995 年 8 月，1 版 1 刷。

△〈黃梅戲西廂記音樂的創新意識〉，同前揭書。

△《西廂記論證》（張人和），東北師範大學出版社，1995 年 8 月，1 版 1 刷。

△〈西廂記研究的回顧與省思〉（陳慶煌），《古典文學》第 13 輯，1995 年 9 月，臺。

△〈順治與金聖歎〉（金性堯），《伸腳錄》，遼寧教育出版社，1995 年 10 月，1 版 1 刷。

△《文苑異才金聖歎》（鄭衛國），武漢大學出版社、臺灣漢欣文化事業有限公司聯合出版，1995 年 10 月，1 版 1 刷。

〈妖孽・佳人・抗爭的女性：論從鶯鶯傳到西廂記崔鶯鶯形象的演變〉（陳同方），《淮北師院學報》，1995 年增刊。

△〈戴不凡評西廂記〉（蔣星煜），《上海戲劇》，1996 年 1 月。

△〈形形色色的西廂記〉（鄧小秋），《中央日報》，1996 年 1 月 9 日，臺。

△〈元代戲曲小說史上的雙璧——西廂記與嬌紅記〉（黃霖），《古典文學知識》，1996 年 2 月。

〈長亭送別一折崔鶯鶯心理賞析〉（董繼元），《益陽師專學報》，1996 年 2 月。

〈人語其言，語肖其人：淺談西廂記語言的個性化〉（盧軍），《合肥教院學報》，1996 年 2 月。

△〈看西廂記遊普救寺、訪鶯鶯故居、尋愛情聖地〉（羅強智），《臺灣桃園觀光》第 335 期，1996 年 2 月，臺。

△〈評青陽腔西廂記的改編〉（沈達人），《戲曲的美學品格》，中國戲劇出版社，1996 年 3 月，1 版 1 刷。

△〈近百年西廂記研究〉（張人和），《社會科學戰線》，1996 年 3 月。

△〈普救寺：成就愛情的勝地〉（呂文麗），《文史知識》，1996 年 4 月。

△〈從西廂記到家──談胡連翠的兩次跨越〉（毛小雨），《劇影月報》，1996
　年 4 月。

　〈漫談以觀音比鶯鶯〉（丁富生），《南通師專學報》，1996 年 4 月。

△〈西廂記與殉情記的比較〉（曹燕珺），《傳習》第 14 期，1996 年 4 月，臺。

　〈朝鮮時代西廂記諺解簡論〉（金學主），《中韓文化關係與展望國際學術會
　議論文集》，1996 年 5 月，臺。

　〈談西廂記的衝突與主題〉（于學劍），《戲劇叢刊》（濟南），1996 年 5 月。

△〈試析鶯鶯傳中男女主角的形象傳釋〉（李怡芬），《大陸雜誌》，1996 年 6
　月，臺。

△〈三組西廂十詠的價值〉（張人和），《東北師大學報》，1996 年 6 月。

△《陳洪綬張深之正北西廂秘本版畫研究》（許文美），臺灣大學藝術所碩士
　論文，1996 年 6 月，臺。

△《西廂記諸宮調的說唱及創作》（沈杏霜），逢甲大學中文所碩士論文，1996
　年 6 月，臺。

△〈願普天下有情的都成了眷屬〉，《中國文學知識寶庫‧元明卷》（洪柏昭主
　編），廣東人民出版社，1996 年 9 月，1 版 1 刷。

△〈恐俺小姐有許多假處理〉，同前揭書。

△〈紅娘──光輝的丫環形象〉，同前揭書。

△〈古華的儒林園與金聖歎〉（江勵夫），《古今集》，廣東高等教育出版社，
　1996 年 9 月，1 版 1 刷。

△〈金聖歎與軟幽默〉，同前揭書。

△〈永濟普救寺鶯鶯塔〉，《古代名塔》（朱耀廷、郭引強、劉曙光主編），遼
　寧師範大學出版社，1996 年 10 月，1 版 1 刷。

△〈紅樓夢比較研究：紅樓夢與西廂記〉（李保均主編），《明清小說比較研究》，
　四川大學出版社，1996 年 10 月，1 版 1 刷。

△〈小百花兮盛放西廂〉（黃宗江），《長歌集──黃宗江劇影散文選》，中國
　文聯出版公司，1996 年 10 月，1 版 1 刷。

△〈太古傳宗琵琶調西廂記曲牌音樂之研究〉（施德玉），《藝術學報》第 59 期，1996 年 12 月，臺。

△〈從劇詩抒情特色看金批西廂記的人物心理分析〉（顏天佑），《第四屆清代學術研討會論文集》，中山大學中文系，1996 年，臺。

△〈浪漫的崔鶯鶯〉（鄒平），《上海戲劇》，1997 年 1 月。

〈談西廂記的成書過程兼及文學史上的借鑒現象〉（劉銀光），《臨沂師專學報》，1997 年 1 月。

△〈西廂記的歷史演變〉（胡谷中），《蒲劇藝術》，1997 年 1 月。

△〈西廂記的版本系統概觀〉（張人和），《社會科學戰線》，1997 年 3 月。

〈西廂記戲劇衝突藝術爭論〉（濕莉豔），《社科縱橫》，1997 年 3 月。

〈西廂記第五本捷報、猜寄兩折鑒評：才思細膩傳神韻，詩筆靈動賦眞情〉（張世宏），《大舞臺》，1997 年 3 月。

△〈一位戴著封建枷鎖追求愛情幸福的女性：論鶯鶯傳中的崔鶯鶯〉（周亮），《貴州師範大學學報》，1997 年 3 月。

△〈西廂記故事的由來〉（張毅），《大漠來風》，中華書局，1997 年 3 月，1 版 1 刷。

△〈西廂記的魅力〉，同前揭書。

△〈從鶯鶯傳到西廂記〉（聶鴻青），《古道遺聲》，中華書局，1997 年 3 月，1 版 1 刷。

△〈苦悶的董解元〉，同前揭書。

△〈紅娘的過去和現在〉，同前揭書。

△〈千古風流鶯鶯傳〉（周建國），《煌煌唐韻》，中華書局，1997 年 3 月，1 版 1 刷。

△〈今傳仇文書畫合璧西廂記辨僞〉（張人和），《文獻》，1997 年 4 月。

△〈西廂記版本與曲文考序〉（馬少波），《上海戲劇》，1997 年 5 月。

△〈王實甫以外元明清三十四家西廂記改編本綜探〉（林宗毅），《國家圖書館館刊》，1997 年 6 月，臺。

△《明代戲曲理論的對峙與合流——以西廂記、拜月亭、琵琶記的高下之爭爲線索》（王書珮），中興大學中文所碩士論文，1997 年 6 月，臺。

△〈試論李漁評金批西廂記的曲論史意義〉（顏天佑），明清戲曲國際研討會論文，中央研究院文哲所籌備處，1997 年 6 月 10～11 日，臺。

△《花間美人西廂記》（全秋菊、吳國欽），汕頭大學出版社，1997 年 7 月，1版 1 刷。

△《狷狂人生：金聖歎的人生哲學》（周劼），華夏出版社、臺灣揚智文化事業股份有限公司聯合出版，1997 年 9 月，1 版，1997 年 10 月，1 刷。

△《五大名劇評述・董西廂和王西廂》（孫遜），上海古籍出版社，1997 年 9月，1 版 1 刷（即上海古籍出版社，1983 年 3 月單行本之重排匯訂本）。

△《西廂記方言俗語注釋本》（李小強、王小忠、賀新輝），中國文聯出版公司，1997 年 9 月，1 版 1 刷。

△《西廂記的文獻學研究》（蔣星煜），上海古籍出版社，1997 年 11 月，1 版1 刷。

△《劍膽琴心，快哉人生——金聖歎傳》（周棟），安徽文藝出版社，1997 年11 月，1 版 1 刷。

△〈金聖歎第六才子書：古代戲曲批評的深化與新變〉（李昌集），《中國古代曲學史》，華東師範大學出版社，1997 年 12 月，1 版 1 刷。

△〈金批西廂記的內在模式及其功過——兼論戲曲「分解」說〉（林宗毅），《漢學研究》第十五卷第二期，1997 年 12 月，臺。

△〈王思任評本西廂記疑案〉（蔣星煜），《華東師範大學學報》，1998 年 2 月。

△〈晚明西廂記評點的發展及其與時代思潮的關係〉（林宗毅），《國立編譯館館刊》第二十七卷第一期，1998 年 6 月，臺。

《活紅娘——宋長榮自述》，江蘇文藝出版社。

△《金聖歎研究資料》，天一出版社，臺。

附錄二　五種《西廂記》箋注本之注釋條目一覽表

【說明】各本條目排列順序及條目文字長短，某些地方小有差異，甚至誤置折數。以及有目無釋文者，大都為重見條目，故不列；縱使非重見條目，有目無釋文者，等同未立，故仍不列。基於對照之便，本表格以弘治本條目之順序為參照。打 v 表有該條目之箋注，未有記號表無。各本分本、分折或分齣之體例不一，故此處不分本、折、齣。

條目＼版本	弘治本	徐士範本	劉龍田本	陳眉公本	魏仲雪本
梵王宮	v	v	v	v	v
杜鵑	v	v	v	v	v
蕭寺	v	v	v	v	v
八拜	v	v	v	v	v
萬金寶劍	v	v	v		
游藝	v	v	v		
腳跟無線	v	v	v		
蓬轉	v	v	v	v	v
日近長安遠	v	v	v	v	v
蠹魚	v	v	v	v	v
棘圍	v	v	v	v	v
鐵硯	v	v	v	v	v
鵬程九萬里	v	v	v	v	v

雪窗	v	v	v	v	v
螢火	v	v	v	v	v
雕蟲篆刻	v				
斷簡殘篇	v				
九州	v	v	v		
銀河	v	v	v	v	v
九天	v	v	v	v	v
洛陽	v				
梁園	v	v	v	v	v
浮槎	v	v	v	v	v
隨喜				v	v
上方	v	v	v	v	v
菩薩	v	v	v	v	v
顛不剌				v	v
兜率宮	v	v	v		
離恨天	v	v	v	v	v
翠花鈿	v	v	v	v	v
嬝娜	v				
步香塵	v	v	v	v	v
解元	v				
芙蓉面	v	v	v	v	v
觀音	v	v	v	v	v
秋波	v	v	v	v	v
鐵石人	v	v	v	v	v
玉人	v	v	v	v	v
相思	v	v	v		
武陵源	v	v	v		v
周方				v	v
和尚	v	v	v	v	v
行雲	v	v	v	v	v

打當				∨	∨
內養	∨	∨	∨	∨	∨
僧伽	∨	∨	∨	∨	∨
三生	∨	∨	∨	∨	∨
大師	∨	∨	∨		
咸陽	∨	∨	∨	∨	∨
尚書	∨	∨	∨		
和光	∨	∨	∨	∨	∨
香積廚	∨	∨	∨	∨	∨
長老	∨	∨	∨	∨	∨
方丈	∨	∨	∨	∨	∨
唐三藏	∨	∨	∨	∨	∨
巫山	∨	∨	∨	∨	∨
何郎粉	∨	∨	∨	∨	∨
韓壽香	∨	∨	∨	∨	∨
張敞眉	∨	∨	∨	∨	∨
阮郎	∨	∨	∨	∨	∨
金蓮	∨	∨	∨	∨	∨
玉笋	∨	∨	∨	∨	∨
花解語	∨	∨	∨		
玉有香	∨				
萬籟	∨	∨	∨	∨	∨
沒揣的				∨	∨
嫦娥	∨	∨	∨	∨	∨
娉婷	∨	∨	∨	∨	∨
今夜淒涼有四星	∨	∨	∨	∨	∨
青瑣闥	∨	∨	∨	∨	∨
碧桃花	∨	∨	∨	∨	∨
檀越	∨	∨		∨	∨
三寶	∨	∨		∨	∨

傾國傾城貌	✓	✓	✓	✓	✓
櫻桃口楊柳腰	✓	✓	✓	✓	✓
呆儝				✓	✓
頭陀	✓	✓	✓	✓	✓
行者	✓	✓	✓	✓	✓
獲缽				✓	✓
沙彌	✓	✓	✓	✓	✓
酪子裡				✓	✓
無情惱	✓	✓			
葫蘆提	✓	✓		✓	✓
閉月羞花				✓	
西子	✓	✓	✓		
池塘夢曉	✓	✓	✓	✓	✓
六朝	✓	✓	✓	✓	✓
三楚	✓	✓	✓	✓	✓
錦囊佳制	✓	✓	✓	✓	✓
價				✓	✓
鮫綃	✓	✓	✓	✓	✓
織錦回文	✓	✓	✓	✓	✓
針兒將線引	✓	✓	✓	✓	✓
一天星斗	✓	✓	✓	✓	✓
太眞	✓	✓	✓	✓	✓
博望燒屯	✓	✓	✓	✓	✓
成秦晉	✓	✓	✓	✓	✓
玉石俱焚	✓	✓	✓	✓	✓
出師表	✓	✓	✓		✓
嚇蠻書	✓	✓	✓		
梁皇懺	✓	✓	✓		
褊衫	✓	✓	✓	✓	✓
打參				✓	✓

腌臢				ˇ	ˇ
斗南	ˇ	ˇ	ˇ	ˇ	ˇ
戒刀	ˇ	ˇ	ˇ	ˇ	ˇ
逃禪	ˇ	ˇ	ˇ		
伽藍	ˇ	ˇ	ˇ	ˇ	ˇ
萬福	ˇ	ˇ	ˇ	ˇ	ˇ
先生	ˇ	ˇ			
將軍令	ˇ	ˇ	ˇ	ˇ	ˇ
五臟神	ˇ	ˇ	ˇ	ˇ	ˇ
來回顧影				ˇ	
蔓菁	ˇ	ˇ	ˇ	ˇ	ˇ
交鴛頸	ˇ	ˇ	ˇ	ˇ	ˇ
孔雀屏	ˇ	ˇ	ˇ	ˇ	ˇ
新婚燕爾	ˇ	ˇ	ˇ	ˇ	ˇ
跨鳳乘鸞	ˇ	ˇ	ˇ	ˇ	ˇ
牽牛織女	ˇ	ˇ	ˇ	ˇ	ˇ
紅定	ˇ	ˇ	ˇ	ˇ	ˇ
胸中百萬兵	ˇ	ˇ	ˇ	ˇ	ˇ
黃卷	ˇ	ˇ	ˇ	ˇ	ˇ
絲羅	ˇ	ˇ	ˇ		ˇ
張羅				ˇ	ˇ
腳兒那				ˇ	ˇ
藍橋水	ˇ	ˇ	ˇ	ˇ	ˇ
祆廟	ˇ	ˇ	ˇ	ˇ	ˇ
比目魚	ˇ	ˇ	ˇ	ˇ	ˇ
扢搭地				ˇ	ˇ
蛾眉	ˇ	ˇ	ˇ	ˇ	ˇ
擷窨				ˇ	ˇ
烏合				ˇ	ˇ
夢南柯	ˇ	ˇ	ˇ	ˇ	ˇ

間闊	✓				
玻璃盞	✓	✓	✓	✓	✓
黑閣落裡				✓	✓
沒頭鵝	✓	✓	✓	✓	✓
江州司馬	✓	✓	✓	✓	✓
成敗蕭何	✓	✓	✓	✓	✓
太行山	✓	✓	✓	✓	✓
雙頭花	✓	✓	✓	✓	✓
同心	✓	✓	✓	✓	✓
連理枝	✓	✓	✓	✓	✓
刺股	✓	✓			
懸梁	✓	✓			
靡不有初鮮克有終	✓	✓	✓		
築壇拜將	✓	✓			
大開東閣	✓	✓	✓	✓	✓
遊仙夢	✓	✓	✓	✓	✓
廣寒宮	✓	✓	✓	✓	✓
清夜聞鐘	✓	✓	✓	✓	✓
黃鶴	✓	✓	✓	✓	✓
醉翁	✓	✓	✓	✓	✓
泣麟	✓	✓	✓	✓	✓
悲鳳	✓	✓	✓	✓	✓
十二峰	✓	✓	✓	✓	✓
赴高唐	✓	✓	✓		
靈犀一點	✓	✓	✓	✓	✓
胸中錦繡	✓	✓	✓	✓	✓
潘郎鬢	✓	✓	✓	✓	✓
杜韋娘	✓	✓	✓	✓	✓
一納頭				✓	✓
似舊時	✓				

斷腸詩	v				
賣笑倚門	v				
折桂	v				
龍蛇字	v	v	v	v	v
鴻鵠志	v	v	v	v	v
玉堂	v	v	v	v	v
金馬	v	v	v	v	v
三學士	v	v	v	v	v
沈約病	v	v	v	v	v
宋玉愁	v	v	v	v	v
有美玉於斯	v	v	v		
銀釭	v		v		v
調泛				v	v
淚闌干	v	v	v	v	v
辰勾	v	v	v	v	v
撮合山	v	v	v	v	v
望夫山	v	v	v	v	v
秦樓	v	v	v	v	v
洒闌	v	v	v	v	v
魚書	v	v	v		v
鴈書	v	v	v	v	v
三更棗	v	v	v	v	v
九里山	v	v	v	v	v
玉板	v	v	v	v	v
孟光接了梁鴻案	v	v	v	v	v
擲果潘安	v	v	v	v	v
菱花	v	v			
玉簪	v	v	v	v	v
凌波襪	v	v	v	v	v
賢聖打	v	v	v		

隋何	✓	✓	✓	✓	✓
陸賈	✓	✓	✓	✓	✓
香美娘				✓	✓
處分				✓	
花木瓜	✓	✓	✓	✓	✓
喬作衙				✓	✓
有何面目見江東父老	✓	✓	✓	✓	✓
跳龍門	✓	✓	✓	✓	✓
措大	✓				
卓文君	✓	✓	✓	✓	✓
返吟復吟				✓	✓
窨				✓	✓
啉休粧唔				✓	✓
知音	✓	✓	✓	✓	✓
鞦韆	✓	✓	✓	✓	✓
一刻千金			✓	✓	✓
眉黛遠山	✓	✓	✓	✓	✓
秋水	✓	✓	✓	✓	✓
體態溫柔	✓	✓	✓	✓	✓
救苦難觀世音	✓		✓		
離魂倩女		✓	✓		
巫娥女	✓		✓	✓	✓
竊玉	✓		✓	✓	✓
楚襄王	✓				
陽臺	✓		✓		
金界	✓	✓	✓	✓	✓
書齋	✓	✓	✓		
禪室	✓	✓	✓	✓	✓
青鸞信杳	✓				

黃犬音乖	∨	∨	∨	∨	∨
楚陽臺	∨	∨	∨		
糊塗			∨	∨	∨
勿憚改			∨		
賢賢易色	∨	∨	∨		
宋玉容	∨	∨	∨		
子建才	∨	∨	∨	∨	∨
墜玉釵	∨				
軟玉	∨	∨	∨	∨	∨
芳卿	∨	∨	∨		
碧紗廚	∨	∨	∨		
鰤生	∨	∨	∨	∨	∨
綢繆			∨	∨	∨
三教	∨	∨	∨		
九流	∨	∨	∨	∨	∨
參辰卯酉	∨	∨	∨	∨	∨
部署	∨		∨	∨	∨
苗而不秀	∨	∨	∨		
銀樣鑞槍頭				∨	∨
一筆勾	∨				
青眼	∨				
心如醉	∨	∨	∨		
並頭蓮	∨	∨	∨		
狀元	∨				
舉案齊眉	∨	∨	∨		
望夫石	∨	∨	∨	∨	∨
相思淚	∨	∨	∨	∨	∨
蝸角虛名	∨	∨	∨	∨	∨
蠅頭微利	∨	∨	∨	∨	∨
淋漓	∨	∨			

紅淚	✓	✓	✓	✓	✓
司馬青衫更濕	✓				
伯勞東去	✓	✓	✓	✓	✓
燕西飛	✓	✓	✓		
眼中流血心內成灰	✓	✓	✓	✓	✓
九曲黃河	✓	✓	✓	✓	✓
三峰華嶽	✓	✓	✓	✓	✓
金榜	✓		✓	✓	✓
打草驚蛇	✓	✓	✓	✓	✓
哽嗌				✓	✓
跋涉				✓	✓
瓶墜簪折	✓	✓	✓	✓	✓
死則同穴	✓	✓	✓		
莊周夢蝴蝶	✓	✓	✓	✓	✓
紅雨	✓	✓	✓		
太行山			✓	✓	✓
天塹	✓	✓	✓	✓	✓
瓊林宴	✓	✓	✓	✓	✓
鰲頭	✓	✓	✓	✓	✓
汗衫	✓	✓	✓	✓	✓
五言詩	✓	✓	✓	✓	✓
七絃琴	✓	✓	✓	✓	✓
娥皇	✓	✓	✓	✓	✓
虞舜	✓	✓	✓		
九疑山	✓	✓	✓	✓	✓
小春	✓	✓	✓		
覓封侯	✓	✓	✓	✓	✓
盧扁	✓	✓	✓	✓	✓
靈鵲	✓	✓	✓	✓	✓
喜蛛燈爆	✓				

斷腸詞	✔	✔	✔	✔	✔
黃四娘	✔	✔	✔	✔	✔
柳骨顏劤	✔	✔	✔	✔	✔
張旭張顛	✔	✔	✔	✔	✔
獻之義之	✔	✔	✔	✔	✔
巢由耳	✔	✔	✔	✔	✔
斑管	✔			✔	
春風桃李花開葉	✔	✔	✔		
淑女君子			✔	✔	✔
風流學士			✔	✔	✔
琴瑟			✔		
紅葉詩	✔	✔	✔	✔	✔
梅花使	✔	✔	✔	✔	✔
卓氏音書	✔	✔	✔	✔	✔
病相如	✔	✔	✔	✔	✔
執羔鴈	✔	✔	✔	✔	✔
金屋	✔	✔	✔	✔	✔
三才	✔	✔	✔	✔	✔
二儀	✔	✔	✔	✔	✔
威而不猛	✔	✔	✔		
言而有信	✔	✔	✔		
不敢慢於人	✔	✔	✔		
齊論	✔	✔	✔	✔	✔
魯論	✔	✔	✔	✔	✔
韓文	✔	✔	✔	✔	✔
柳文	✔	✔	✔	✔	✔
虀鹽	✔	✔	✔	✔	✔
出家	✔	✔	✔	✔	✔
翰林	✔	✔	✔	✔	✔
三尺龍泉	✔	✔	✔	✔	✔

七香車	v	v	v	v	v
萬卷書	v	v	v	v	v
仕女圖	v	v	v	v	v
章臺	v	v	v	v	v
蒲東	v	v	v	v	v
京兆府	v	v	v	v	v
家世清白	v	v	v	v	v
惡紫奪朱	v	v			
孫龐賈馬	v				
陝西	v				
河中路	v				
不如歸去	v	v	v	v	v
駟馬車	v	v	v	v	v
八椒圖	v	v	v	v	v
三從	v	v	v	v	v
四德	v	v	v	v	v
似水如魚	v	v	v	v	v
萬歲山呼	v	v	v		
羲軒	v	v	v		
河清	v	v	v	v	v
鳳凰來儀	v	v	v	v	v
麒麟屢出	v	v	v	v	v
怨女曠夫			v		

參考書目

（按出版年月排列。已出現在〈西廂記論著索引補編〉中，加有△者，此不再重列。）

1. 《重刻元本題評音釋西廂記》，明萬曆間喬山堂劉龍田刻本，收入《古本戲曲叢刊》初集。
2. 《鼎鐫陳眉公先生批評西廂記》，明萬曆間師儉堂蕭騰鴻刻本。
3. 《張深之先生正北西廂記秘本》，明崇禎十二年（1639）序刻本，收入《古本戲曲叢刊》初集。
4. 《新刻魏仲雪先生批點西廂記》，明崇禎間古吳陳長卿存誠堂刻本。
5. 《毛西河論定西廂記》，毛奇齡，誦芬室重校本，1927 年。
6. 《西廂記》，吳曉鈴校注，香港中華書局，1954 年 12 月，初版，1989 年 10 月，重印。
7. 《元曲選》，臧晉叔編，中華書局，1958 年 10 月，1 版，1989 年重排版，1989 年 3 月，4 刷。
8. 《斠讎學》，王叔岷，中央研究院歷史語言研究所專刊之三十七，1959 年 8 月。
9. 《影明弘治本奇妙全相注釋西廂記》，世界書局，1961 年 2 月，初版。
10. 《明刊元雜劇西廂記目錄》，〔日〕傳田章，東京大學東洋文化研究所，昭和 45 年（1970）8 月 20 日。
11. 《南吳舊話錄》，吳延昰，廣文書局，1971 年 8 月，初版。
12. 《北曲新譜》，鄭騫，藝文印書館，1973 年 4 月，初版。
13. 《西廂記》，文光圖書公司，1974 年 5 月，再版。
14. 《閒情偶寄》，李漁，臺灣時代書局，1975 年 3 月。
15. 《金聖歎的文學批評考述》，陳萬益，國立臺灣大學文學院，1976 年 6 月，初版。

16. 《說戲曲》，曾永義，聯經出版事業公司，1976 年 9 月，初版，1983 年 3 月，3 刷。

17. 《校訂補正中原音韻及正語作詞起例》，李殿魁校補，學海出版社，1977 年 10 月，初版。

18. 《西廂記》，吳曉鈴校注，西南書局，1977 年 12 月 1 日，初版，1981 年 1 月 25 日，再版。

19. 《西廂記》，王季思校注，上海古籍出版社，1978 年 12 月，1 版，1989 年 12 月，8 刷。

20. 《西廂記》，董王合刊本，凌景埏、王季思校注，里仁書局，1981 年 12 月 25 日。

21. 《明刊本西廂記研究》，蔣星煜，中國戲劇出版社，1982 年 7 月，1 版 1 刷。

22. 《中國古典戲曲論著集成》第四冊、第八冊，中國戲劇出版社，1959 年 7 月，1 版，1982 年 11 月，4 刷。

23. 《暖紅室彙刻西廂記》二函二十冊，劉世珩編，中國書店，1982 年。

24. 《王驥德曲律研究》，葉長海，中國戲劇出版社，1983 年 2 月，1 版 1 刷。

25. 《唐人小說校釋》上冊，王夢鷗，正中書局，1983 年 3 月，臺初版，1985 年 8 月，2 刷。

26. 《吳梅戲曲論文集》，王衛民編，中國戲劇出版社，1983 年 5 月，1 版 1 刷。

27. 《西廂記通俗注釋》，祝肇年、蔡運長，雲南人民出版社，1983 年 8 月，1 版 1 刷。

28. 《元曲釋詞》一，顧學頡、王學奇，中國社會科學出版社，1983 年 11 月，1 版 1 刷。

29. 《西廂記罕見版本考》，蔣星煜，不二出版株式會社，1984 年 10 月 20 日，1 刷。

30. 《元曲釋詞》二，顧學頡、王學奇，中國社會科學出版社，1984 年 10 月，1 版 1 刷。

31. 《中國戲劇學史稿》，葉長海，上海文藝出版社，1986 年，駱駝出版社，1987 年 8 月。

32. 《清代詩學初探》，吳宏一，學生書局，1986 年 1 月，再版。

33. 《詩詞曲語辭例釋》，王鍈，中華書局，1986 年 1 月，2 版 2 刷。

34. 《金聖歎批本西廂記》，張國光校注，上海古籍出版社，1986 年 4 月，1 版 1 刷。

35. 《金聖嘆全集》，長安出版社，1986 年 9 月，初版。

36. 《方志著錄元明清曲家傳略》，趙景深、張增元編，中華書局，1987 年 2 月，1 版 1 刷。

37. 《西廂記》，吳曉鈴校注，華正書局，1987 年 8 月。

38. 《文壇怪傑金聖歎》，徐立、陳瑜，湖南教育出版社，1987 年 11 月，1 版 1 刷。

39. 《元刊雜劇三十種新校》，寧希元校點，蘭州大學出版社，1988 年 4 月，1 版 1 刷。

40. 《晚明小品與明季文人生活》，陳萬益，大安出版社，1988 年 5 月，初版。

41. 《書林清話、書林雜話》，葉德輝撰，李淼、長澤規矩也校補，世界書局，1988 年 6 月，5 版。

42. 《新校注古本西廂記》，王驥德校注，國立故宮博物院，1988 年 6 月，初版。

43. 《西廂記考證》，蔣星煜，上海古籍出版社，1988 年 8 月，1 版 1 刷。

44. 《元曲釋詞》三，顧學頡、王學奇，中國社會科學出版社，1988 年 12 月，1 版 1 刷。

45. 《國色天香》，吳敬所編，春風文藝出版社，1989 年 1 月，1 版 1 刷。

46. 《中國古典戲曲序跋彙編》，蔡毅編，齊魯書社，1989 年 10 月，1 版 1 刷。

47. 《西廂記集解》，傅曉航校點，甘肅人民出版社，1989 年 12 月，1 版 1 刷。

48. 《西廂記鑑賞辭典》，賀新輝、朱捷編，中國婦女出版社，1990 年 5 月，1 版 1 刷。

49. 《中國戲曲觀眾學》，趙山林，華東師範大學出版社，1990 年 6 月，1 版 1 刷。

50. 《中國古代戲曲序跋集》，吳毓華編，1990 年 8 月，1 版 1 刷。

51. 《元曲釋詞》四，顧學頡、王學奇，中國社會科學出版社，1990 年 10 月，1 版 1 刷。

52. 《暖紅室彙刻傳奇·西廂記》，劉世珩編，江蘇廣陵古籍刻印社，1990 年 10 月，1 版 1 刷。

53. 《校勘學》，管錫華，安徽教育出版社，1991 年 7 月，1 版 1 刷。

54. 《詩詞曲語辭集釋》，王鍈、曾明德編，1991 年 10 月，1 版 1 刷。

55. 《侯鯖錄》，趙令時，收入《龍川略志外十七種》，上海古籍出版社，1991 年 12 月，1 版 1 刷。

56. 《參軍戲與元雜劇》，曾永義，聯經出版事業公司，1992 年 4 月，初版。

57. 《明代戲曲本色論》，侯淑娟，東吳大學中文所碩士論文，1992 年 6 月。

58. 《西廂記新論》，賀新輝、范彪編，中國戲劇出版社，1992 年 8 月，1 版

1 刷。

59. 《王驥德曲論研究》，李惠綿，國立臺灣大學出版委員會，1992 年 12 月，初版。

60. 《論衡全譯》，袁華忠、方家常譯注，貴州人民出版社，1993 年 3 月，1 版 1 刷。

61. 《繪圖西廂記》，北京師範大學出版社，1993 年 5 月，1 版 1 刷。

62. 《王季思從教七十周年紀念文集》，黃天驥主編，1993 年 12 月，1 版 1 刷。

63. 《中國分類戲曲學史綱》，謝柏梁，臺灣商務印書館，1994 年 6 月，初版，1 刷。

64. 《晚明戲曲劇種及聲腔研究》，林鶴宜，學海出版社，1994 年 10 月，初版。

65. 《西廂記》，王季思校注，里仁書局，1995 年 9 月 28 日初版。

66. 《中國戲劇學通論》，趙山林，安徽教育出版社，1995 年 12 月，1 版 1 刷。

67. 《明清抄本孤本戲曲叢刊》，首都圖書館編輯，線裝書局，1996 年 1 月，1 版 1 刷。

68. 《從嬌紅記到紅樓夢》，陳益源，遼寧古籍出版社，1996 年 7 月，1 版 1 刷。

69. 《傳統戲曲的現代表現》，王安祈，里仁書局，1996 年 10 月 30 日，初版。

70. 《發跡變泰──宋人小說學論稿》，康來新，大安出版社，1996 年 12 月，1 版 1 刷。

71. 《中國古代戲劇統論》，徐振貴，山東教育出版社，1997 年 9 月，1 版 1 刷。

72. 《避暑錄話》，葉夢得，收入《百部叢書集成》46 輯《學津討原》第 73 種，藝文印書館。